致青春 068

我的世界級榮耀

（下）

烏雲冉冉　著

高寶書版集團

目錄
CONTENTS

第二十章　不要愛上他

周彥兮的腦子一片空白，也不知道自己是怎麼回到包廂裡的。

鐘銘倒像沒事人一樣，跟眾人聊著平臺冬季賽的事情。遊戲平臺每年舉辦兩次大賽，之前夏季賽是GD奪冠，這一次又有不少新的隊伍湧現出來。

周彥兮還在想著剛才走廊裡發生的事情，等心緒終於慢慢恢復平靜後，只聽到大家在說什麼解說的事情。

周彥兮問：「解說什麼？」

王月明忍不住說：「妳一直在這聽什麼呢？我和熊哥後天要去解說平臺冬季賽。」

周彥兮這才了然地「哦」了一聲：「那你們加油。」

說完，她目光不小心撞上周俊的，周俊卻像被燙了一下似的連忙錯開視線。周俊這個反應讓周彥兮覺得有點奇怪，再看這小孩臉紅到跟盤子裡的蝦同一個顏色就更奇怪了。

「周俊你很熱嗎？」她問。

「啊？沒有啊。」周俊低頭吃飯。

「那你的臉怎麼那麼紅？」

「有嗎？」說完，周俊的臉埋得更低了。

周彥兮被他這舉動搞的有點莫名其妙，但是也懶得去思考這小孩的想法。

眾人邊吃邊聊，直到酒足飯飽才離開。

出了包廂，周彥兮又忍不住緊張起來，所幸沒再遇到之前那兩個人。

而正在這時候，王月明的手機突然響了起來，可響了很久也不見王月明去接。

她有點奇怪：「月月你怎麼不接電話？」

王月明臉色尷尬：「沒事，騷擾電話。」

可是周彥兮剛剛明明看到，那號碼好像是被存過的，並不是普通的陌生號碼。而此時，王月明已經快走幾步，上了周俊的車。

回去的路上，周彥兮還在想著這件事。聯想起王月明最近的反常，她忍不住問鐘銘：「銘哥？你覺不覺得月月最近有點奇怪？就是比賽結束後的這幾天，好像電話很多，還總是避著我們。」

她以為鐘銘也會覺得奇怪，誰知他只是笑了笑，換了個話題：「明天回家嗎？」

「我嗎？可能這兩天先不回去吧，回家也是對著我媽大眼瞪小眼。正好周俊要去學校辦事，我等他辦好了一起回去吧。銘哥你什麼時候回家？」

話一出口，周彥兮才覺得不妥。上次醫院裡鐘銘和他父母對話的場景她至今都記得，關係差到那種程度，他肯定是不會回去的吧？

想到這裡，她立刻又補充了一句：「不過回家挺沒意思的，好不容易放假了，你就沒幫自己安排點什麼活動嗎？」

「有安排。」

「是什麼？」

「睡覺。」

「……」

周俊和鐘銘的車子幾乎是前後腳回到基地，王月明一進門就進了自己房間。

周彥兮正看著王月明房門發呆，聽到周俊叫她。

「怎麼了？」她問。

周俊一臉矛盾，欲言又止，支支吾吾了半天，最後也只是嘆了口氣什麼也沒說就離開了。

周彥兮被搞得莫名其妙，回頭看到小熊，忍不住問：「他今天是怎麼了？」

小熊瞥了一眼正往樓上走的某人，笑著說：「現在說周俊是妳親弟，我信了。」

「什麼意思啊？有話不能直接說嗎？我每天猜你們說話就累死了。」

小熊還是不回答，只是問她：「妳什麼時候回家？」

周彥兮有氣無力：「過幾天吧。」

「那這幾天要做什麼？」

「訓練。」

小熊失笑：「這麼勤奮？」

「那當然。」周彥兮往樓上看了一眼，鐘銘已經進了房間，於是才敢大著膽子說，「想拿世界冠軍哪那麼容易？」

「喂！是不是親閨密！」

「要我看GD想拿世界冠軍也挺容易的，把妳換掉就行了。」

小熊倒是認真了一點：「所以我說我們現在還是先別想那麼遠了，畢竟從這次全國公開賽就知道了，大型的比賽就該是這樣高手雲集，國際賽規模更大，想要取得好成績只會比這次更難。」

這是實話，但是周彥兮就是對GD有信心。

「雖然很難，但是銘哥說我們可以，我就相信我們可以。」

小熊看了她一眼：「愛的信號——多巴胺。」

周彥兮快瘋了：「這又是什麼東西？」

「多巴胺。只有當妳遇到大腦皮質『認可』的異性時，多巴胺才會大量分泌，使人產生『愛』的感覺。所以多巴胺也被稱為『戀愛分子』。但是它也會使人上癮，那些菸鬼、酒鬼都與它有關。所以，小心妳對他上癮……」

小熊說這些話時，周彥兮始終皺著眉沉默著，直到小熊說完後好久，她才困惑地搖了搖頭：

「沒聽懂。」

小熊無語地翻了個白眼：「就當本少爺在對一隻豬說話吧！」

「你說誰是豬？」

「說誰誰知道！」

兩人這才你一言我一語打打鬧鬧地上了樓，各自回了房間。

雖然只是出去吃了頓飯，但卻像打了一場仗一樣。回到房間，周彥兮疲憊地躺在床上，隨手打開社群網站，又是四位數的訊息提醒。

也不知道是哪位高人挖出了她的社群帳號，畢竟她並沒有做過身分認證，平時也不怎麼喜歡發文。

這個帳號被粉絲們知道後，一下子紅了起來。自從她的照片曝光後，差不多每天都是幾千則的訊息提醒。一開始周彥兮還一個個去看，這才幾天的時間，她已經適應了，知道大家也都只是說些無關緊要的話，也就隨意看看，偶爾挑一兩則回覆一下。

周彥兮還是像往常那樣隨意翻了翻，但看到其中一則訊息時愣住了。

『女神，答應我，不要愛上影神。』

周彥兮怔怔地看了幾秒，罵了句「神經病」便將手機丟到一旁。

然而這一夜，她卻沒有睡好。一整個晚上，她都在做夢，所有的夢境都有同一個男人出現。

只是，她一直看不清那男人的臉，但就是覺得很熟悉。直到那男人要低頭吻她的時候，她抬起眼來，撞上他的視線。這一次只看清一雙眼，但是她卻可以確定那是屬於誰的。

周彥兮倏地從床上坐了起來，窗外已是陽光明媚，看樣子差不多已經到中午了。可是剛才夢裡那種心跳加速的感覺，還是那麼清晰。

這算不算春夢？

周彥兮像隻鴕鳥一樣將腦袋埋進鬆軟的被褥中，怨鐘銘昨天那樣替她「解圍」，害她這麼心猿意馬，也恨自己沒出息，竟然還有點意猶未盡……

她想，一定是自己單身太久了，看來下次老媽安排的相親還是該認真對待一下。不過不知道為什麼，想到這裡，她發覺自己竟然有點失落……

她洗漱完下了樓，發現整個基地靜悄悄空蕩蕩的，只有廚房抽油煙機的嗡鳴聲特別清晰。

她以為是阿姨在做飯，可下樓一看，便看到一個修長的身影立在灶臺前。

他穿著一件白色T恤，下面搭配黑色的休閒褲，依舊是光腳穿著拖鞋，褲管有點長，沒過了腳跟掃著地面。一看就是他隨便穿的，但是仗著身材好、皮膚白，這麼看著依舊很養眼。

不知為什麼，周彥兮就突然想到昨晚那個粉絲傳來的訊息——不要愛上他。

心忽然漏跳了一拍。

正當她想趁著鐘銘注意到自己之前折回房間時，他卻突然轉過頭來。

「起了？」他問。

「嗯……銘哥，你在做什麼？」

「義大利麵。」

「哦……阿姨不在啊？」

「我們休假阿姨也放假。」

「那其他人呢？」

鐘銘將煮好的麵條盛出兩盤，又將炒好的肉醬分別淋了上去：「平臺幫小熊他們訂了酒店，要提前一天過去，周俊回學校了……」

說著，他回頭看了周彥兮一眼：「我以為妳知道。」

所以從今天起，整個基地就只剩下他們兩人了？

周彥兮訕笑：「他們之前好像是說過。」

鐘銘把兩盤義大利麵端上餐桌，對周彥兮說：「洗手吃飯吧。」

「哦，好的。」

再回到餐桌邊，看著色澤誘人的義大利面，周彥兮意識到自己是真的餓了，她挑起麵吃了一口，才想起似乎應該說點什麼，於是說：「又讓你做飯，真不好意思。」

鐘銘要笑不笑地看著她：「所以呢？晚上妳來做嗎？」

「啊？」

她那水準他又不是沒見識過……

周彥兮猶豫了一下說：「我可以負責叫外賣。」

可這話剛說完，面前的盤子就被人抽走了。

「那妳去叫外賣吧。」

周彥兮欲哭無淚，他們隊長大人還真是說翻臉就翻臉啊。

「何必呢銘哥？你做了這麼多自己一個人又吃不完。」

「那是妳不瞭解我的食量。」

「可是那盤我動過了。」

「沒事，我不嫌棄。」

鐘銘只是隨口一說，然而周彥兮聽了後臉不出意外地又紅了。她又想到自己做了那一整晚的夢，還有最後那個沒接成的吻……

因為心虛，她突然有點害怕——如果真的有「心電感應」一說的話，那麼她總是想起他夢到他，他會不會有感應？

太羞恥了……

腦子裡正天人交戰著，對面的男人突然笑了：「我又沒說什麼，妳臉紅什麼？」

周彥兮愣了一下，然後委委屈屈地說：「氣的，哦不，餓的。」

鐘銘點點頭：「這樣啊……」

他把盤子又推回到周彥兮面前：「算了，妳做的飯我的確也不敢吃，妳還是負責洗碗吧。」

周彥兮連忙說：「好啊，正好我很喜歡洗碗。」

鐘銘挑眉看向她，嘴角不易察覺地勾了勾。

吃完午飯，鐘銘和周彥兮各自回房間休息。

這天是B市入冬以來難得的一個好天氣，陽光明媚，烘得房間裡暖洋洋的。

周彥兮看了一下時間，距離平臺賽開始還有好幾個小時，小熊他們現在應該沒什麼事。

她趴在床上百無聊賴地傳了個訊息給小熊：『熊神，忙什麼呢？』

沒一會兒，小熊回了過來：『問吧。』

周彥兮愣了一下：『問什麼？』

『妳難道不是想問我，他對妳到底是什麼感覺嗎？』

周彥兮面對著手機的臉瞬間又紅了……不愧是自稱「最懂女人的男人」，不愧是她家親閨密……

周彥兮斟酌再三，輸入、刪除，再輸入、再刪除。最後還是說：『那到底是什麼感覺？』

『男人看女人的感覺。』

周彥兮皺眉想了想：『不懂……』

小熊回了個翻白眼的貼圖，然後直接傳了一則語音訊息過來。

周彥兮連忙點開，就聽到小熊不屑的聲音從手機裡傳了出來：『男人看女人的感覺，就是見到想撲倒的感覺……所以我好心提醒妳這幾天最好不要和他單獨在同一個房間裡相處，避免肢體碰觸……』

周彥兮完全沒想到小熊會說這些，反應過來時連忙切換聽筒模式。房間裡再度安靜了下來，她這也鬆了口氣，戴上耳機把小熊說的話重新聽了一遍。

『男人看女人的感覺，就是見到想撲倒的感覺……所以我好心提醒妳這幾天最好不要和他單獨在同一個房間裡相處，避免肢體碰觸甚至眼神碰觸，睡覺前要鎖好房門，出房間就要穿得保守一點。』

周彥兮的心裡早就癢癢的了，但還記得替鐘銘說話：『我看你是得了被害妄想症了，銘哥才不是那種人！』

小熊冷笑：『他沒有表現出來，不代表他沒有那一面。』

周彥兮把手機扔到一旁，想著剛才小熊說的那些肢體碰觸、眼神碰觸，她非但覺得沒必要那麼防著，反而還覺得自己並不排斥。

想到這裡，她突然很想知道此時的鐘銘在做什麼。於是躡手躡腳走到陽臺上。

這個陽臺和隔壁鐘銘的陽臺幾乎是相通的，中間只有不到半米的間隙，而且她發現鐘銘平時不喜歡關陽臺和房間中間的那扇玻璃門，所以有時候他房間裡的聲音也會透過陽臺傳過來。

周彥兮剛走到陽臺上，就隱約聽到男人低沉的嗓音從隔壁房間傳來。

「我今天剛好有空，今天行嗎？」

鐘銘像是在和什麼人打電話，還說要見面什麼的，周彥兮立刻豎起耳朵。

「也沒什麼，就是想早點見你。」

「不用你出來，我開車方便，過去接你吧。」

對方是誰？他想早點見誰？他又要去接誰？

周彥兮的腦子裡立刻冒出了一連串的問題。難道鐘銘其實一直都有女朋友或者喜歡的女孩嗎？可是怎麼從來都沒聽他說起過？那他對自己的感覺是不是真的像小熊說的那樣是男人看女人的感覺？如果是這樣，那某些人是不是太渣了？

周彥兮越想越生氣，想到鐘銘那天幫她「解圍」而生氣，想到自己這幾天的心猿意馬而生氣，想到小熊那自以為很懂任何人的蠢樣子而生氣……最要命的是，她發現自己想到他對電話那邊的某個「女孩子」說「想見她」、「去接她」這最讓人生氣！

周彥兮煩躁地回到房間，想讓自己冷靜下來，可是發現無論做什麼都無濟於事。

她打開手機連接了音響，把自己最喜歡的幾首歌加在播放清單中。聽著音樂響起，她努力跟著哼唱，找點事做，這才讓自己漸漸安靜下來，暫時不去亂想。

隔壁，鐘銘和阿傑剛確定好見面的時間，阿傑就聽到鐘銘那邊突然亂糟糟的，忍不住問：「銘哥，你那邊什麼聲音？好吵啊。」

鐘銘沉默了片刻，笑了笑。他很想告訴這孩子那就是他每天早上的叫醒鬧鐘，只是今天不知道出了什麼狀況，在不該響起的時間響了，但是想到阿傑以後應該也有機會聽到，所以只是說：「沒什麼，我都習慣了。」

阿傑說：「是裝潢嗎？今天可是週末啊，可以投訴的。」

鐘銘忍著笑：「好，如果我們見面回來還這樣，我就去『投訴』。」

鐘銘和阿傑小強約的時間就在半小時以後，所以掛上電話沒多久，他就出了門。

周彥兮一直有意無意留意著門外的動靜，聽到樓下大門關上的聲音，她第一個反應是衝到陽臺。果然沒一會兒就看到一輛黑色保時捷駛出了車庫。

真的去約會了？

這個想法讓她的心情澈底跌入了谷底，但轉念仔細想想，自己好像也沒有很鬱悶的理由。難道真像小熊說的那樣，她對她家隊長有了什麼超過隊友的情誼嗎？她很快搖了搖頭——充其量也只是好感吧……

不過或許，她是時候該好好理一理他們之間的關係了。

可是理著理著，她一不小心又睡著了。

再醒來時，音響裡還在循環播放著那幾首歌，而外面天色已黑。周彥兮看了一眼時間，該吃晚飯了。想著鐘銘出去約會肯定會跟人家一起吃飯，指望著他回來做晚飯幾乎是沒什麼可能性，這種時候還是要自己動手豐衣足食。

周彥兮打開手機外賣軟體，看什麼胃口都一般，最後在一家潮汕砂鍋粥店點了一鍋粥和一些點心。

點好了單，周彥兮想趁著等餐的時候洗個澡，可脫光了走進浴室後才發現熱水器竟然壞了！今天真是諸事不順！

沒辦法她只好重新穿回衣服，先去樓下周俊那裡撐一天了。

然而剛出房間就愣住了。本來以為只有她一個人的基地此時一樓卻亮著燈，而那個本該在外面和女孩子共進晚餐的傢伙正在廚房灶臺前切菜。

什麼情況？

周彥兮立刻四處看了看，確定基地裡只有她和鐘銘，她才叫他：「銘哥？你怎麼這麼早就回來了？」

鐘銘回過頭來，看她一眼，又看了眼時間：「快七點了，早嗎？倒是妳這麼能睡。」

周彥兮撇了撇嘴走到廚房，往他的砧板上掃了一眼：「做晚飯？」

「嗯，四季豆妳想怎麼吃？和山藥炒，還是肉炒。」

「山藥吧。」

周彥兮隨口回答完愣了幾秒，突然意識到一個很嚴重的問題——她剛才好像已經叫了外賣。

糾結了一會兒，見鐘銘切好四季豆正要去拿山藥時，連忙叫住他：「那個銘哥……其實我剛才，叫了外賣。」

鐘銘愣了一下，去拉冰箱門的手頓住了：「叫了什麼？」

「海鮮粥。」

「妳想喝海鮮粥？」

「我最近正在減肥嘛，想著喝粥好一點。」

鐘銘掃了她一眼點點頭：「那這菜就留著明天再炒吧。」

說著鐘銘就要開始收拾廚房。

周彥兮糾結了片刻，還是決定實話實說：「那個，我不知道你回來了，所以……」

鐘銘放緩了手上的動作：「所以什麼？」

周彥兮一咬牙，乾脆硬著頭皮說：「所以我只點了一人份。」

「哦……」

鐘銘點了點頭，看著對面的周彥兮，用沒什麼溫度的語氣說：「我說周彥兮，妳身為我們隊的輔助，不會做飯也就算了，洗個碗還要我二次重洗，我身為隊長給妳當了一天的廚子，最後叫個外賣卻只叫了自己那份，妳覺得合適嗎？」

雖然周彥兮不知道這些事情跟「隊長」和「輔助」有什麼關係，但是她確實覺得鐘銘說的很有道理，也很無地自容。

不過周彥兮還是急中生智努力挽回：「其實是我剛才沒說清楚。我雖然叫了一人份，那是因為這家菜份量很大，所以雖然是一人份，但是我們可以分著吃。」

「分著吃？」鐘銘挑眉。

周彥兮連忙點頭：「對啊，粥可以分著吃，流沙包、鳳爪、糯米雞什麼的就更沒必要點兩份了嘛對吧？哦對了，銘哥我記得你愛吃糯米雞，專門點給你的。」

說完，周彥兮小心翼翼地看著鐘銘，發現對方也看著她，而且看她的眼神竟然從最開始的冷漠漸漸變成了帶著幾分饒有興致的笑意。

這是被他看穿了嗎？

正當周彥兮猶豫著要不要坦白從寬的時候，卻聽鐘銘說：「聽妳說的妳好像沒有點素菜。」

周彥兮愣了一下，拿出手機來看訂單，還真的是。

「我忘了。」

「那不行。這樣吧，我再清炒個四季豆，葷素搭配，更有利於妳減肥。」

周彥兮立刻獻上笑臉：「對對對，銘哥你說的對。」

第二十一章 *Gank*

等鐘銘的四季豆炒好，周彥兮點的外賣也剛好到了。把一大盒粥分別倒進兩個瓷碗裡時，周彥兮都忍不住慶幸，還好今天點的是砂鍋粥，如果點其他的肯定就死定了。也還好鐘銘沒多想，不然她也死定了。

吃飯的時候，周彥兮想起自己房間的熱水器好像壞了，就跟鐘銘說了一聲。

鐘銘：「那妳今天……」

「我今天只好先去周俊房間洗了。」

鐘銘點點頭，沒再說什麼。

吃完飯，也沒什麼事做，鐘銘決定打兩局排位。進遊戲前，他隨手點開平臺看了看。目前電競頻道裡人數最多的房間正是冬季賽直播間，小熊和王月明雖然沒做過解說，但本身實力放在那，對選手的出裝、兩隊的戰術分析起來都不成問題。

鐘銘看了一會兒就退了出來，發現除了大賽直播房間，小飛的直播間的人數也不少，但他沒興趣看，只掃到今天的直播名字叫做「註定是個不眠夜」。

想到他「電競徐志摩」的稱號由來，鐘銘有點好奇，隨手點開他的社群，這才注意到，這孩子最近像是遇到了什麼事，從比賽結束到現在，短短幾天發了幾十則，都是在感慨生活不易世事無常……

鐘銘很理解比賽結果對一個職業選手的重要性，但他總覺得這不是他知道的那個小飛。

身後傳來拖鞋「啪嗒啪嗒」的聲音，然後伴隨著一聲房間門關上的聲音，緊接著沒一會兒，又是「嘩嘩」的流水聲。鐘銘突然有點鬱悶，怎麼以前沒發現這房子的隔音這麼差？

遊戲已經開始，但鐘銘今天狀態一般，時不時漏幾個兵，偶爾走位也不夠謹慎，所幸對手不強，用不著他全力以赴。

遊戲打到一半，他的手機震動了兩下。

他隨手拿過來看了一眼。

YAN：『銘哥，那個……你放不方便迴避一下？』

鐘銘莫名其妙地回頭看了一眼緊閉的某個房門，然後又掃了一眼牆上的掛鐘，這都四十分鐘了，是洗夠久的。

Shadow：『妳想說妳卸了妝所以不方便見人嗎？沒事，妳流口水的樣子我都見過。』

YAN：『……』

YAN：『我忘記帶換洗的內衣褲了……』

鐘銘握著手機的手不由得頓了頓。

Shadow：『妳記得帶手機卻忘了帶換洗衣服？』

YAN：『我錯了銘哥！』

鐘銘想了一會兒說：『好吧，告訴我在那，我幫妳拿。』

訊息剛傳過去，鐘銘的電話就響了，還是周彥兮。

鐘銘接通問她：「妳放在哪了？」

『不不不……我哪敢麻煩你啊銘哥，你先回房間吧，我回房間換就好……』周彥兮說話的聲音越來越小。

鐘銘才反應過來，她不是要他幫她拿衣服，是打算自己裸奔回房間？

某個少兒不宜的畫面在腦中一閃而過，即便是鐘銘，耳根子都忍不住紅了紅。

他清了清嗓子「嗯」了一聲，直接關掉電腦，上了樓。

周彥兮在周俊的衣櫃裡翻了好一會兒，翻到一件以前被她吐槽過很多次的格子襯衫。也不知道周俊那小孩是什麼審美，有段時間就酷愛這種能蓋住大腿的襯衫。

還好周俊的審美夠奇特，總算讓周彥兮找到可以擋一下的衣服。

周俊有一百八十公分高，穿這件襯衫可以蓋到大腿，那周彥兮就可以遮到膝蓋。她穿上襯衫，為了安全起見又在外面套了件自己的小外套，然後對著鏡子照了又照，確認不會走光後，才將房門打開了一條小縫。

她往外看了一眼，鐘銘剛才坐過的位子上已經沒有人了，電腦也關了。她又掃了一眼樓上，他的房門也是關著的。

這樣確認過環境足夠安全，她便抱起自己換下來的衣服，以平生最快的速度衝上樓，衝回了房間。

鐘銘的房門沒有關嚴，他回到房間沒一會兒就聽到「劈哩啪啦」的拖鞋聲從樓下傳來，在那聲音經過他房門前時，他還是沒忍住朝著門口掃了一眼，正從虛掩著的門縫看到一個身影一晃而過。只有那麼一瞬間，卻讓鐘銘這輩子都忘不掉某人格子襯衫下露出的那雙纖細的小腿。

直到隔壁傳來關門聲，鐘銘才隨手拿起床上的平板電腦登錄遊戲平臺。

平臺冬季賽十六進八的第一局遊戲已經結束，小熊和王月明正在分析剛才的戰局。

他看了一會兒，覺得索然無味，想到比賽結束後還一直沒有聯繫過李煜城，就想去看看WAWA現在是什麼情況。可是此時直播平臺上並沒有WAWA的人在直播，就連小飛都已經下播了。

不一會兒，隔壁又響起音樂聲，這一次是辛曉琪的〈領悟〉。鐘銘無奈地笑了笑，不得不說她的品位還真是跟她本人的形象搭不上邊。

正在這時，那音樂突然停了一下，換成「叮咚」一聲，像是訊息的提示音。

周彥兮最近很喜歡像這樣用手機藍牙連接音響，但是唯一不方便的就是手機提示時音響起時，也會從音響裡傳出來，這時候音樂就會停頓一下。

周彥兮倒是不在意這種小細節，但她完全沒有想到，就連電話打進來時，聲音也是從音響中傳出來的。

其實當周彥兮看到小飛傳的訊息時就嚇了一跳，她正想著是乾脆裝死不回，還是說自己不在基地。然而還沒等她決定好，電話就響了，結果手忙腳亂中竟然接通了。

『彥兮……』小飛的聲音從音響裡傳出，在靜謐的房間中可以聽出有些沙啞。

『我知道妳在。』他說。

周彥兮哪管他說什麼，只想趕緊斷開手機和音響的連接，不然這種聲音環繞的感覺太詭異了，尤其對方還是小飛。

『我已經在樓下了，想見見妳，就說幾句話。』

弄了半天沒搞定，周彥兮乾脆給音響斷了電，房間裡終於又安靜了下來。

『彥兮？彥兮？妳在聽嗎？』

然而小飛的聲音還在不斷從床上的手機裡傳出來。

事已至此，周彥兮想再編什麼瞎話也蒙不過去了。她無奈，拿起手機：「那個……我已經睡了，你有事嗎？」

小飛沉默了片刻說：『我心情不好。』

周彥兮對著天花板翻了個白眼，他們從認識以來說過的話都屈指可數，他心情好不好關她什麼事？

「這樣啊……要不然你去吃點好吃的吧？我心情不好的時候吃點東西就好了。」

小飛的情緒依舊很低落：『我什麼都不想做，只想見妳一面。』

周彥兮無語，她真受不了這些多愁善感的男生，還好周俊那個神經比手指頭粗的傢伙從來不會這樣，不然她一定已經跟他決裂千百次了。

「可是我真的要睡了，不太方便。」

『就這一次彥兮，或許以後我們都不會有機會見面了。』

周彥兮愣了一下問：「為什麼？」

電話裡沉默了片刻：『我可能不會再打遊戲了。』

鐘銘站在陽臺上，正看到一個瘦瘦高高的大男孩在他們樓下徘徊，像是在等什麼人。沒一會兒就見一個熟悉的身影從他腳下別墅的大門跑了出去。

這天的天氣很好，萬里無雲，月光明媚，加之馬上就要到耶誕節了，社區的各類樹木上早就被掛上了各式彩燈，燈光輝映著月光，將樓下別墅門前的一對年輕男女照的清清楚楚。

鐘銘注意到她頭髮還是濕著的。

他在樓上猶豫了一會兒，而樓下兩人一時半刻還沒有要散的意思，於是他回到房間，隨手從櫃子中翻出一條壓箱底的圍巾下了樓。

剛走到一樓門口，大門打開，周彥兮吸著鼻子縮著脖子小跑著進了門。

看到鐘銘她微微一愣：「銘哥你要出門？」

鐘銘也愣了一下，可還沒等他回答她，她又看到他手上的圍巾：「咦，以前沒見你戴過圍巾呀。」

鐘銘順著她的目光看向自己手上那條圍巾，乾淨俐落地當著她的面圍在了自己脖子上：「嗯，感覺今天晚上有點冷。」

周彥兮仰頭看著他，片刻後，笑了笑說：「銘哥你戴圍巾挺好看的。」

鐘銘面無表情地掃了一眼她被凍得慘白的臉，還有幾縷微濕的頭髮正一黏在她的小臉上。

「妳出去幹什麼？」

「哦，剛才WAWA那個小飛來了，其實也沒什麼事，大概是輸了比賽心情不好吧。」

鐘銘微微挑眉：「心情不好就來找妳？」

「誰說不是啊！關我什麼事，但我又怕他想不開，剛才應付幾句，讓他回去了。」

鐘銘神色稍緩，點了點頭：「以後不要再見那個小飛了。」

周彥兮也很害怕見到小飛，但鐘銘提這種要求卻多少有點奇怪。

「為什麼？」她問。

「什麼為什麼？我不讓妳見他，妳難不成還有意見？」鐘銘的臉色又陰沉了下來，「國際賽馬上就要開始了妳知不知道？他們雖然是進外卡賽，但還是有很大的機會進正賽的，到時候我們免不了又和他們狹路相逢。作為未來的對手，我不讓妳見他這很正常，因為就我對妳的瞭解，我有理由懷疑妳會把我們戰隊的核心戰術洩露給對方。」

周彥兮聽得目瞪口呆，她完全沒想到鐘銘也會有一口氣說這麼多話的時候。可是等等……前面說的那些她都認可，至於後面那句以他對她的瞭解，她有可能洩密這個鍋她可不揹！

「銘哥，你是不是對我有點偏見啊？雖然外面有一些我和小飛的傳言，但是我們隊的人都知道那是他自己發神經，跟我沒關係的！你憑什麼就說我會洩露我們的核心戰術？還有，我們的核心戰術到底是什麼？」

鐘銘愣了一下，但還是板著臉說：「都這種時候了，我們的核心戰術是什麼妳來問我？」

周彥兮看著鐘銘一本正經的神情，突然有點心虛：「哦，我其實也不是不知道，就是不那麼明確。」

鐘銘冷冷掃了她一眼：「算了，國際賽還會調整新的戰術。」

「哦哦，我們是該多幾套戰術應付不一樣的對手。可是銘哥？既然戰術都要變了，你就更沒理由說我會洩密了吧？」

「就算是會調整戰術，那也是在原來的基礎上的調整。所以不想被我懷疑，就不要再和那個小飛聯繫了，至於通訊軟體什麼的直接拉黑就行。」

說完，他也不等周彥兮再說什麼，轉身朝樓上走去。

周彥兮站在原地琢磨了一會兒，總覺得她家隊長這火氣發的有些莫名其妙，但想不出來她也就不想了，卻突然想到另外一件事：「銘哥，你不是要出門嗎？」

鐘銘背對著她擺了擺手：「臨時改變主意，不出去了。」

鐘銘不讓周彥兮和小飛聯繫，這點對周彥兮來說，絕對不成問題，可是明明每次都是小飛主動找她啊。

回到房間，周彥兮糾結了好一陣子，總覺得這樣莫名其妙地把人拉黑很沒禮貌。想來想去，最後還真被她想到一個兩全其美的辦法。

周彥兮從通訊錄中找出小飛的帳號，將備註名改成「李叔叔」。這樣一來，如果她不找小飛，小飛也不找她，那他的名字再也不會出現，這再好不過。但如果是小飛偶爾找她，就算是被鐘銘看到，看到傳訊息的人是「李叔叔」，他應該也不會多想。

周彥兮越想越得意，第一次覺得長期生活在一群心眼多的人中也不是一點好處都沒有。

鐘銘沒早睡的習慣，回房間待了一會兒，就又回到樓下打開了電腦。

而此時小飛也已經回到基地，沒什麼其他事做，繼續單排，繼續直播。其實這兩天他的狀態都不怎麼好，但是所幸對手水準也一般，好歹有輸有贏。

今天晚上回來，剛排到一局，發現對面竟然有 Shadow，他立刻打了個招呼，然而 Shadow 並沒有理他。

小飛也沒在意，以為鐘銘沒有留意到對面是他，但是後來發現鐘銘也不知道發什麼神經，竟然全場追著他 Gank，打得他毫無還擊之力。

這還在直播呢，為了保住顏面，於是小飛抽了個空和鐘銘交流了一下，試圖讓他注意到自己。

ww_fly：『銘哥，火氣這麼大？失戀了？』

然而不交流還好，交流過後，他發現鐘銘比剛才更沒人性了，堵到他家門口不讓他出門，導致他在萬千粉絲面前丟臉丟到了家。

小飛也不是沒脾氣的人，最近基地裡氣氛低靡，他的心情糟糕透了，晚上雖然見到了周彥兮，但是沒說幾句話就被趕了回來，心情本來就很鬱悶，結果打個遊戲也要被針對。小飛也是受夠了。

正好第二局鐘銘還是在對面，小飛也提起十二分精神來應對。然而兩人雖然都是職業選手，但實力懸殊不是一點半點，小飛根本不是鐘銘的對手，很快，上一局的情形又重新上演了，而且接下來的幾局都是如此。

連著輸了一整個晚上，小飛乾脆下了線，想著我打不過你，躲總可以吧？可是第二天，他吃過午飯一上線，竟然又遇上了鐘銘。

過了一晚，他昨晚的火氣早就消得差不多了，於是在遊戲裡陪著小心問鐘銘：『銘哥，今天可是平安夜啊，你確定要在這打遊戲？』

鐘銘看到這句話才意識到今天已經二十四號了。他回頭掃了一眼樓上，周彥兮的房門到現在還緊閉著，那傢伙也不知道要睡到什麼時候，不是說要今天回家的嗎？

其實周彥兮已經醒了，不過是被周俊的電話吵醒的。

他們原本約好今天一起回家的，可是周俊突然被他學校裡那幫哥們留下了，晚上去要去唱歌，讓周彥兮先回家。

周彥兮原本不想自己一個人回去，就是怕回家和老媽大眼瞪小眼，搞不好又要強迫她去相什麼親，到時候周俊不在，連個接應她的人都沒有。想到這裡，周彥兮索性和周俊約好明天再一起回去。

掛上電話，她看了一眼時間，竟然已經一點多了！一覺睡到中午以後，也是厲害了。

她連忙洗漱好下了樓，看到鐘銘在一樓打遊戲，不知怎麼的，莫名覺得有點安心。

然而正在這時，門鈴突然響了。

鐘銘聽到聲音，回頭看向她：「外賣？」

「我沒叫……可能是誰的快遞到了吧。」說著周彥兮去開了門。

然而門打開的一瞬間，門裡門外的兩個人都是一愣。周彥兮想像中的快遞員並不存在，站在她面前的是一個十幾歲的大男生，個子不高卻微微佝僂著背，頭髮油膩，一臉痘痘。

痘痘男短暫怔愣了一瞬，然後便喜出望外地大叫了一聲：「女神！真的是妳？」

周彥兮這才回過神來，在那男生衝向她的前一秒鐘，迅速關上了門。

大概是動靜太大，鐘銘摘下耳機，莫名其妙地回頭看她：「誰啊？」

周彥兮驚魂未定，並沒有聽到鐘銘的問話，當視線無意間掃到鐘銘身後寬大的落地窗時，她立刻跑過去神經質地拉上了窗簾。

鐘銘見她如臨大敵的模樣不禁皺了皺眉：「大白天的，這屋裡只有我們，妳想幹什麼？」

周彥兮完全沒理會鐘銘的調侃，再三確認好痘痘男不可能再看到基地裡的情形，這才鬆了一口氣。

她叫鐘銘：「銘哥？」

鐘銘：「想說什麼？」

「我們好像被Gank了……」

鐘銘這才又掃了一眼門口：「剛才是誰？」

「他叫我『女神』。」

半晌，鐘銘點了點頭，他懂了。

以前在VBN時也遇到過粉絲Gank基地的情況，不過那些粉絲也就是要個簽名合照什麼的，而且當時隊裡都是一群大老爺們不覺得有什麼好擔心的。但是現在好像不一樣了……

他想起自己沒事時翻看周彥兮社群下的那些留言，眉頭不由得皺起，畢竟哪個圈子裡都是一樣，總有一群沒品德的人把低級當做有趣。

可當他看到周彥兮那張因為緊張還有點發白的小臉時，他的眉頭又舒展了開來：「微波爐裡留了飯給妳，熱三分鐘可以吃，妳先去吃飯，吃飽了再說別的。」

周彥兮早就餓了，剛才遇到那痘痘男後，她首先鬱悶的就是外賣怕是叫不成了。現在突然聽到鐘銘說幫她留了飯，那心情別提有多好，隨之剛才提起來的心也因為想到有鐘銘在而逐漸安穩下來。

周彥兮說了句「謝謝銘哥」就跑去廚房熱飯。

看著她走遠，鐘銘重新戴上耳機繼續遊戲，而這一局又是以小飛被吊打告終。

遊戲結束，小飛私戳鐘銘：『銘哥，你能不能提醒我一下，我最近又做錯了什麼？這才兩天不到，我都快掉出排行榜了……』

鐘銘動了動脖子，摸到桌上的菸盒，拈出一根點上。

要說小飛做錯的事，還真不少，但是他最不該犯的錯誤，大概就是惦記上了他鐘銘惦記的人。

不是這些都沒必要跟他說。

於是鐘銘敲了一行字回過去：『你好好想想。』

對話欄裡一直顯示著對方在輸入中，過了好一會兒，小飛回了過來：『銘哥，他們說的是真的嗎？』

鐘銘吸了一口菸回：『他們？說了什麼？』

其實哪有什麼「他們」，所有的一切都是小飛親眼所見，那天去GD的基地，鐘銘和周彥兮的小互動都被他看在眼裡……所以關於那個問題的答案，在他的心裡早就有了，尤其是昨天晚上之後。

昨晚他找到周彥兮，說了些無關緊要的話，最後他問她：「妳是不是有喜歡的人了？」

周彥兮沒有回答，但是她的每一個神情卻都像是在回答他。

小飛知道，他們的心裡有彼此，但是不知道為什麼，好像還沒有確認過彼此的心意。這讓他小小竊喜了一下，但是竊喜過後只有無奈。

『沒什麼。』小飛回覆鐘銘，『對了銘哥，你這兩天跟城哥聯繫過嗎？』

鐘銘看到這話，心裡隱約有不好的預感：『他怎麼了？』

『他不讓我說，你自己去問他吧。』

鐘銘沉默了一會兒，其實差不多已經猜到是什麼事了，只是沒有想到這件事會發生在國際賽開賽前。

『我知道了，謝謝你。』

小飛回了個呲牙笑的貼圖：『那我能繼續打遊戲嗎？』

鐘銘也笑了笑：『隨意，我下了。』

說著，便退出了平臺，關掉了電腦。

鐘銘起身走到廚房，此時一樓大廳的窗簾都是拉著的，光線很暗，讓人有一種已近黃昏的錯覺。

鐘銘從冰箱裡拿出蘇打水，打開後倚在吧檯前邊喝邊看著周彥兮歡快地扒飯。

「好吃嗎？」他問。

周彥兮嘴裡含著飯粒，含糊不清地「嗯」了一聲，然後朝著鐘銘諂媚一笑。

鐘銘不屑地輕哼了一聲：「瞧妳那點出息。」

話雖這麼說，但他的嘴角還是爬上了笑意。

周彥兮是真的餓了，把鐘銘留給她的飯菜吃得一乾二淨。可能是吃得太急了，覺得嗓子有點乾，目光不由得就掃到了鐘銘手上的那瓶蘇打水。

「要嗎？」他似乎是隨口問道。

周彥兮正想說來一罐吧，但是又發現自己一想到冰箱裡拿出來的蘇打水的溫度，就反射性地覺得肚子不太舒服。

她立刻在腦子裡算了下時間，月底了，她的生理期快到了。

想到這裡，她連忙搖了搖頭：「我喝熱水就好。」

不過話說回來，她的衛生棉好像已經沒了，萬一生理期今天來就慘了。她想著等一下要去趟超市，但是又想到剛才那個痘痘男，依舊心有餘悸。

「銘哥。」

「嗯？」

「你等一下有安排嗎？」

鐘銘想到李煜城那事，於是說：「要打個電話。」

周彥兮一臉期待地看著他：「那打完電話呢？」

鐘銘掃了她一眼：「妳有事？」

「哦，我就是看到我們的冰箱空了，該去趟超市了吧？」

「妳不是都要回家了嗎？」

「但沒兩天就又回來了啊。」

「到時候阿姨也回來了，這些事交給她就行。」

周彥兮見這樣說不動鐘銘，只好坦白說：「其實是我自己還想買點別的東西……本來我自己去也沒問題，可是也不知道剛才那個人走了沒有。」

周彥兮抬起頭來，幾乎用央求的語氣說：「所以銘哥，等等你能陪我去一趟超市嗎？」

也就只有這種時候，她才能想到他。

鐘銘輕輕鬆鬆地把空掉的易開罐捏扁，扔進垃圾桶中，然後雙手插在褲子口袋裡，慢悠悠地往樓上走去：「再說吧。」

看著鐘銘離開的背影，周彥兮洩氣地撇了撇嘴。

她悄悄跑到窗前，鬼鬼祟祟地挑起窗簾往窗外看了看，並沒有看到那個痘痘男。這麼容易就打發走了嗎？恐怕沒那麼簡單吧。

第二十二章　追蹤

洗好了碗周彥兮上樓回房間，路過鐘銘房門前時，聽到他正在打電話。她不由得就又想到了前兩天被她聽到的那通電話。還是那個女孩子嗎？

好奇心作祟，周彥兮還想像上次那樣跑到陽臺上偷聽一下，但是發現這一次不可行——鐘銘關上了陽臺的門，他在裡面說什麼，她一句也聽不到。

想像著他可能在和另一個女孩子甜言蜜語，也不知道自己怎麼了，就覺得心像是被一隻手握住了一樣，讓她有點透不過氣來。

打開窗戶想要透透氣，發現社區裡有幾個保全和工人模樣的人在修理掛在樹上的彩燈。

周彥兮想起昨晚自己出去見小飛的時候，社區裡就已經是這樣了，處處是彩燈，一派節日氣氛。只是當時她只想著快點打發走小飛，也沒顧得上欣賞這些。直到此刻才意識到今天正好是二十四號，平安夜。

難怪鐘銘在打電話，難怪他沒時間陪她去超市！

亞洲人過耶誕節和美國人過耶誕節可不一樣。在亞洲，這個節日就相當於另一個情人節，是年輕男女約會的日子，也是商家借機促銷的日子，唯獨不是逛超市的日子！

可是鐘銘在這種時候留她一個人在基地未免太重色輕友了吧？他們好歹是隊友，有一起並肩作戰的情誼，他竟然在她既不方便叫外賣，更不敢親自出門的時候拋棄她，讓她餓著肚子的同時還血流成河，還是人嗎？

也不知道是生理期的影響，還是其他什麼原因，總之此刻的周彥兮情緒很不穩定。她越想越委屈，最後乾脆衝去了鐘銘的房間。

門沒有鎖，她象徵性地敲了一下，然後也不等裡面人回應，便推門而入。

然而就在門被推開的一剎那，周彥兮的委屈憤怒都僵在了臉上。而因為她的突然闖入，鐘銘彎腰脫褲子的動作也不得已停了下來。

周遭是詭異的靜，彷彿可以聽得到時間流逝的聲音。

片刻後，鐘銘緩緩直起身來，結實赤裸的上半身毫無保留地袒露在周彥兮面前。他那條居家褲的帶子也已經解開，此時褲子正鬆鬆垮垮地掛在他的腰胯上，剛好露出印有英文Logo的黑色內褲邊緣。

周彥兮沒敢再往下看，連忙收回了視線。

「妳一定要每次都這樣嗎？」鐘銘的語氣裡有幾分無奈。

周彥兮終於回過神來，連忙退出了房間：「其實我也沒什麼事，你你你繼續！」

「妳回來！」

她正要逃走，又被他叫住：「到底什麼事？」

周彥兮猶豫了一下還是說：「就想問問你等等要不要一起去超市。」

鐘銘看向她，此時她的臉紅的像個番茄，雙手攪在一起透露著她的不安，還有，她那眼神一會兒看上一會兒看下，片刻的工夫把四處看了個遍，就是不敢往他這裡看。

他微微勾了勾嘴角：「等我洗個澡吧。」

周彥兮愣了愣，這才意識到鐘銘這是答應了，難道他不打算去和電話裡那女孩約會了？心情瞬間變得很好，可是一高興，她又有點得意忘形：「那銘哥您慢慢洗哈！有什麼需要我幫忙的儘管說。」

鐘銘聞言臉上笑意更深：「我洗個澡妳能幫我什麼？」

周彥兮設想了一下說：「萬一你在浴室不小心摔個跤什麼的可以叫我，不過先把衣服穿上再叫我哈！」

鐘銘笑著點頭：「我謝謝妳啊。」

「不客氣，我們是隊友，該互幫互助。」

「嗯，那妳現在先幫我個忙吧。」

周彥兮不解地眨了眨眼：「什麼？」

「先幫我從外面把房門關上。」

周彥兮看了看外面走廊，又看了看房門，臉上天真的笑意不見了。

「哦，那我出去了。」

「嗯，謝謝。」

從鐘銘房間裡出來，周彥兮對著那扇剛被自己關上的門揮了揮拳頭。

「有什麼了不起的？讓我出去就直說唄，拐彎抹角的有意思嗎？」

她一邊小聲嘀咕著，一邊回到了自己房間。雖然嘴上還是在抱怨，但是心裡卻是高興的。

過了一會兒，她突然意識到一個問題，今天既然是平安夜，那大家出門肯定都要稍微打扮一下，就算他們只是去逛個超市，太邋遢的話好像也挺丟鐘銘的臉的。

想到這裡，她找出了換洗衣服，下樓去了周俊房間。

等周彥兮洗完澡換好衣服又化了個淡妝從房間出來時，正好鐘銘也收拾好從房間裡出來了。

他依舊穿著簡單的短款黑色夾克，搭配同色牛仔褲，一雙長腿一覽無餘。

周彥兮又想到自己在一小時以前看到的那一幕不禁感慨，還真的有人是這樣「脫衣有肉穿衣顯瘦」啊！

再看周彥兮自己，她穿了件藏青色的中長款A字形大衣，下面一雙薄薄的羊絨褲外是一雙黑色過膝靴。這身裝扮她是動了點心思的，因為要照著自己感受的話，她肯定二話不說裹上最厚最長的那件羽絨服，而現在……是挺好看的，但也很冷。

鐘銘看到她這身打扮卻只是微微皺了皺眉：「不冷？」

周彥兮故作意外地上下掃了自己一眼：「穿這麼多還會冷啊？不會的！」

鐘銘又掃了她一眼，片刻後才說：「那走吧。」

可是剛到車庫，周彥兮就有點後悔了，她忍不住搓了搓手臂，沒想到今晚會這麼冷。

鐘銘走在前面，可就像是背後長了眼睛似的說：「現在回去換衣服還來得及。」

一陣風吹過，周彥兮的聲音都有些發抖了：「不冷。」

鐘銘沒再說話，

還好上了車以後，就真的不冷了。

附近最大的超市在一家商場內。車子剛停好，周彥兮正要下車又被鐘銘叫住。

「把帽子戴上。」

「哦哦。」周彥兮這才想起來已經今非昔比，自己在公眾場合也要擔心被粉絲認出來了。

周彥兮連忙拿出帽子和口罩帶好，對著鏡子照了下，確定把自己遮好了才下車。而鐘銘也戴著一頂鴨舌帽，遮住了大半張臉。

值得慶幸的是，可能因為今天並非週末，而且又是平安夜，所以超市裡的人並不多。周彥兮這才敢摘了口罩，跟在鐘銘身後認真選起東西來，不過最重要的東西她卻一直都沒有拿——因為兩人只推了一輛推車，還是在鐘銘手上，所以如果她扔了什麼東西進去，他肯定會看到的。

雖然衛生棉這種東西也沒什麼大不了的，但是因為是面對鐘銘，周彥兮還是會覺得尷尬。幾次從衛生棉的貨架前經過，周彥兮都只是看了幾眼就走過去了。這次也是一樣，她望著漸漸遠去的那排衛生棉欲哭無淚。

鐘銘注意到了她的神情變化，問她：「怎麼了？」

「沒什麼？」

「那妳看看還有沒有其他要買的，我覺得差不多了。」

男人在任何時候的目的性都很強，購物時也是如此，他們進來才二十分鐘，鐘銘已經把要買的東西全部選好。不過讓周彥兮有點意外的是，購物車裡還有很多零食，不知道是什麼時候放進去的。

周彥兮拿起來看了一眼：「銘哥你也喜歡這個牌子啊？超級好吃的。」

其實今天她如果不是一直在想著怎麼悄無聲息若無其事地把衛生棉帶回去，她應該也會去買一些這個牌子的零食的。

「看包裝不錯，隨便選的。」

「哦。」

「是不是可以走了？」

周彥兮猶猶豫豫地說：「可以了吧。」

他們此時在賣場的最裡面，所以還要原路返回去結帳的地方。這樣就又有一次機會經過那幾個貨架，周彥兮正糾結，卻發現鐘銘在經過那幾個貨架時很自然的從上面拿了幾包。

周彥兮的臉立刻就紅了。

「看妳在這轉半天了……是這個牌子嗎？」

周彥兮看了眼購物車裡的東西百感交集地點了點頭。

「尺寸呢？是不是還有尺寸一說？」

「嗯，但你已經拿了所有的尺寸。」

「哦，那走吧。」

應該是要不好意思的，畢竟她和鐘銘不像和小熊，沒熟到那分上。可是不知怎的，她心裡卻覺得暖洋洋的。

雖然今天賣場人不多，但是開放的結帳通道也比平時少，所以結帳的隊伍還是排了老長。兩人百無聊賴地排在隊伍末尾，就在等著結帳的這段時間裡，周彥兮總覺得好像有人在看他們。可是回頭看向賣場，又沒什麼奇怪的人。

「銘哥，我總覺得有人在看我們，你說我們是不是被人認出來了？」

鐘銘聞言也掃了一眼賣場裡面，然後安慰她說：「應該不會，今天來逛超市的都是些不打遊戲的大爺、大媽，誰會認得妳。」

周彥兮想想也是，可能的確是自己因為那個痘痘男過於神經敏感了，於是也就放寬心，沒再多想。

話雖如此，可當鐘銘和周彥兮出了超市後，就連鐘銘也感覺到了那種被窺視的感覺。

搭手扶梯下樓時，他無意間一抬頭，就看到樓上的扶梯上的人群中有個人猛地把頭縮了回去，躲在了人群之後。這個刻意避開的舉動還是挺明顯的。

鐘銘回頭看了一眼周彥兮，好在此時她又戴上了口罩。

鐘銘把手上的購物袋換了手拎，然後很自然的換到了周彥兮的另一側站著，盡可能地擋住了那人的視線。

周彥兮以為鐘銘累了，抬頭問他：「銘哥，要不要我幫你拿一點？」

手扶梯上人多，兩人幾乎是貼在一起，周彥兮這一抬頭額頭差點蹭到鐘銘的下巴。而鐘銘拎著東西，還想著用身體盡可能地遮住周彥兮，同時電梯下行時又要保持平衡，所以另一隻空著的手就扶著周彥兮身後的扶手。這樣遠遠看去，就像是一對相互依偎在一起的小情侶。

「沒事，不重。」他說。

周彥兮點點頭，沒再說什麼。她的視線很快就被一樓中庭的平安夜活動吸引住了，是個情侶互動的小遊戲，獲勝方還可以贏取兩張電影票。

鐘銘抬手看了眼時間，確實還早。

「去看個電影吧。」

中庭此時正放著音樂，兩人雖然離得近，但鐘銘聲音不大，周彥兮一時間沒聽清楚：「銘哥你說什麼？」

鐘銘被吵得有點煩躁，只好提高音量重複了一遍：「我說看電影！」

然而就在這時，樓下撥放的音樂聲突然停了下來，頓時顯得他的聲音特別突兀。前排有人看了過來。

周彥兮先是一愣，但很快臉就熱了。

過了一會兒她才說：「可是電影院在樓上啊。」

「先把這些東西放回車裡再說。」

兩人搭著手扶梯下到地下一樓的停車場，當鐘銘剛把東西放進車子後行李箱裡後，好像又看到某個柱子後面有人鬼鬼祟祟地在偷看。

他不由得皺了皺眉，見周彥兮正要返回商場，便拉住了她。

周彥兮不明所以：「不是看電影嗎？」

「換個地方。」

周彥兮遲疑了一下點點頭，跟著鐘銘上了車。

車子開出商場車庫，鐘銘很快就注意到有一輛小車一直跟著他們。一開始還不能確認，他連超了幾輛車，換了幾條道，那輛車只是在車流中消失了片刻，沒一會兒就又會跟上來。

鐘銘看了眼前面的路，然後快速轉進一條小路，停了車。

車子剛剛停下，他就從後視鏡中看到那輛車也拐了過來。

還不等周彥兮反應過來是怎麼一回事，鐘銘已經丟下一句「在車裡待著別動」就下了車，朝車後方的道路中央走去。

小路上光線不好，車輛也少，但鐘銘走向路中央時正巧駛來一輛車。車燈閃了兩下，明顯是在警示鐘銘，但鐘銘不躲不避，就在那等著。

周彥兮看到這一幕，心都快跳出來了。還好最後那輛車猛打方向盤，停在了路邊。

周彥兮稍稍安下心來，回頭再看，那輛車的車燈滅了，車裡坐著的人好像是那個痘痘男？她也是直到這一刻才意識到，他們被人跟蹤了。

不過此刻，這些都不重要，看鐘銘那架勢，大概真的很生氣吧。

周彥兮一邊拿出手機，做好隨時報警的準備，一邊在心裡默默祈禱，最好是大事化小小事化了，畢竟鐘銘的那雙手可是很金貴的，無論如何也不能用來打架啊！

將那輛逼停後，鐘銘沒好氣地敲了敲駕駛座的車窗。車子裡拖了好一會兒，車窗才緩緩降了下來。

「有完沒完？」鐘銘一開口，就和這天的夜風一樣透著寒氣。

痘痘男此時還處於驚魂未定的狀態。剛才他跟著鐘銘的車剛轉了過來，就看到一個高個子男人直接朝著他的車頭方向走來。他的第一個反應是想讓這不長眼的人趕緊讓開，所以閃了兩下車燈，但當燈光打在男人臉上，看清男人臉上的神情時，他就知道今天怕是要交待在這了。

而此時鐘銘人在車外，那種壓迫感卻已經清清楚楚傳遞給了車裡的人。

他已經開始後悔了，怎麼就不懂見好就收？偏偏跟了這麼久，澈底惹怒了眼前這個男人。

痘痘男緩緩降下車窗，朝著車外的鐘銘堆出一臉笑容：「影神……」

鐘銘微微挑眉下：「你知道我是誰？」

「雖然沒看過您的照片，但是能和ＹＡＮ在一起，再結合您這身形，不難猜測。」

鐘銘的臉色不見好轉。

痘痘男見狀連忙解釋：「您別生氣，這都是誤會！」

「誤會？」男人的聲音冷冰冰的，「今天下午去基地敲門的人是不是你？」

痘痘男哆哆嗦嗦地說：「是我……我是你們ＧＤ的粉絲啊，今天這麼做是有點過分，但是真的就是出於對偶像生活的好奇。真的，你相信我影神，我沒惡意。」

鐘銘一手搭在車頂上，為了配合痘痘男坐在車裡的高度，還特地半彎著腰：「『沒有惡意』？非法跟蹤他人，監視他人住所，私拍他人私生活鏡頭，窺探他人室內情況……你說你沒有惡意？那我是不是可以先報個警？請員警叔叔來判斷一下？」

「別別別，有話好好說。我是真的太喜歡ＧＤ了，一時腦子發熱……」

「身分證。」鐘銘打斷他。

痘痘男愣了一下：「什麼？」

「我說，把身分證給我！」

痘痘男有點為難：「今天沒帶……」

鐘銘看著他沉默了片刻，片刻後，在大家都沒反應過來時竟然突然出手，一把拽住痘痘男的衣領將他整個人從車窗中拖了出來。

前面保時捷裡的周彥兮看到這一幕，第一個反應就是要下車，才發現自己好像被鐘銘鎖在了車裡。

痘痘男半個身子被拖出車外，眼鏡也歪歪斜斜地掛在臉上。

此時的他已經澈底慌了：「影神！影神！別別別動手……我想起來了，我帶了，我帶身分證了！」

鐘銘聞言才鬆了手，痘痘男跌坐回車裡，顫抖著手重新戴好眼鏡，這才掏出身分證遞給鐘銘。

鐘銘拿過那身分證掃了一眼，又看了一眼痘痘男，確定身分證沒問題，拿出手機拍了張照片，才把身分證還回去。

痘痘男見鐘銘拍了自己的身分證繼續求饒：「影神，我真的再也不敢了，您就放過我這一次吧！」

「放過你這一次可以，但是萬一我們基地位址曝光，或者再被我發現有什麼人跟著我，我就只好請你喝茶了，不過是在警察局。」

痘痘男一聽立刻苦著臉說：「別啊，萬一是其他人呢。」

鐘銘沒接話，只是向他攤開手：「手機拿來。」

痘痘男知道自己之前拍的那些照片肯定是不保了，但是經過剛才那一下子還是覺得小命要緊，於是乖乖遞上手機。

鐘銘打開手機相簿看了一下，發現他下午拍的差不多都是他和周彥兮兩人的合照，而且抓拍的都是那種兩人看上去很親密的瞬間，就連當事人看了都會忍不住想入非非那種。

就比如有一張，應該是周彥兮在跟他說話，但因為身高差距，還有當時可能太吵，所以她微微墊著腳努力湊近他，而他也為了配合她微微彎下腰。但就這麼一個瞬間，在照片裡的角度看起來卻像是她在主動吻他。

還比如有一張是在手扶梯上的，他一手拎著購物袋，一手扶在她身後的扶手上，正好將她圈在自己身前的方寸之地，而她正看著他說話，手還環在他的腰上。但事實上他記得，當時她是問他需不需要幫忙，伸出手也是要去接那購物袋。

這樣的照片還有很多，不過或許是因為偷拍的緣故，並沒有拍到過兩人的正臉。

鐘銘從頭到尾一張張仔細檢查過去，然後又從尾到頭一張張回味過來。最後非但一張都沒刪，還在還手機給痘痘男時，難得心情不錯地說了句：「拍得不錯。」。

在鐘銘看照片的這段時間裡，痘痘男能想像到的摔手機、摔車、摔人等一連串暴力行為非但都沒有出現，最後竟然還撈了句誇獎，突然被這樣溫柔對待，痘痘男滿腦子問號。但看著男人已經離開，上了前面的車子，他不由得鬆了口氣。低頭再去看手機，驚喜的發現那些花了一下午時間拍到的照片竟然一張都沒少！

鐘銘一回到車上，周彥兮第一個反應就是去看他的手。

鐘銘任由她拉著自己的手翻來覆去地看，末了說：「便宜不是這麼占的吧？」

她都擔心死了，他還有心情開玩笑！

她立刻沒好氣地說：「你怎麼能那麼衝動呢？你知不知道剛才我嚇壞了？萬一受傷了怎麼辦？國際賽還要不要參加？誰帶著我們去拿世界冠軍？」

這是她第一次用這種態度跟鐘銘說話，話一說完才意識到自己有點失控，但想想並不後悔。剛才他去攔車，還有扯著痘痘男衣領的時候真的把她嚇壞了。他做事那麼衝動，她想作為隊友和朋友吼他兩句應該也不算過分。

鐘銘的神色由最初的意外到微微動容，再到漸漸平靜下來，他就那樣看了她片刻：「妳只擔心這個？國際賽？世界冠軍？」

周彥兮直覺他有點不高興，但也不明白他究竟為什麼不高興，可是自己的氣也還沒消，於是說：「對，你那麼努力，付出那麼多，頂著那麼大的壓力不就是為了那個世界冠軍嗎？我們這些人誰都可以不拿冠軍，但是你不可以啊！我一直都知道你跟我們不一樣，你有夢想也有配得上那個夢想的實力，所以如果明年的世界舞臺，不是你站在那裡，我可能就要對這款遊戲澈底失望了。」

周彥兮越說越激動，到後來不知怎麼的，眼眶都熱了：「我一直都知道，以我的實力根本捧不起冠軍獎盃，所以或許說出來會讓你失望，但是事實就是我從來沒有把世界冠軍當成自己的目標，但我依然在努力，努力追趕你的腳步，不是因為冠軍，而是我說過，你才是我的信仰……」

周彥兮還有好多的話要說，比如她一直知道公開賽的亞軍獎盃是怎麼丟的，她也一直知道他對她並不滿意，可是她真的很想跟他一起站在世界的舞臺上。然而後面的話還沒來得及說，就感覺到眼前光線一暗，原本陷在陰影中的那張臉突然靠近，那雙好看卻總是愛說刻薄話的嘴唇就那樣毫無徵兆地覆上了她的，將她後面的話結結實實地堵了回去。

柔軟而溫熱的觸感，輕輕在唇上輾轉，濕漉漉的舌尖掃過，毫不費力滑入她半張著的口中，輕輕勾動著她的唇舌。

好一會兒，鐘銘稍稍抬起臉來，看著依舊目瞪口呆的周彥兮，不禁笑了。

「原來妳喜歡睜著眼。」

周彥兮是第一次接吻所以沒經驗，剛才事發突然完全忘了閉眼這回事。不過，似乎有一件比閉不閉眼更重要的事。

「我以為是甜的……」

這話她幾乎想都沒想就脫口而出，待看到鐘銘臉上擴大的笑意後才意識到自己說了什麼蠢話。就算是再沒經驗，但這麼大一個人了也該知道言情小說裡那些關於這些事的描寫多少很不可靠。可是不知怎麼了，或許是從小根深蒂固的印象，讓她以為吻是甜的，所以潛意識裡不到親身鑒定的那一刻，都會那麼認為。

對於她的蠢話，鐘銘的回答卻是：「不甜嗎？我覺得挺甜的，要不然妳再嚐嚐……」

然後還不等周彥兮反應過來，便又吻了上來。這一次周彥兮記得閉上了眼睛。

嗅覺上和觸覺上的感官變得尤為敏銳，他身上洗髮精混合著鬚後水的味道，還有那似有若無淡淡的菸草氣息，讓她的每一個細胞都為之悸動。

她覺得自己大概快要死掉了——窒息死掉，幸福死掉……

第二十三章　女朋友

後來，直到周彥兮被鐘銘帶到一家西餐廳，她才漸漸回過神來。怎麼出來買個衛生棉，事情就發展成現在這樣了？

而且對比自己此時的兵荒馬亂，再看罪魁禍首彷彿沒事人一樣拿著菜單點菜。

還有，他剛才那樣究竟是什麼意思？喜歡她嗎？但又一句正經話都沒有。而且她明明聽到過他和別的女生的電話，那就是不喜歡她，但是看她那麼擔心他，還說什麼他是她的信仰，所以讓他以為吃定了她？

「牛排妳要幾分熟？」鐘銘抬起頭來問周彥兮。

周彥兮隨口答了一句，兩人再沒其他交流。

等到服務生離開，鐘銘才又笑著看她：「想說什麼？」

大廳的角落裡有個女生在彈琴，周彥兮轉頭看過去，正好避開了和鐘銘對視的目光。

耳邊卻傳來一聲輕笑，他說：「行了，我知道妳是第一次。」

「誰說是第一次？」一聽這話，周彥兮幾乎想都沒想就立刻反駁道。

雖然他猜的沒錯，但她畢竟也二十歲了，還在國外待了幾年，讓他知道她連接吻的經驗都沒有，說明自己也太沒有魅力了。

鐘銘笑意更甚：「不是嗎？我還以為妳是第一次做別人女朋友。」

周彥兮正要再反駁，但想了想，好像哪裡不對。

「你說什麼？」

鐘銘斂起笑意，但是目光柔和，帶著幾分認真的神色：「我本來是沒想這麼快的，畢竟我們後面還有幾場硬仗要打，我害怕妳分心，更害怕自己會分心。但是彥兮，我已經盡力了，那種時候，真的沒辦法控制我自己。」

這是在對她表白嗎？這麼說他是認真的了？那究竟是從什麼時候開始的？周彥兮滿腦子的問號，但是有一點可以肯定——就是在他吻她的時候她是願意的，而此刻在他看著自己說出這些話的時候，她是高興的。

原來真的讓小熊說中了，早在不知不覺中，自己就已經喜歡上了他。

「小時候做乖小孩的時候，曾狂妄的認為，只要自己夠努力，這世上的事情都好掌控。可是後來開始打職業比賽了，就發現越來越多事情是自己如何努力也控制不了的，眼下又多了一件……既然感情無法控制，那就順其自然吧，所以彥兮，做我女朋友，好嗎？」

周彥兮早就在心裡轉起了圈圈，順應自己此時此刻最真實的想法，很想立刻就點頭同意。

然而，她卻突然又想到了一件事：「可是，你不是有喜歡的人了嗎？」

這話問得鐘銘一頭霧水：「什麼喜歡的人？」

周彥兮把她那天在陽臺上聽到的內容說了出來，越說越覺得生氣，結果就見對面的男人臉上的笑意漸漸擴大：「妳就從這個電話斷定我有喜歡的人？」

周彥兮突然有點不確定了。

鐘銘笑夠了，嘆了口氣說：「行了，事情不是妳想的那樣，而且電話裡那人妳過兩天就能見到了。不過……」

鐘銘話鋒一轉：「妳偷聽我打電話？從什麼時候開始的？經常這樣嗎？」

周彥兮一聽這話，好像已經看到她跳進了自己挖好的坑裡，悔得腸子都青了。

周彥兮連忙解釋：「不不，不是的，那天是第一次，我就是想在陽臺上吹吹風，然後隔音不好，就不小心聽到的。」

「那麼冷的天，妳在陽臺上吹風？」

「那個……」

周彥兮正搜腸刮肚地想著合適的理由，鐘銘卻笑了：「妳就算承認也沒關係，至少說明妳對我也早就有想法了。」

周彥兮竟然無法反駁，只能尷尬地低頭切著盤子裡的牛排。

鐘銘說：「早知道是這樣，我就……」

周彥兮愣了一下抬起頭來：「你會怎麼樣？」

他會怎麼樣？他大概就不會把寶貴的精力浪費在防著小熊、防著小飛，還有其他可能的任何人身上了……他只需要引導她一步步地瞭解自己的感情，正視自己的感情，然後欣然地接受做他的女朋友。

「沒什麼。」鍾銘笑了笑說，「吃飯吧。」

周彥兮悄悄鬆了口氣，卻聽鍾銘突然又說：「其實妳不用這麼快就給我答案，好好想一想。」

周彥兮不由得又看向他，他正低頭切著牛排，像是不經意間說出那話，卻讓她不好那麼爽快的答應了。

她不情不願地「哦」了一聲，低頭去切自己盤裡的牛排，盤子卻突然被人抽走，換上一份已經切好的，正是剛才他切的那一份。

周彥兮在心裡嘆氣，別說自己不想拒絕，就算真的對他沒有感情，也不忍心拒絕這麼好的人吧？

鍾銘突然又說：「不過都這樣了，再說不是男女朋友好像又矯情了點。」

「都哪樣了？」周彥兮想都沒想脫口而出，可話一出口才意識到自己好像說錯了話，於是紅著臉低下頭，不再說話。

鍾銘笑：「就是妳想的那樣，所以只要妳是願意的，我們就在一起吧。」

周彥兮沉默了片刻，抬眼看他：「你想好了？」

他點頭：「想好很久了。」

吃完晚飯，鐘銘問周彥兮：「妳回家需要帶些什麼東西嗎？」

「不用，家裡什麼都有，再說回去只住三、四天。」

鐘銘點頭：「既然這樣，那就不回基地了，我現在就送妳回去吧？」

「可是我和周俊說好了明天回去的。」

「妳就那麼怕妳媽？」

這是原因之一，原因之二，當然是因為基地裡有他啊……但是周彥兮什麼也沒說。

鐘銘繼續解釋說：「剛才那小子雖然被我嚇跑了，但不知道還會不會去基地。這兩天基地人少，妳現在住那不安全。等明天我找人多安裝幾個監視器，順便把妳房間的熱水器修了，過兩天妳回來就方便了。」

周彥兮想想也是，也就同意了鐘銘的安排。

其實，鐘銘這麼著急把周彥兮送回家還有一個原因。以前什麼都沒說破，他還勉強能控制自己，現在偌大的基地只有他們兩個人了，他真怕自己會做出點什麼出格的事，畢竟現在國際賽迫在眉睫，她又因為種種原因成了風口浪尖上的人，他不能讓他們再出現全國公開賽上的失誤，他必須足夠專心、足夠強大，不辜負自己，也不辜負她。

周彥兮的身分已是今非昔比了，稍稍關注電競圈的人就不會不知道她。周爸、周媽因為女兒、兒子都去當職業選手的事情，就算以前對這個行業再提不起興趣，但在那之後也多會留意。所以周彥兮他們拿了全國亞軍的事情，周爸、周媽也都知道了，他們甚至還知道女兒如今已經成了電競女神，出入年輕人多的地方就和明星沒什麼差別。這一方面讓他們顏面有光，一方面又忍不住擔心。所以周爸、周媽都想早點見到一雙兒女，問問他們最近的情況。

周彥兮早就料到了這一切，一進家門就以頭疼為由躲進了房間。但深知躲也躲不了太久，為今之計只能祈禱周俊快點回來，好轉移一下父母的注意力了。

周彥兮想起來，自己已經提前回來的事情還沒告訴周俊，於是連忙傳訊息給弟弟：『我已經回家了，你什麼時候回來啊？一個人在家好無聊啊！』

周俊看到訊息還得意洋洋地以為他姐離不開他，本來想著明天回家的，但眼下也沒什麼事了，乾脆就說今晚回去。

周彥兮立刻回：『那太好了！正好我買了箱零食，等你回來一起看平臺冬季賽哦！』

大概是惦記著和周彥兮一起看冬季賽，周俊不到九點就到家了。然而不幸的是，他一進家門就被父母攔下，拉著問長問短，卻始終不見他姐出來支援一下。

前前後後問了一大堆，最後周媽媽和周爸在對視一眼後，終於問出了他們最關心的問題：「那你姐現在這麼受歡迎，就沒交個男朋友？」

其實在爸媽拉著弟弟問話時周彥兮就趴在房門上偷聽，聽到這裡，她不由得有點緊張，想聽弟弟怎麼回答。偏偏前面還在對答如流的周俊此時卻沒了聲音。

知子莫若母，何況周俊是個什麼都寫在臉上的傻蛋，周媽媽一見他那閃爍的眼神就知道有情況。周爸爸更是腦中警笛大響，真不知道自己養了這麼多年的白菜被哪家的豬盯上了。

「我不知道。」周俊說。

房裡的周彥兮鬆了口氣，但周媽媽立刻不高興了：「什麼叫『你不知道』？你天天跟你姐姐在一起她有沒有男朋友你會不知道？」

不過周彥兮注意到了一個細節，正常情況下弟弟應該說「沒有」的，「不知道」是什麼意思？

「我真的不知道，爸媽你們別問了！」周俊討饒。

周媽媽突然想起什麼來：「是不是你們那個隊長？」

周俊聞言先是一愣，然後很快掃了一眼姐姐的房門，最後只是說：「你們要問去問我姐！」

周媽媽一見這情形就知道自己猜對了。

周爸爸立刻問老婆：「妳見過？人怎麼樣？家裡什麼情況？」

周媽媽對著自己老公微微一笑：「人是挺不錯的，只不過上次沒聊多久，對他家裡情況不清楚。」

周爸爸說：「那就再約過來瞭解瞭解。」

周媽媽點頭：「正好上次我還留了那孩子的聯繫方式。」

聽到這裡，周彥兮實在憋不住了，她這才剛和鐘銘確立關係，父母就要把人提來查戶口了，這太尷尬了吧！而且最重要的是，世界賽迫在眉睫，她並不想這麼快就公開兩人的關係。

於是在父母已經開始盤算在哪宴請未來女婿的時候從房間裡衝了出來：「你們能不能不要這麼武斷？我和他沒什麼，還沒搞清楚狀況就去約人家，太丟臉了吧！」

周爸、周媽都看向周俊。周彥兮努力做出一副痛心疾首的樣子說：「周俊這種單細胞動物，他知道什麼啊！」

周俊一聽這話，覺得自己受到了侮辱，於是什麼也不管了，只求證明自己什麼都知道。

「周彥兮！妳說誰單細胞？我怎麼什麼都不知道了？我其實什麼都知道！」

「你知道什麼呀？」

周俊委屈：「我就是知道，別以為那天慶功宴時他在走廊親妳的時候沒人看見！」

周彥兮只覺得腦子裡「嗡」的一下，什麼反駁的話語都想不出來了。

周家父母看看兒子，再看看女兒的反應，真相究竟是什麼樣，兩人心裡也就有數了。

周媽媽問周爸爸：「吃西餐會不會太拘謹。」

「就你們喜歡那東西，反正我是吃不慣。」

「可你愛吃的川菜、湘菜也怕人家吃不慣。」

「那還是淮揚菜好了，大眾皆宜。」

周俊豁出命爆了猛料，但事後並不覺得暢快，反而還有點後怕地看了眼周彥兮。而周彥兮早已是一副生無可戀的樣子，一句話也沒說，呆呆地返回了房間。

周彥兮怎麼也想不到，上次鐘銘替她「解圍」的情形竟然被周俊那傢伙給看見了。如果沒有後面的事情，她大可以解釋一下，但是那天沒坐實的事情在今天回來之前補上了，所以周俊那小子雖然大嘴巴，但也不算胡說，這樣一來她就真不知道該怎麼反駁了。

突然又想到今天鐘銘送她回來前的情形，周彥兮抱著被子在床上打了個滾——原來他一直喜歡自己啊，怎麼還總是對自己那麼凶，讓自己一度以為他很討厭她呢！難道他也是像自己一樣對感情這事後知後覺嗎？可是又不太像啊，畢竟他是那種喜歡掌控一切的人，怎麼可能連他自己的想法都不清楚？

周彥兮翻來覆去把自從認識鐘銘以來的那些點滴瑣碎都回憶了一遍，這才發現，以前不覺得怎麼樣的小事，如今看來都是破綻。

周彥兮就這樣越想越覺得心裡甜滋滋的，恨不得立刻昭告天下，她終於不是單身狗了，而且男朋友還是又帥又上進的悶騷大神。

想到這裡周彥兮拿出手機，也不管時間已經很晚了，傳了訊息給小熊。

YAN：『熊神，聊兩句？』

熊熊是你爸：『三更半夜的，要打發無聊不是應該找妳家影神嗎？』

『嘿嘿，其實想聊的事情是和他有關。』

熊熊是你爸：『妳別告訴我這兩天趁我們不在，妳們孤男寡女發生了什麼不可描述的事情。』

『嘿嘿，差不多吧……他今天跟我表白啦！』

這則訊息傳出去後，只見對面小熊一直是「輸入」狀態，但是遲遲不見有訊息傳來。隔了好久之後，他才回了個：『果然。』

周彥兮又想到前幾天小熊還說過鐘銘看她是男人看女人的感覺，當時她還不以為然，現在看來小熊看人果然還是有兩把刷子的。

想到這裡，周彥兮立刻奉上馬屁。

『熊神真是料事如神啊！』

熊熊是你爸：『只有妳這種傻子會看不出來。』

周彥兮完全不理會閨密的揶揄，忍不住把臉埋在被子裡「咯咯」地笑起來。

過了一會兒，小熊又問她：『妳們進展到哪一步了？不會已經被人家吃乾抹淨了吧？』

周彥兮的臉「噌」一下紅了：『怎麼可能啊！不過你這論調怎麼和我媽一樣，好陳腐哦。』

熊熊是你爸：『哥要不是擔心妳被騙色，哥陳腐個屁啊！而且一想到有些人表面一本正經，背地裡偷偷打著妳的主意就不爽！』

『消消氣！消消氣！』

周彥兮早就看出小熊貌似不太喜歡鐘銘，也不知道是有什麼誤會。不過一想到一邊是自己男朋友，一邊是自己閨密，兩人要是互看不順眼，自己也難做，於是她不確定地問：『你是不是不喜歡銘哥？』

熊熊是你爸：『倒不是不喜歡……』

周彥兮正要鬆口氣，小熊又說：『我就是覺得他對我們好像有所隱瞞，並不是看上去那麼簡單。』

完了，看來誤會還不淺……

周彥兮突然有點惆悵：『我是不是不該那麼痛快地答應他？』

熊熊是你爸：『妳傻不傻，他又沒對我表白，我怎麼看他有什麼關係？』

周彥兮還想說她想看到大家其樂融融啊，那邊小熊已經不耐煩了：『非要我和妳搶男人妳才舒服是不是？』

看到這句，周彥兮不由得手一抖：『嘿嘿，那倒沒有……不過，你這麼挑剔，千萬不要為了我破例啊！』

小熊傳了個鄙視的貼圖：『行了，我知道妳心裡其實早就樂開花了。都快十一點了，別打擾我睡美容覺了，帶著我的祝福滾吧！』

『好的，那小的退下啦！』

接下來的幾天，無論周爸、周媽怎麼盤問，周彥兮就是一口咬定是周俊看錯了，她和鐘銘沒有什麼。

其實在周家父母看來，周彥兮明顯比周俊可靠多了，所以在她澄清幾次之後，周爸、周媽也開始懷疑會不會是兒子出於某種很幼稚的理由在編瞎話呢？畢竟他可是前科累累啊。這樣一來，約見鐘銘的事情也被擱置了下來。

周彥兮僥倖地逃過一劫，但卻完完全全的得罪了周俊。直到兩人一起返回基地時，周俊還在和他姐冷戰。

可是周俊和周彥兮除了姐弟關係，還是隊友，這樣冷戰下去也不是辦法。但周彥兮見識過弟弟的大嘴巴，想著告訴他實情肯定是不行，於是就把鐘銘那套「解圍」的說辭說給他。

本來還擔心周俊不相信，沒想到周俊一聽這說法竟然恍然大悟：「我也說嘛，銘哥那種人渾身一點缺點都沒有，不可能單單就眼睛不好看上妳。不過銘哥竟然能想到這一招幫妳解圍，好聰明哦！」

周彥兮此時看著窗外，聽到這話只「哼哼」了兩聲，心裡一邊暗笑弟弟這個蠢貨眼睛才不好，一邊又很期待他知道真相後被打臉的樣子。

快到基地時，周彥兮的手機震動了兩下，她打開訊息。

Shadow：『什麼時候回來？要不要我去接妳？』

鐘銘知道她會今天回基地，但是不知道她什麼時間回去。這一整個早上她又忙著和周俊鬧，也忘了告訴他自己已經出門了，此時看到訊息不禁心裡暖暖的，回覆說：『已經到基地了，和周俊一起。』

『我還以為妳賴在家裡不想回來了，就等著我去請了，結果回來了也不提前說一聲。』

看到這句話，周彥兮彷彿已經看到了鐘銘那張面無表情的臭臉，還有隔著螢幕都能感覺到的怨氣。

周彥兮突然很想逗一逗他：『想我了？』

本以為以鐘銘那種悶騷的性格大概會再嗆她幾句的，沒想到他卻說：『是啊，有點牙疼，都想到上火了。』

周彥兮看到他的回覆，不禁捂著手機偷笑。可緊接著，看到下一則，她就笑不出來了。

Shadow：『所以妳趕緊想想，回來怎麼滅我的火。』

她的臉「噌」的一下熱了，本來想調戲人的，結果還是被人調戲了。

周彥兮和周俊回到基地時，鐘銘正從房間裡出來。

他穿著單薄的咖啡色居家休閒褲，搭配白色長袖T恤，領口有點大，能看到若隱若現的肌肉線條，再往上是男性特徵的喉結，還有略微瘦削還微微泛青的下巴。

不知怎麼的，周彥兮彷彿又聞到那種鬚後水混著無淡淡的菸草氣的味道，心跳也隨之漏掉了一拍。

周俊興高采烈地和鐘銘打招呼。周彥兮只和他對視一眼，什麼也沒說往二樓自己房間走去。

然而在樓梯上，和他擦身而過時，她分明感受到自己的小指被人輕輕地勾了一下。就像是觸電一樣，她不自覺地顫抖了一下。回頭再看始作俑者，竟然跟沒事人一樣，大咧咧地朝著自己位子走去。

「別拖拖拉拉了，早點下來訓練。」他背對著她說。

周彥兮朝著他背影撇了撇嘴，誰知他卻突然回頭，臉上雖然還是沒什麼表情，眼裡卻有笑意。周彥兮總覺得這人後腦杓長了眼睛，每次總能抓她個正著，但還是咧嘴一笑：「好的銘哥。」

自始至終一直在「專心」打遊戲的小熊，將這一切都看在了眼裡，他竟破天荒地主動跟王月明搭話：「老月你覺不覺得今天這太陽有點刺眼啊？」

這些天王月明一直有點心不在焉的，此時聽小熊這麼問也沒多想，看了他一眼說：「不會吧熊神，你是背對太陽坐的。」

「對哦，那就是其他東西刺到我的眼了。」

鐘銘勾了勾唇角，隨手點了根菸，邊進遊戲邊笑呵呵地對小熊說：「要不要放你半天假去看看眼科？不過眼睛的事情可大可小，最好連腦科也一起看了。」

小熊這人除了遊戲打得好，還有個優勢就是嘴上功夫也好，吵架從未遇上過對手，誰知道今天竟然敗給了一直對他還算客氣的鐘銘身上。

他差一點就要質問他，到底懂不懂套路啊！在男女關係建立的初期，男方難道不該為了鞏固關係討好一下女方閨密嗎？他不但不討好，反而這樣得罪女方閨密，不等同於自尋死路嗎？但轉念又想，可能因為自己性別的緣故以及男人天生的占有欲，讓那傢伙變蠢了也是很有可能的。

周彥兮把從家裡帶來的東西放好，就從房間裡出來了。

剛下到一樓，就聽到鐘銘說什麼看眼科、腦科的事情，於是隨口問道：「誰要去看眼睛？」

小熊剛才才被鐘銘嗆了一下，見到周彥兮免不了要遷怒，冷哼了一聲說：「還能有誰？就是妳眼睛最不好！」

周彥兮無語：「我又怎麼了？」

鐘銘說：「行了，小熊今天有點不舒服，他說的話妳別當回事。」

周彥兮愣了一下，看向小熊：「哪裡不舒服啊？」

小熊一頭霧水地看向鐘銘，鐘銘笑了笑對周彥兮說：「大概是……心裡？」

周彥兮算是明白了，大概還是因為那個「誤會」吧……

終於人都聚齊了，鐘銘開了個五人排位。一週沒碰遊戲，大家打起來明顯都有點生疏，所幸默契都還在，打了一會兒也就順手了。但是唯獨周彥兮遲遲無法進入狀態，開局一刻鐘了，經濟始終倒數第一。她狀態不好倒不是因為別的，只是突然覺得肚子不太舒服，遲遲沒來的生理期難道要來了？

鐘銘也注意到了她的狀態不對，抽空低聲問了句：「沒事吧？」

周彥兮正想答話，突然感到下腹一熱，那種熟悉的感覺驚得她立刻扔了滑鼠朝樓上跑去。再看她操作的英雄神牛，此時已被敵方甩來的各種技能送上了西天。

周俊說：「我姐這是怎麼了？還在團戰呢突然就跑了？」

鐘銘皺眉掃了一眼樓上，想著等等要上去看看她。而正在這時，周彥兮落在桌子上的手機突然響了。

掃了一眼，來電人是「李叔叔」，他沒有理會。但是這位「李叔叔」非常執著，第一個電話沒人接，緊接著又打了第二個。

最後是周俊先不耐煩了，扯著嗓子朝樓上喊：「周彥兮！電話！」

樓上沒人應聲。

樓下周彥兮的手機終於不響了，眾人以為也就這樣了，但沒一會兒，鐘銘感覺到手臂下的桌子震動兩下，放在旁邊的手機上又有訊息進來。

鐘銘隨意掃了一眼，原本沒打算看是什麼內容的，但是已經來不及了。

螢幕上正巧顯示一半的訊息內容。

「李叔叔」說：『彥兮，有些話我怕我現在不說以後會後悔，我對妳的感情粉絲都知道，就妳還……』

後面的內容沒有完全顯示，但是什麼已經不重要了。

第二十四章　李叔叔

這個「李叔叔」是誰其實並不難猜——誰對她有感情？誰對她的感情眾人皆知？雖然現在周彥兮被人封了個「電競女神」的稱號，愛慕她的人數不勝數，但是公開表示對她有感情的人目前鐘銘能想到的也只有小飛一個，而且他記得小飛好像是姓李的。

此時周彥兮已經把自己收拾好從樓上下來，先去廚房端了杯熱水，才想起剛才似乎說是有她的電話。

於是一邊端著水杯回座位，一邊隨口問了句：「誰打的電話啊？」

其他人自然是不知道，但見身邊男人笑著看她說：「李叔叔。」

周彥兮先是一愣，還在腦子裡搜尋究竟是哪個「李叔叔」，但很快想起自己把小飛的名字改成了這個。

可是小飛打電話給她幹什麼？好險好險！還好她早有準備，就算剛才被鐘銘看到也無所謂。

但一點也不心虛是不可能的，她坐回位子上，先是對鐘銘討好地笑了笑。

鐘銘見她笑，也跟著笑：「想不到妳喜歡這種口味。」

周彥兮不明所以地看他。

他朝著手機螢幕揚了揚下巴：「不好意思，不小心看到的。」

說完也不再理周彥兮，繼續後面的遊戲。

周彥兮拿起手機，習慣性地按了下Home鍵，那則訊息通知還掛在螢幕上，她一看「李叔叔」的訊息內容，腦子裡只冒出「大事不妙」四個字來……

一瞬間的工夫，周彥兮已經出了一腦門的汗。餘光裡，身邊的鐘銘還在專注打遊戲，像沒事人一樣。但回想他剛才那詭異的笑，以她對他的瞭解，不可能沒事！

她低頭思考了一會兒，到底怎麼跟他解釋才好。說實話吧，怕他誤會自己對小飛真的有什麼想法，不說實話吧……好像後果更嚴重……

心裡正天人交戰，就聽對面周俊又是一陣哀嚎：「都怪我姐，這局明明能贏的！看來我還是單排吧，跟我姐一起太不安全！」

周彥兮掃了一眼電腦螢幕，剛才那局已經結束了。

而正在這時，手機又響了，還是「李叔叔」。

她飛快地看了鐘銘一眼，見對方沒有任何反應，帶著點祈求的意味小聲說：「銘哥我……」

鐘銘也不看她，自顧自地從菸盒裡抖出一根菸：「五分鐘。」

周彥兮愣了一下，立刻喜笑顏開：「足夠了！」

說著抱著手機小跑著上了樓。

周俊看到她姐的舉動有點莫名其妙，自言自語道：「什麼人的電話啊這麼神神祕祕的？」

鐘銘含著菸半開玩笑地說：「你李叔叔。」

周俊皺眉：「李叔叔？我什麼時候多了個李叔叔？」

鐘銘漸漸斂了笑容，默默地又抽了兩口菸，然後就把剩下的半截菸丟進旁邊一罐沒喝完的蘇打水中，起身往樓上去。

小飛終於打通了電話，之前那點小小的矜持和膽怯也被幾通沒打通的電話澈底磨沒了，於是電話一接通，他就開門見山地說：『彥兮，我知道現在跟妳說這些有點奇怪，但我就怕我現在不說以後會後悔。』

聽小飛在電話另一端告白，周彥兮在心裡叫苦，一邊想著一會兒怎麼讓他澈底死心，一邊就要去關房門。然而就在這時，即將關上的門卻突然被人伸手一擋又開了。她怔愣的一瞬間，某人已經進了房間。

電話裡，小飛繼續剖析自己對周彥兮的感情由來，從他們那局Solo，到他第一次見她，再到後來的每一場比賽……

周彥兮見鐘銘進來，也不知道他能不能聽到電話裡小飛在說什麼，但因為心虛，她只想讓小飛先停下來。

可男人偏偏都不想如她的意。小飛是無論如何也要把想說的話都說完，而鐘銘乾脆從她手裡抽走了手機，按了擴音扔到床上，然後反手將還在怔愣中的她壓在了床上。

『彥兮！彥兮！妳在聽嗎？』

周彥兮害怕小飛聽出什麼端倪，努力湊到電話跟前回了句：「我在。」

小飛似乎鬆了口氣，然後又開始講述自己的心路歷程：『我知道我說這些或許會讓妳困擾，其實我也大概猜到了妳的心思，但是還是不死心，就想跟妳本人確認一下。』

這是鐘銘第二次吻她了，可是最初卻因為小飛的聲音讓她有點心不在焉，但是他身體的重量，他透過單薄衣料傳遞給她的體溫都讓她覺得，這一次比之前的那個吻更加真實，還有那種獨屬於他的味道，既讓她心悸，又讓她陶醉。

被吻著吻著，她也跟著動了情。

她的手臂不由得攀上他結識的肩膀，手指輕輕插入他腦後的短髮中，將這個吻加深。

感受到了周彥兮的回應，鐘銘放在她小臉上的骨節分明的手，一點點地順著她纖細的脖頸滑到胸前，稍稍揉搓了片刻又滑到她柔軟的腰窩，最後順著她挺巧的臀線落在了大腿上，讓她一條修長筆直的腿盤上他的腰。

這個姿勢無比曖昧，也最大限度的將兩人的身體貼合，但也就僅限於此，畢竟小飛還沒有結束這通電話的意思。

小飛突然問周彥兮：『我知道妳可能是有喜歡的人了，我想確認一下，是銘哥嗎？』

聽到這句話，鐘銘稍稍從周彥兮的身上抬起頭來，然後輕聲說：「回答他。」

周彥兮伸手摸過身旁的手機，雙眼卻始終鎖定面前的男人，然後一字一頓地說道：「是他。」

然而話一出口，周彥兮被自己嚇了一跳，她還不知道自己也會發出這樣的聲音，繾綣黯啞，魅惑撩人，甚至像是純粹的喘息……

小飛也聽出來了，有點擔心地問：『彥兮妳怎麼了？怎麼聽上去有點累？』

剛才那種旖旎的氣氛徹底不見了，罪魁禍首此時正伏在她胸前，肩膀微微顫抖……

他還好意思笑？

周彥兮心裡一陣竄火，抬手將身上人推開。鐘銘被掀翻，也不生氣，靠坐在床頭饒有興致地看著她。

她稍稍平復了一下情緒，然後關掉擴音，認認真真地對著電話說；「小飛，其實從一開始我就覺得這事挺莫名其妙的，不過雖然不知道你為什麼會喜歡我，但是我能做的大概也只有表達感謝了。說實話我對你沒有一丁點別的想法，甚至覺得我們並不熟悉。我猜你喜歡我大概也就是一時興起吧，至於為什麼至今還念念不忘，大概也是有些事情機緣巧合沒按照你預料的來讓你不甘心吧。但其實真的沒必要。至於我和銘哥……」

周彥兮想了一下說：「現在對我們來說還有更重要的事，國際賽馬上就要開始了，我們誰都想交出一份滿意的答案卷，所以這件事情，也要等到比賽以後再說。」

周彥兮說的再清楚不過了，第一她不但不喜歡他，而且根本就覺得跟他不熟，什麼發文示愛啊，半夜跑來談心啊，這些舉動都是他剃頭挑子一頭熱。而且，她也提醒了他，他們是要去國際賽的，是朝著世界冠軍去的，而他剛在全國賽上輸給她，還有什麼理由去想這些有的沒的而非奮發圖強呢？

小飛也覺得有些慚愧了。

『我明白了。』他說，『以後不會再讓妳困擾了，不過還是希望我們有機會能做個朋友，畢竟我們還給你們當了半年的陪練呢。』

周彥兮笑了笑說：「好啊。」

兩人又說了幾句互相鼓勵的話，這才掛上了電話。

掛了電話後，周彥兮看向鐘銘，他正懶懶地靠在她的床頭，嘴角噙著笑意，目光卻溫柔地鎖定在她的臉上。

周彥兮被他看得不好意思：「怎麼了？」

「為什麼要說等到國際賽後。」

周彥兮想了想，做到他面前說：「我知道國際賽對你來說意味著什麼，所以我現在其實挺怕耽誤訓練的，我可不希望被你的粉絲、GD的粉絲說成是禍國妖姬，而且我確實更想看到你能如願以償。」

雖然他也一直想著兩人的關係還是等到大賽結束後再公開比較好，可當這些話從她口中說出來時，他還是有點動容的。

他伸手攬過她：「如果我拿不到世界冠軍呢？」

周彥兮在他胸前蹭了蹭，他身上的味道可真好聞啊……

「那我就陪著你，等明年再戰！」

他用下巴蹭了蹭她頭頂的髮：「如果明年也不行呢？我年紀大了，怕是撐不了兩年就要退役了。」

「年紀不是問題，實力決定一切，再說我周彥兮看上的男人一定沒問題！」

鐘銘笑：「其實，我也是這麼想的。」

基地的門鈴突然響了，這個時間也不知道會是誰。

阿姨出去買菜了，是周俊開的門。打開門就看到兩個和他年紀差不多的男生站在門口，見到他一臉的驚喜：「是 Jun 神嗎？」

周俊愣了一下，心說不是粉絲 Gank 基地吧：「你們是？」

「我是阿傑啊！」其中一個小個子圓臉的男生說，「這是小強！」

以前他們幾個就經常一起打排位，周俊聽聲音也聽出來了。

他立刻激動地把人讓進門：「你們怎麼來了？」

阿傑沒有回答卻只是問：「銘哥呢？」

周俊說：「你們找銘哥啊？你們先坐下，我上去叫他。」

小熊和王月明在打排位，但也已經聽到他們和周俊的對話，知道是誰了，小熊隔著老遠朝他們打了個招呼，但是王月明卻只是在人進門的時候回頭看了一眼，一點多餘的反應都沒有。

剛才鐘銘是跟著周彥兮上樓的，周俊猜他十有八九是去訓周彥兮的。於是在鐘銘自己房間裡沒找到人後就自動去了周彥兮的房間。

他進他姐的房間一向不敲門，這一次也打算直接推門而入，但是手剛觸碰到門把，門就被人從裡面拉開了。

他抬頭一看，正看到鐘銘皺著眉從裡面出來，再往房間裡看了一眼，周彥兮正坐在梳粧檯前，背對著門口不知道在做什麼。

周俊愣了一下，然後一副「我懂」的神情，小聲安慰鐘銘：「消消氣銘哥，我姐就那樣。」

鐘銘狐疑地看了周俊一眼，周俊全無察覺，說起正事：「阿傑和小強來了，正在樓下等你。」

鐘銘這才點點頭，往樓下走。

鐘銘一走，周俊看了一眼還坐在房間裡一動也不動的他姐，嘆了口氣安慰道：「挨罵了吧？銘哥就是要求很嚴格的人，平時訓練也不能馬虎，妳又不是第一天知道。」

周彥兮胡亂「嗯」了一聲，也沒再說什麼。

周俊見她這樣，還想安慰她兩句，但想著自己的小兄弟還在樓下，也不知道是什麼事，就先下了樓。

一樓阿傑和小強見到鐘銘下來，都高興地迎過去。鐘銘朝他們身上的包看了一眼問：「就帶了這點東西？」

阿傑說：「又不像女孩子一大堆衣服鞋子的，這些就夠了。」

鐘銘笑了笑，招呼眾人過來。

此時小熊已經結束遊戲，走到眾人跟前，周彥兮也從房間裡出來，下了樓。只有王月明還坐在位子上一動也不動。

周俊以為他沒聽到鐘銘的話，叫了他一聲，他這才不情不願地走了過來。

鐘銘見人齊了，這才介紹阿傑和小強：「之前都打過交道的，以後就是隊友了，暫時作為隊裡的替補，平時和大家一起訓練。」

聽到「替補」二字，周彥兮一時沒留意，最後一節臺階踩空，差點摔倒。

這一下動靜有點大，小強立刻注意到她，激動地叫了聲：「女神。」

周彥兮回過神來，皮笑肉不笑地哼哼了兩聲算作回應。沒辦法，知道對方是來幹什麼的時候，她怎麼也不能由衷地笑出來了。不是討厭他們，而是害怕。

再看隊裡其他人，周俊見了他的小夥伴自然是高興，小熊倒像是無所謂的樣子。唯獨王月明態度有點奇怪，像是早有預料似的，但也看得出來好像不太高興。這就讓她覺得有點奇怪了，畢竟王月明又不是她，沒那麼容易被替補威脅到。

鐘銘彷彿沒注意到這些，分別把兩人安排到周俊和王月明的房間。周彥兮朝著弟弟房裡掃了一眼，這才注意到裡面的陳設變了，原來只有一張單人床，還有書桌衣櫃和沙發，現在沙發不見了，多了一張床。周彥兮這下就明白了，難怪王月明早就知道，也難怪他不高興，原本自己一個房間突然多了個人，一時間不習慣也正常。

幾人寒暄了一會兒，後來就只留周俊幫著兩個新隊友布置房間，其他人插不上手就各忙各的去了。

周彥兮一回頭，看到小熊正要上樓，連忙拉住他小聲問：「熊，你說銘哥他怎麼會突然簽替補？」

小熊不以為然：「哪個隊沒替補？大一點的俱樂部不止有替補，還有好幾個隊。」

周彥兮說：「這個我知道，但我們又不是大俱樂部，雖然全國賽過後我們也有贊助了，但比起銘哥之前投進來的錢還差遠了，阿傑和小強都挺好的，但有必要一下子就簽兩個替補嗎？」

小熊看著閨密突然就笑了：「妳到底想說什麼？」

周彥兮想想跟自己人還是不兜圈子了：「嘿嘿，其實也沒什麼，我就是想讓你幫我分析下，你說銘哥安排他們來，是不是真的對我不抱希望了，想著讓他們誰把我換下來，不讓我上國際賽了？」

小熊一開始根本就沒想到這一層，是因為他們的合約上白紙黑字地寫著第一年保證他們的首發位子，第二年根據第一年的成績而定。這一年還沒過呢，周彥兮竟然開始擔心這個了，原因只可能有兩個，一個是她和別人的合約不一樣，另一點就是她根本沒仔細看過合約。

不過以小熊對鐘銘和自己這閨密的瞭解，肯定是周彥兮沒看合約。

他掃了眼一臉擔憂的某人一本正經地點了點頭：「這麼看來妳也不是一點優點都沒有嘛，至少還有『自知之明』這一點。」

周彥兮哭喪著臉：「都什麼時候了？我可是遇到事業上升的瓶頸期了，這種時候你還落井下石是人嗎？」

小熊卻突然掃了一眼從始至終跟沒事人一樣的王月明，最後目光重新落回自家這個胸大無腦的閨密身上：「妳這麼想知道，不如直接去問問我們家隊長，反正妳們現在的關係也不一般啊。」

周彥兮依舊情緒低落：「就是因為這樣，我才不想去問他。」

「怕他為難？」

周彥兮點頭：「嗯，怕影響他專業的判斷。」

「那妳自己呢？」

「雖然我很想和大家一起贏，但是如果我真的還不適合去打國際賽，那我更希望GD能贏。」

小熊看著她嘆了口氣：「算了，我猜這事跟妳關係不大，妳直接去問問吧，作為隊裡一份子，只是問問也沒什麼不合適的。」

小熊離開後，周彥兮又猶豫了很久，最後還是決定去問個清楚。

因為心裡有事，她忘了敲門，而她推門進去時，鐘銘正好從洗手間裡出來，看到她只微微掀了掀眼皮，臉上沒有多餘的表情：「妳再早幾分鐘來我正好在廁所裡，每次都這麼湊巧，我都要懷疑妳是不是故意的了。」

周彥兮心裡沉甸甸的，也就沒理會鐘銘這句玩笑。

鐘銘此時才注意到她情緒不對：「怎麼了？」

周彥兮猶豫了一下問：「銘哥，我想問你一件事。」

鐘銘看了她片刻：「關於阿傑和小強的事？」

周彥兮點了點頭：「你說阿傑和小強是替補，但是阿傑這次還是平臺賽最佳選手，跟銘哥你當時一樣……」

「所以呢？」

「其實你了簽他們，是想讓我當替補吧？」

鐘銘愣了愣，過了好一會兒才理順了自家女朋友這腦迴路：「妳以為我簽他們回來是想讓他們在國際賽上替妳上場？」

「不是嗎？」她小聲問。

鐘銘想了想說：「阿傑是打Carry的，不過他資質好，打什麼位子對他來說應該都不在話下，只是打輔助有點可惜。小強倒是現成的輔助，意識和技術都不俗，如果加上專業的訓練，不出一年肯定是個圈裡數一數二的輔助了，這麼說來讓小強替妳好像也確實不錯。」

果然，就是這樣……

不過不得不承認，鐘銘說得對，如果不管讓他們誰來替代她，GD的整體實力肯定會有很大的提升，到時候其他人再也不用擔心她會成為全隊的突破口了，周俊的輔助壓力也會小很多，王月明更不會再罵人了……

但是，想到自己這麼久以來的努力，想到自己陪伴著GD從默默無聞到一戰成名再到現在的全國亞軍，到無人不知無人不懼，還有以後要奔赴的更大舞臺，她委屈，也不甘心！

對面那傢伙好像看不出她心情不好，還在火上澆油地說道：「這樣安排是挺不錯的。」

周彥兮眼眶已經開始發熱，本來不想在他面前表露出什麼情緒的，但是聽到這麼輕描淡寫的一句話，還是忍不住鼻子一酸，再抬頭看向他時，視線都是模糊的。

沒想到那人卻突然笑了：「不過不合規矩。」

周彥兮聞言一愣：「什麼規矩？」

鐘銘緩緩走到她面前，一副「我就知道」的神情：「妳的心還真大。究竟打算什麼時候好好看一下合約？合約上白紙黑字寫著，如無意外，至少這一年，妳的首發位子是安全的。」

周彥兮愣了一下：「真的？」

「嗯，真的。雖然當時我挺不情願簽妳的，確實也懶得去找其他人了，所以雖然不是那麼稱心如意吧，但是有妳才有當時的GD，現在我們要去國際賽了，把妳換掉，妳把我鐘銘當什麼人了？」

周彥兮吸了吸鼻子問：「可是你也說了，小強是現成的輔助，而且技術比好，意識比我強，把我換成他對GD只有好處沒壞處。我雖然會不甘心吧，但是還是希望你們能贏的。」

鐘銘「哦」了一聲：「這樣啊，不過我是說他是不錯的輔助人選，但沒說他適合當我的輔助。畢竟除了以上妳說的技术和意識，做我的輔助還需要有一項很重要的能力，那就是和我配合默契。」

說到這裡，他突然曖昧一笑：「妳覺得論默契，誰比妳更適合我？」

「你……說真的？」

「妳說呢？而且我剛才也說了，他們沒經過專業的訓練，雖然資質不錯，也還得有個過程。再說，妳總覺得自己不如他們，妳怎麼這麼肯定？」

這還用說嗎？還不是因為他對她一直很嚴厲？還有王月明，總說她是隊裡的突破口，時間長了，就連她自己都這麼認為了。

似乎是知道她在想什麼，鐘銘說：「謙虛當然是好事，但有些人輸了就喜歡甩鍋，我們隊也有這樣的，所以面對隊友指責，妳也要自己掂量掂量，是妳的錯當然要改，不是妳的錯也不能因此太束手束腳。」

聽鐘銘說了這麼多，周彥兮的心情已經大好，但想到剛才進門時他還故意逗她，她立刻換了副態度：「那簽替補這麼大的事你怎麼不早說？怎麼看都像是有陰謀！」

「本來就決定的比較突然，再說我沒跟別人說也早跟妳說了。」

「什麼時候？」

「放假那幾天，妳偷聽了我打電話，還問過我對方是誰，我記得我說過，過幾天妳就能見到人了。」

原來是這樣……她還以為是什麼女生，真是太囧了……

她不由得乾咳兩聲：「我都忘了……」

但很快她又想到一個重要的可題：「你說只保證我今年的首發，那以後呢？」

鐘銘理所當然地說：「如果到時候小強還是四、五號位的替補，當然是妳和他競爭上崗。不過……」

他突然抬起周彥兮的小下巴，有幾分不懷好意地說：「不過妳可以試圖討好我一下，或許能考慮讓妳走走後門。」

周彥兮愣了一下，才反應過來自己被調戲了，不過她已經習慣了，而且來而不往非禮也！於是她惡狠狠地勾著鐘銘的脖子，縱身一跳，雙腿便纏上他的腰。

鐘銘被猛然跳進自己懷裡的力道撞得朝後倒退了兩步，但很快雙手就將懷中人托住，順利穩住了身形。

臉被某人捧起，還對上對方不懷好意的笑，他也笑了：「這麼快就知道要投懷送抱了？怎麼打遊戲時不見妳悟性這麼高？」

「少廢話！」說著，周彥兮便低頭吻上了男人的薄唇。

第二十五章　王月明

晚上吃飯時，周俊還像往常一樣，心不在焉地邊吃邊滑著社群，突然也不知道看到了什麼大新聞，「哇哦」一聲把周彥兮手上的筷子都嚇掉了。

周彥兮沒好氣：「你幹什麼大驚小怪的？」

周俊怔怔地抬頭看著鐘銘：「銘哥？我是不是看錯了？我們什麼時候有官方帳號了？」

周俊剛才看到有社群網友留言說到阿傑和小強加入GD的事情，他還想怎麼粉絲們消息這麼靈通，結果就在某位粉絲指路下看到了自家帶藍色勾勾的官方帳號。

要知道，在周俊看來，自家俱樂部就像是臨時搭建起來的草臺戲班，除了他們幾個人必須要的保障條件外，其他例如戰隊宣傳啊、約訓練賽啊，對接比賽這些雜事都沒有專門的人去做。沒想到就從公開賽到現在，中間這短短休假的一週，鐘銘不但火速簽了兩個新人，還悄無聲息搞了個官方帳號。

鐘銘無所謂地回答說：「之前是沒時間，放假那幾天正好沒什麼事，以後這些雜事有人專門打理了。」

「那銘哥，你是不是也有社群了？叫什麼？我來關注一下。」

鐘銘掃了一眼正舉著手機一臉期待的周俊：「我不需要那種東西。」

「別啊銘哥！你不知道你那些女粉絲多瘋狂！自從上次我直播時不小心拍到你，那些粉絲就天天在我的留言區嚷嚷著讓我去偷拍你洗澡……」

「咳咳……」周彥兮差點被飯粒嗆到。

周俊也意識到自己可能說的有點多了，討好地朝鐘銘笑了笑說：「當然，我怎麼可能幹這種事，我是那種人嗎？」

但鐘銘顯然不信，在他還沒反應過來時，直接抽走他手裡的手機，隨便翻了翻就丟還給他，蓋棺定論道：「你就是那種人。」

其餘眾人聞言也都很好奇，尤其是周彥兮，立刻拿出手機去看周俊的社群。

周彥兮自從照片被曝光後就很少上社群了，還沒注意周俊最近發了什麼。此時她打開一看，心情立刻陰轉多雲，要不是這麼多人在場，她一定要教訓教訓某個不長進的傢伙！

周俊的社群裡除了自己偶爾的自拍，更多的則是周彥兮或者鐘銘的照片。好在這傢伙的良知還在，上傳的照片倒是沒有正臉，多半是側臉或者背影。

周俊見「東窗事發」，也不好說什麼，摸了摸鼻子悻悻地說：「我就是發現上傳你們兩個的照片漲粉快，我也沒幹什麼……」

「不然你還想幹什麼？」周彥兮很無語，「趕緊給我刪了！」

周俊委屈兮兮地看看他姐又看看鐘銘，這才拿過手機不情不願地刪起發文來，邊刪還邊試圖辯解：「我這不也是為了宣傳我們隊嗎？」

鐘銘說：「嗯，這部分工作以後有人接手了，就不勞你費心了。」

周俊還在試圖找回自己丟了一地的臉面：「說實話銘哥，你是我們團隊的核心啊，代表我們GD的臉面，總這麼低調可不行！」

沒人再理他。

但或許正是他的一再控訴起了作用，第二天直播時，竟然有粉絲說看到了鐘銘的帳號。於是周俊在粉絲指路下，看到了GD_Shadow這個ID，看註冊時間是前一天，而就在這一夜之間，這帳號的粉絲竟然已經有十幾萬，人氣直逼如今的LOTK女神周彥兮。

周俊覺得這都是自己的功勞，自豪之餘還忍不住對鐘銘感慨：「銘哥，我發現你的女粉絲比小飛的恐怖多了。」

鐘銘開帳號後只發了一則貼文，內容言簡意賅到只有一個句號。可就是這個句號竟然也有幾千上萬的分享、按讚。除了誇讚他技術超群的，最瘋狂的還是那些表白要嫁給他的女粉絲。

周俊說：「銘哥，你說他們也沒看過你的臉，怎麼就那麼篤定你不是麻子臉或者大小眼啊？」

鐘銘冷冷掃他一眼，什麼也沒說。

阿傑說：「Jun神你這就不對了，你怎麼知道那些女生不是膜拜銘哥遊戲打得好？」

周俊不屑：「她們懂什麼呀！不過這群女生還沒看到銘哥長什麼樣就這麼瘋狂，萬一見到了，還不直接撲上來啊。」

兩人你一言我一語地聊著，完全沒留意到此時有人已經很不開心了。作為一個輔助，周彥兮破天荒的搶了鐘銘好幾個兵了。

這種時候鐘銘也不好像平時那樣教訓某人，平時他不用顧忌什麼，但今天雖說不是他的錯，可到底有點心虛。於是只好把火氣出在那兩個罪魁禍首身上：「還打不打了？我看你們是又想加練倆小時了。」

周俊和阿傑立刻不再說什麼。

然而，周彥兮搶那幾個兵只是個開始。正在這時，她看到遊戲裡鐘銘正用她購買的信使傳送裝備。

她立刻「福至心靈」點開來看了一眼，裡面是一件三千多元的神裝！一個小兵才值三十五塊錢，要合成這神裝要補多少兵啊。想到這裡，她不由得勾了勾嘴角，暫時取消了信使共用，然後把信使拉入敵方野區。

鐘銘看到信使突然改變方向立刻心感不妙，點了幾下滑鼠後才發現自己竟然沒有許可權使用信使了。他立刻回頭看向周彥兮，說出的話也滿含警告：「周彥兮妳想清楚自己在幹什麼啊？」

周彥兮這人最是吃軟不吃硬。她好像沒聽到他說的話一樣，在他錯愕的目光中，把那神裝仍在了對方野區，然後讓他眼睜睜地看著神裝被對方英雄發現並毀掉。

顯然，GD其他人也都看到了這一幕，各個屏氣凝神不敢出聲。

鐘銘望著電腦螢幕出了兩秒鐘的神，然後緩緩轉過頭，一字一頓地問某人：「搞什麼？」

鐘銘這人在隊裡一向很有威懾力，以前有人犯錯時都等不到他發火，只需他一個眼神，犯錯的人就知道該怎麼做了。所以嚴格意義上說，眾人還沒有見過自家隊長真正發火的樣子，不過他們預感到今天應該是可以了。

周俊不由得同情地看向他姐，然而她姐死到臨頭還渾然不知，竟然還敢朝他家隊長笑！

周彥兮說：「不好意思啊，失誤！」

基地裡靜悄悄的，甚至能聽到有人的抽氣聲，就當大家都以為周彥兮肯定又少不了要挨一頓罵時，結果卻聽到自家老大只是無所謂地說：「沒事，我再打一件。」

就這樣？有人找死毀了隊長的神裝，隊長就這麼輕描淡寫的來了句「再打一件」？

周俊和阿傑他們面面相覷，小熊和王月明卻沒什麼特別的反應。不過這個小插曲過後，周彥兮也打得還算認真。

這局遊戲結束，阿姨就來叫他們吃飯了，幾個人立刻下了線圍到餐桌邊等著開飯。中途鐘銘去樓上接了個電話，王月明等了一會兒趁其他人沒注意也跟著上了樓。

二樓鐘銘剛掛斷電話，見到王月明來也不意外，他問他：「什麼事？」

王月明聳了聳肩：「也沒什麼事，就是想跟你說一聲，我打算轉會了。」

主力選手突然轉會，還是在國際賽前夕，這對GD、對鐘銘本來都該是件很重大的事情，但鐘銘聽了卻好像一點都不意外，反而幾乎是立刻就點頭說：「好，我會安排新來的戰隊經理接手這事，他會根據合約來，確定違約金和後續的手續。」

王月明雖然也猜到鐘銘對他打算轉會的事情有所察覺，這段時間他雖然沒有任何一點示好或者挽留的意思，但他不相信他就一點都不在乎。

今天來之前，他是抱著一點打擊報復的想法的，就想看一向淡定的鐘銘要麼恐慌，要麼憤怒，總之就是他不爽的樣子。誰知道他竟然會是這副不冷不熱的模樣！

王月明的面上依舊保持著笑容：「銘哥，你就不問問我為什麼想離開嗎？」

這時候樓下傳來周俊的聲音：「銘哥，好像是你的快遞！」

鐘銘起身往外走，在經過王月明時笑了笑說：「人各有志，你既然想好了要走，大概也是覺得有更適合你的地方吧。」

說完，也就不再理會王月明，往樓下走去。

一樓的玄關前此時正堆著兩箱東西。

周俊好奇地問：「這是什麼呀？」

鐘銘說：「拆了吧，應該是小強和阿傑的隊服。」

鐘銘話音剛落，就聽到身後傳來一聲冷笑，眾人不由得回頭看，王月明正施施然從樓上下來，眼裡沒有其他人，只有鐘銘。

而鐘銘也看著他，神情已比剛才在房間時冷漠了許多。

半晌，王月明掃了一眼其他幾人，頗有幾分不屑地說：「是啊，我看任何地方都比這裡更適合我。」

這話一出，在場的人，除了鐘銘和小熊，其他人都是一怔。

剛才還好好的，現在是怎麼了？這種話是能隨便說的嗎？大家都是隊友，這未免太傷感情！

王月明像是看穿了眾人的想法：「我說錯了嗎？我來打職業可是為了拿冠軍的，又不是來陪別人玩的。」

雖然還不清楚事情原委，但周彥兮直覺不該任這事鬧大，畢竟大家還要朝夕相處下去的。於是連忙出來打圓場：「月月你說什麼呀？我們都想拿冠軍，銘哥更是。」

王月明的目光冷冷掃到她的臉，然後不屑地扯了扯嘴角：「有妳在，妳覺得我們還有希望拿冠軍嗎？」

這話讓周彥兮不由得一怔，原來他是衝著她來的……可是面對這麼嚴酷的指控，她竟然不知道該怎麼為自己辯駁一句，畢竟她是隊裡實力最差的一個。她突然不敢去看其他隊友的臉，尤其是鐘銘的。

「王月明你發什麼神經啊？我姐招你惹你了？」周俊沒周彥兮想的那麼多，他只知道這話一點都不友好，也一定會讓周彥兮很難受，而這樣毫不顧忌隊友感受說出這種話的人竟然是一直被他當成隊友和哥哥的人。

王月明卻好像沒聽見，只是看向鐘銘：「銘哥，說良心話，你當初為什麼會簽下她？不就是看上她了嗎？她什麼水準，配當我們的隊友嗎？你會看不出來？可是你為了泡個妞根本不顧我們其他人的職業發展，一意孤行讓她一直拖著團隊後腿，我們全國公開賽沒拿到冠軍你沒有責任嗎？」

「王月明，你放屁！你少往銘哥和我姐身上潑髒水！枉費我以前還當你是隊友！」說著周俊就要衝上去了，還好被阿傑和小強拉住了。

而周彥兮自始至終都不願意相信，這話是王月明的心裡話。雖然她一直知道王月明好像不太喜歡她，但是她總想著通過自己的努力，早晚能得到他的認可和隊裡其他人的認可，可是沒想到時至今日，在那麼多次並肩作戰之後，在他心裡她竟然只是隊裡的毒瘤，是他們無法前行的枷鎖。

是這樣嗎？她一遍又一遍地問自己。

這時候，沉默許久的鐘銘突然開口：「對全國公開賽，我的確負有責任，但也不是你想的那樣。」

王月明只當這是狡辯，不屑地笑了笑。

鐘銘見狀也不生氣：「你剛才說了那麼多，但我可以告訴你，你剛才說的每一句話我都不認可，除了一點，就是你確實不適合這裡。」

王月明先是愣了一下，轉瞬反應過來鐘銘話裡的意思，立刻惱羞成怒地指著周彥兮質問他：「你敢說你跟她沒什麼？你敢說你對她沒什麼齷齪想法？」

鐘銘冷笑：「如果在你看來喜歡某人也是齷齪的想法，那就是有吧。」

王月明顯然沒想到鐘銘這麼坦白，但很快像是抓住了他話裡的破綻，對著基地其他人說：

「看吧！你們心裡最分得清輕重的人，你們的銘哥，其實就是在拿著你們的職業前途泡妞而已！」

周俊也被鐘銘的那番話驚得不輕，但很快回過神來，立刻又維護起他姐：「你有病吧！人家談戀愛跟你打職業有什麼關係！再說現在我姐的輔助打的比好多一流戰隊的輔助都好，你在這放什麼屁啊！」

王月明不以為然地撇了撇嘴：「別說她，你也強不到哪去。」

周俊那叫一個火大，如果阿傑和小強沒拉著他，他發誓自己一定會把王月明揍得連親媽都認不出來。

而鐘銘卻沒有跟他繼續糾纏下去的意思：「你愛怎麼想就怎麼想吧，我沒辦法去在意每一個人的想法，更何況我根本不想。」

這話的意思就是在說你怎麼想那是你的事，我根本不關心。

鐘銘也的確這麼做了，丟下這句話，他就沒再多看王月明一眼，繞過他直接上了樓。可是回房間前，他似乎又想到什麼，回頭看了一眼樓下，看到白著小臉的周彥兮時，幾不可聞地嘆了口氣說：「妳過來。」

小熊朝樓上瞥了一眼，知道是在叫周彥兮，於是推了推她。

周彥兮腦子此時正亂糟糟的，聽到有人叫她，也沒管其他，心不在焉地朝樓上走去。

然而就是這樣茫然無措的她，卻讓鐘銘心裡那剛剛壓下的火氣猛然又漲了起來。

本來已經不打算再和王月明說什麼了，但是還是忍不住想給他點教訓。

他對著樓下的王月明冷冷說道：「我不計較你是不是在非轉會期聯繫了其他戰隊，但這並不代表我不知道。我只是想給昔日隊友留點餘地罷了，不過如果你不稀罕，我也無所謂，儘管作下去吧。」

說完，拉起已經走到他面前的周彥兮，進了房間。

聽了鐘銘最後這句話，王月明果然沒有再和其他人起衝突的意思，回到房間收拾東西去了。或許是因為王月明已經被鐘銘教訓過了，所以周俊的氣也消了不少。幾位「事件主角」離開後，他突然想起一件事問小熊：「銘哥真的喜歡我姐？」

小熊長嘆一口氣：「你這反射弧可真夠長的，祖傳的吧？」

「什麼意思熊哥？莫非你早知道？」

小熊卻一直拒絕正面回答這個問題，而是一臉無奈地看著周俊說：「你們家這基因可真強大啊，姐弟倆一模一樣。」

這一次，就連周俊也聽出來了，看來鐘銘還真的早就對他姐動了心，只是她姐沒看出來，他更沒看出來……他腦子裡立刻浮現出了日本料理店裡鐘銘吻周彥兮的一幕，再想想後來周彥兮給他的解釋，說是什麼「解圍」，如今看來那是哪門子的「解圍」？真要「解圍」辦法多的是，有需要這樣嗎？

這一天下來，周俊覺得他自己被所有曾經無比信任的人給騙了，於是越想越氣，可最讓他生氣的還是在當周彥兮給出那個荒謬的解釋後，自己竟然毫不懷疑的信了！

不過，沒人想承認自己蠢，周俊也是一樣，把這一切的過錯都歸結為鐘銘的不正常：「誰知道銘哥那麼英明神武的人竟然會看上我姐，熊哥你憑良心說，他們兩個是不是怎麼看都不搭？」

「要我說實話嗎？」小熊問。

周俊虔誠地點頭。

小熊無比惋惜地說：「實話就是我看銘哥的房門好像沒有關嚴，你剛才說的話，他應該都聽到了。」

小熊話音沒落，周俊倏地抬頭看向二樓，看到鐘銘房門還真的沒關好……之前說的什麼也都不重要了，重要的是裡面那倆人究竟聽到沒有。

周俊：「明天休假我約了同學踢球，不會讓我加練吧？」

小熊搖頭晃腦第回到電腦前，留個他兩個字：「難說。」

聽到周俊那大嗓門說的話，剛才還失魂落魄白著小臉的周彥兮此時臉已經澈底黑了。

鐘銘卻笑了：「你們家的基因……好像還挺強大的。」

周彥兮欲哭無淚：「連我弟都這麼說，看來確實是我耽誤了你。」

鐘銘沒有回應她這句話，而是朝她招招手：「過來。」

她猶豫了一下，最終無精打采地挪了過去，可剛走到他面前就被他拉著坐到了他的腿上。那個剛才還在別人面前霸道維護她的男人，此時卻只像個大男孩一樣有些疲憊地將腦袋埋在了她的肩窩裡。

而這一刻，周彥兮也澈底的安下心來——他呼出的溫熱氣體，他倔強的短髮，他身上獨有的氣味……所有屬於他的無一不讓她安心。

「銘哥。」周彥兮抬起手，忍不住輕輕撥弄他腦後的髮，柔聲問他，「你後悔嗎？」

與她相互依偎著的人一動不動，但周彥兮能夠感受得到他略顯乾燥的唇有意無意地擦過她頸側的皮膚。

他說：「我記得這話妳已經問過很多次了。」

「所以答案是什麼？我還想再聽一遍。」

良久，他終於抬起頭來，在對上她略顯不安的眼神時，他忽而一笑，但說出的話卻無比認真。

她聽他一字一句地說道：「周彥兮，和妳有關的一切決定，我都不後悔，從不後悔，永不後悔。」

王月明當晚就離開了基地。緊接著第二天一早，WAWA的官方帳號就宣布原GD主力王月明轉會WAWA的消息。

然而，正當粉絲們還在努力消化著這個消息時，又一個重磅消息像午後驚雷一樣，攪動了整個電競圈。

WAWA官方宣布，李煜城退役。

昔日的天才LOTKer李煜城，曾率領WAWA出戰第四屆國際聯賽，並在首次出戰聯賽就拿下冠軍。他曾將一手敵法師用的出神入化，被LOTK的地圖製作者南森評為史上最厲害的敵法師。可是就是這樣的李煜城，在他拿到世界冠軍不足兩年的時間，在他二十二歲的黃金時期，竟然宣布退役！

而這樣的人退役，沒有正式的粉絲告別會，沒有一句對他過往成績的肯定，就只是一句輕描淡寫的陳述。

很快有知道「內幕」的人爆料稱李煜城的退役並非自願。「非自願」是什麼意思，眾人就會忍不住聯想到WAWA的那個富二代老闆。緊接著，一些關於WAWA老闆對李煜城態度反差的蛛絲馬跡被人從社群上挖了出來。

粉絲群情激奮，開始替偶像不平起來，頃刻間，WAWA官方帳號留言區幾乎被粉絲的謾罵攻占。這情況一直持續到晚上，是李煜城本人站出來澄清，說退役是自己的決定，與俱樂部無關，這才結束了這場罵戰。

而在粉絲轟炸戰隊官方的這段時間裡，WAWA的其它隊員，竟然沒有一個人站出來替俱樂部說話，只有李煜城發出聲明後，小飛回覆了一個哭泣的表情。

第二天是休息日，晚上鐘銘把周彥兮送回家後，就去見了李煜城。

李煜城自從開始打職業以後，就從老家一個小城市來到B市，如今退役了，又決定回老家生活。這次和鐘銘見面就是想趁著回家前再和老朋友聚一聚。

兩人約在李煜城臨時落腳的小旅館附近。

鐘銘因為送周彥兮繞了點路，晚到了幾分鐘，而他趕到的時候，李煜城早就點滿了一桌子菜，自己吃了起來。

鐘銘走過去，坐在他對面：「你倒是想的開。」

李煜城笑呵呵地替他倒酒，不以為意地說：「你堂堂TK教主一聲不吭地跑回國，不管不顧拉了個草臺班子從頭開始，你都沒想不開，我有什麼好想不開的？」

鐘銘端起酒杯和他的碰了一下：「以後打算怎麼辦？」

李煜城朝他咧嘴一笑，從旁邊的包裡拿出份文件扔到他面前。

鐘銘打開看了一眼，是和遊戲直播平臺的簽約合約。

李煜城說：「難怪有人說，職業選手的攔路虎，一是網路商店，二是直播平臺，早知道收入這麼高，就去當專業直播主了，打什麼職業啊？」

說這些話時李煜城始終是笑著的，但鐘銘的臉色卻好不到哪去。

雖然現在的大環境就如李煜城說的那樣，很多曾經很有天賦的職業選手因為各式各樣的原因最後都去當直播主、開網店了，但是在這個圈子裡，依舊有一群人有著自己執著，能站在世界舞臺身披國旗，誰又甘心拘於一個小小鏡頭後的方寸之地呢？

然而，鐘銘很清楚，李煜城和他一樣，就是那一群人中的一個。不然他當初也不會為了拯救已經不復往日榮耀的WAWA費盡心思地拉他加入，更不會在被質疑、被辜負後乾脆選擇了退役當初有多看重，大概現在就有多失望吧。

想到這裡，就連鐘銘都覺得惋惜：「其實你不用離開，至少GD隨時為你留著位子。」

李煜城舉著酒杯的手頓了頓，半晌他無奈地笑了笑：「說實話，我決定退役前，想到的第一個人就是你。我總算體會到你當初為什麼會離開VBN了。所以你應該理解我現在的心情吧，我對打職業真的心寒了。」

這早在鐘銘的意料之內，他在來之前也沒抱著能勸動好友加入GD的想法，所以此時聽李煜城拒絕，也就沒再多說。

李煜城喝了口酒，朝鐘銘笑了笑：「不說這些了，說點有意思的。我那彥兮妹子最近怎麼樣啊？」

鐘銘不鹹不淡地笑了笑：「你倒是一直挺關心她的。」

「那必須的啊，我關心你自然就會關心你關心的人。」

鐘銘依舊只是笑：「那我還得謝謝你。」

李煜城：「那倒不用，不過我就是好奇啊，你脾氣這麼臭，她受得了嗎？」

鐘銘：「我也好奇，你這樣的人，有什麼資格跟我聊姑娘。」

李煜城絕對是典型的網癮少年，把所有的青春都奉獻給了遊戲，平時基地裡偶爾竄出一隻蟑螂，恐怕都是公的。這樣的人一年到頭見不到半個異性，確實沒什麼資格和別人談感情的事。

李煜城軟肋被戳中，也不惱怒，而是問：「你平時對她也這麼凶嗎？」

鐘銘不禁真的想了想，算凶嗎？或許算吧，但是以後恐怕越來越難凶起來了，畢竟只要一想到她，就感覺心裡的每一個角落都是柔軟的。

鐘銘的情緒變化，李煜城不會看不出來，他不禁哈哈大笑道：「有生之年啊，我總算見到能降得住我們TK的人了！」

鐘銘聞言並不否認。以前他是無所畏懼，無所謂挫折、無所謂孤單、無所謂信任，也無所謂失去。可是自從認識她以後，好像一切都不一樣了，以前他不在乎的那些，發現在和她相處的過程中都被他一一珍視過。

是她讓他變得更柔軟、更鮮活，更像一個普通人，也是她讓他變得更灑脫、更無謂，更像他自己。

如果說真像有句話說的那樣，遇到對的人，你會變成更好的你自己。那麼他想，他已然遇到了對的她。

第二十六章　小熊

李煜城在見過鐘銘後的第二天就登上了回老家的火車。關於他退役的事情在被粉絲們議論幾天後，好像也就這麼過去了。畢竟他並沒有真的從這個圈子裡消失，回家之後就風生水起地直播起來，時不時還會和一些非正式的戰隊打打小規模的比賽，在遊戲平臺的人氣倒是始終不減。

多數人對他這樣的轉變表示接受，當然也有對他失望的，認為這是墮落。就比如那個喜歡爆料的YOYO還特地開了帖子討論昔日幾位「上古真神」的如今境況。其中除了下落不明的TK教主外，就是李煜城混得最不盡人意。

這帖子一發出來就被粉絲們瘋狂分享和議論。不過李煜城本人對這些評論似乎毫不在意，依舊我行我素。

GD內部在王月明走後立刻做出了陣容調整。鐘銘考慮再三決定讓小強去打三號位。因為每一次的戰術調整，其實主要調整的就是三號位的打法。這就要求三號位打法要足夠靈活，而新加入的兩名隊員中，阿傑打慣了一號位，腦子裡Carry的打法早已根深蒂固，不是一時半刻可以轉變的。但是小強就相對靈活一些，在鐘銘看來，必要的時候，三、四、五號位他都可以勝任。

當然阿傑也不是沒有優勢，可能因為他是鐘銘的粉絲，他在過去很長一段時間裡似乎都在刻意模仿鐘銘的打法，對鐘銘慣用的英雄，對他的節奏，阿傑幾乎瞭若指掌。

所以作為鐘銘的替補，在和周彥兮和周俊的配合上，阿傑是絕對沒有問題的。只不過，鐘銘是後來才發現阿傑的英雄池比他想像的還要淺。拿出他用得好那幾個英雄，絕對可以克敵制勝，但是如果那幾個英雄被對手禁掉，他就差不多喪失了戰鬥力了。而且他的應變能力相對差一些，一旦被對方打亂了節奏，很容易一蹶不振。

鐘銘意識到這些後，一方面是著手指導阿傑開發新的英雄，另一方面，只要有阿傑參與的訓練賽都不允許隊員們直播。為的就是防止有人可能專門針對他，所以他慣用的英雄、他的打法，都成了GD的機密。

這樣訓練了一段時間，GD在大戰前主力出走造成的劣勢也得到了挽回。對那個世界冠軍，他們依然滿懷期待。

在過了一個忙忙碌碌的年後，備戰國際賽的時間已經不足半年了，GD眾人差不多放棄了所有的假期，日常的訓練時長也相應的調整增加。

但是周媽媽卻突然在這個時候打電話讓周彥兮回家一趟。

周彥兮以為這又是老媽想讓她去相親，可聽電話中周媽的口氣，好像又不是那麼回事。所以雖然不那麼情願，周彥兮還是決定第二天休息日回家一趟。

周彥兮一進家門就感覺出家裡氣氛不對。

周爸難得白天也在家，卻是和周媽一起坐在沙發上唉聲嘆氣。

看樣子也不像是吵架了，難道周爸公司出事了？

見到她回來，周媽媽情緒也不高：「最近還在準備比賽？」

周彥兮警惕地說：「是啊，所以我很忙的，沒工夫去相什麼親。」

沒想到周媽竟然有點不耐煩地說：「隨便妳吧，我現在也沒心情管妳。」

這倒是讓她有點意外：「那您叫我回來什麼事？」

周媽看了看女兒，似乎不知道要怎麼開口。

周彥兮心裡突然升起一絲不好的預感。再看看周爸的神情，之前的猜測好像也被證實了。她坐到媽媽身邊，試探地問：「我爸公司出事了？」

「不是妳爸的。」話是這麼說，但周媽媽還是嘆了口氣，而且就連周爸爸也像是想到了什麼，無奈地搖了搖頭。

周彥兮倒是鬆了口氣：「那到底什麼事？」

周媽媽不答反問：「小熊最近怎麼樣？」

周彥兮不知道媽媽怎麼突然可到小熊，隨口答了句：「還是那樣唄。」

轉念一想意識到了什麼，有點不可置信地看看周媽又看看周爸，問：「難道小熊他爸的公司出事了？」

看著父母對視一眼，她剛放下的心又提了起來：「事情很大？」

周媽又是一嘆：「不知道老熊這回能不能撐過去。」

周爸也嘆氣：「這狀況持續一段時間了，這次我想是難了。」

周媽問周彥兮：「小熊最近還好吧？」

周彥兮仔細想了想，自從公開賽後，小熊好像是惹到了什麼人，就覺得總有什麼人在騷擾他，但是看他情緒又沒什麼不對勁。

周彥兮想了想說：「應該沒什麼不好的吧。」

周媽說：「熊家還瞞著那孩子呢。」

周彥兮看向爸爸：「他爸公司出了很大的事嗎？那我們家能不能幫幫他？」

周爸看了女兒一眼：「之前能幫的都幫了，他爸現在人都不在國內了，據說已經欠了不少錢，躲出去了。」

周彥兮完全沒想到，事情竟然已經嚴重到這個地步了。

她心不在焉地聽著父母又聊了幾句，最後聽到周爸說：「有時間妳好好安慰一下小熊吧，勸他有空也回家陪陪他媽。我前兩天還遇到過他媽媽，感覺精神狀態也不太好。」

周彥兮魂不守舍地回到房間，拿出手機來想了想，不知道要怎麼開口。

熊家和周家雖然關係不錯，但是兩家情況卻大不相同。小熊家的生意在他爺爺那一輩就已經做得很大了，所以他應該算是富三代，跟周彥兮這種小學以後家裡條件才漸漸好起來的完全不一樣。小熊總是開玩笑說她是暴發戶，而實際上也確實如此。

一向養尊處優慣了的小熊，又要面子又驕傲的一個人，突然遭逢這樣的變故，他受得了嗎？

猶豫許久後，周彥兮傳了訊息給小熊：『熊神，忙什麼？』

熊熊是你爸：『……』

熊熊是你爸：『妳害妳哥漏掉一個兵……』

周彥兮看到這回覆，也不知道是該欣慰還是該心酸，欣慰的是看來他還不知道家裡的情況，心酸的是這種事情又能瞞多久，網路上怕是也有風聲了吧。

與其到時候，外人都知道了，只有他被蒙在鼓裡，或許不如早點暗示他一下，讓他有點心理準備。

這麼想著，周彥兮問小熊：『今天休息你沒回家嗎？』

態熊是你爸：『回去也只有我一個人在家，還不如留在基地和那幾個小崽子打打排位。』

YAN：『下午要不要去逛街？你生日快到了，上次不是說喜歡那個錶嗎？我送你呀？』

態熊是你爸：『……』

態熊是你爸：『無事獻殷勤非奸即盜。』

YAN：『不不不，純屬小的一片孝心，請您老人家笑納。』

熊熊是你爸：『那傢伙欺負妳了？』

YAN：『哪個傢伙？沒人欺負我啊……』

熊熊是你爸：『周俊那小子又找妳麻煩了？』

YAN：『真的不是……』

熊能是你爸：『好吧，但妳哥我中午要睡個美容覺，起來後再聯絡妳。』

『好滴。』

然而一直等到晚上，周彥兮都該返回基地了，還是沒收到小熊的訊息，打電話也沒人接，最後乾脆關機了。

周彥兮心知不妙，立刻趕回基地，路上時她打了個電話給鐘銘。

鐘銘說小熊家裡有急事，請假回家了。

末了他問：『是不是出了什麼事？』

周彥兮嘆了口氣，覺得鐘銘早晚會知道，也就沒什麼不方便說的，於是說：「他家出了點事，之前一直都瞞著他的，現在應該已經知道了……」

電話裡鐘銘也沉默了，片刻後，他說：『別著急，等他回來再仔細問問。』

然而這天之後的一週裡小熊都沒再露面，無論是鐘銘還是周彥兮都沒能聯繫上他。GD眾人也人心惶惶，畢竟離國際賽的時間越來越近了，小熊是隊裡的二號位，沒有他在GD的訓練也不能正常進行。可是知道內情的周彥兮和隱約猜到內情的鐘銘，擔心的卻不只是訓練的事情。

整整一週後，小熊終於露面了。但他回來的第一件事不是和鐘銘周彥兮解釋這幾天他去了哪，而是直接進了鐘銘的房間，和鐘銘單獨談了好長時間。

在此期間，周彥兮一直在樓下等著，關於樓上兩人談話的內容，她有很多猜測，可是似乎每一種都不是好的。

她越想越坐不住，乾脆跑上樓，想去問個清楚。畢竟以她和小熊的關係，沒什麼是鐘銘可以知道但她不能知道的。

然而剛走到鐘銘房門前，就聽到小熊說要轉會到WAWA的事。她一下子有點傻了……

這種時候，如果他說要暫時離隊回家陪母親，她可以理解。如果他是因為經濟狀況想要尋求鐘銘幫忙，她更會支持。可是為什麼要轉會到WAWA？這些天他究竟去了哪裡？

然而就在這時，周彥兮面前的房門突然被人從裡面拉開，她抬起頭，對上的正是小熊冷漠的神情。其實他以前對不熟悉的人就是這樣，只是這一次，對她也是如此。

周彥兮正想說什麼，小熊卻已經從她身邊走過，回到自己的房間，關上了房門。

她怔怔地看了片刻，又回頭看向鐘銘的房間。房間裡的男人正站在窗前面向窗外，手指間的那根菸菸灰已經積得老長，可他卻渾然未覺。

「銘哥。」她輕輕叫了一聲。

鐘銘回過頭來朝她笑了笑，可眉宇間是掩藏不住的無奈和落寞。

周彥兮怔了怔，回過神來後問鐘銘：「我聽錯了嗎？他是要跟王月明一樣轉會到WAWA嗎？為什麼啊？為了錢嗎？那我去勸勸他！留在GD不會比WAWA差！」

周彥兮正要去敲小熊的房門，卻被鐘銘叫住：「妳來。」

她停下腳步，有些猶豫，想到剛才小熊冷漠的態度，又看了看他緊閉的房門，最終還是不甘心地走進了鐘銘的房間。

她以為鐘銘會回答她的那些疑問，可是當她坐在他的身邊時，他卻又一句話也不說。

此時已是傍晚時分，滿室的落日餘暉無人欣賞。周彥兮突然也覺得累了，就那樣和鐘銘並排坐著，看著窗外，各自想各自的心事。

殘陽如血，讓人有點睜不開眼，然而晚霞雖然絢爛，卻終究持續不了多久。很快房間裡最後一絲光亮也被黑暗吞噬。

直到這一刻，周彥兮才真正的意識到，對於周遭發生的一切，她什麼都做不了，而她身邊的男人，終究也有無能為力的時候。

似乎是感受到了她的目光，鐘銘突然開口說：「別去找他了，他現在最不想見到的大概就是妳。」

周彥兮不能理解：「為什麼啊？」

鐘銘無奈地笑了笑：「因為他大概覺得最對不起的人就是妳吧。」

周彥兮氣結：「如果覺得對不起我就不要去WAWA啊？可是為什麼要簽WAWA？」

鐘銘：「妳說呢？」

這個答案並不難猜。

周彥兮說：「是為了錢嗎？如果是想多賺點錢，留在GD也可以啊，何必要去WAWA？」

鐘銘搖頭：「WAWA對他志在必得，其實早在公開賽結束就在聯繫他了，只是小熊這人我們都瞭解，他沒有同意。這次他家裡出事，正好WAWA那邊還沒放棄他，他就開了很高的價錢，那邊同意了。」

周彥兮問：「很高是多高？」

鐘銘：「是目前的GD負擔不起的。而且……我不能單獨對他格外好，這對其他人不公平。可是如果作為我個人的幫忙，他那麼驕傲的人妳也知道，他不接受。」

雖然心裡知道小熊就是這麼一個人，但是周彥兮還是會在心裡埋怨——這都什麼時候了，面子真的有那麼重要嗎？他就算不接受別人幫忙也不接受她的嗎？他們從小到大的關係難道還比不過那點轉會費嗎？

也或許在她看來無比重要的東西，於他而言無非只是太平日子裡的一點消遣，真的遇到了事情，她就是個澈澈底底的外人了。他不但不需要她的幫忙，可能還會擔心她因此而憐憫他、同情他，甚至嘲笑他……

周彥兮搖了搖頭：「我不理解。」

鐘銘沒有過多安慰她，只是說：「不理解也正常，妳又不是他。」

兩人又坐了一會兒，樓下響起周俊叫他們吃飯的聲音。

周彥兮坐著沒動，鐘銘勸她：「妳先去吧，我抽根菸，等等下去。」

周彥兮本來也想說沒問口，但又想到樓下那幾個孩子大概早就擔心死了，於是只好說：「好吧。」

周彥兮離開後，鐘銘疲憊地揉了揉眉心。

對於小熊的這個決定，他無權干涉也沒有理由干涉，甚至非常理解，而且作為朋友更是希望他家裡的情況因此好轉。然而小熊出走後的GD，距離那個世界冠軍的位子，好像又遠了點。

門外響起行李箱滾動的聲音，由遠及近，最後停在了他的門前。他伸手去摸吊燈開關，按下的一瞬間，房間裡猛然亮起，讓他的雙眼有短暫的不適應。

敲門聲響起，他走過去打開門，正是小熊。

鐘銘掃了一眼他腳邊的行李箱：「都這麼晚了，怎麼不明天再走？」

「沒事，我開車了，方便。」說到這裡，小熊似乎猶豫了一下，還是問鐘銘，「銘哥，你真的不怨我？」

銘哥坦然：「有一點，但畢竟還是你家裡的事情更重要。」

小熊笑了笑：「都說傻人有傻福，那傢伙傻得可以，所幸遇見的是你。」

鐘銘：「難得，能從你這裡聽到這樣的話。」

「我實話實說，不過……」小熊突然話鋒一轉，「那件事，你打算什麼時候告訴她？你不說，我怕她一輩子都想不到。」

鐘銘臉上神情依舊是笑著的，倒像是真不明白一樣問：「你指什麼事？」

小熊看著他，過了好一會兒才說：「三年前的那天，其實我也在西雅圖。當時在賽場門前，一起去的同學幫我拍了張照片，巧的是正好拍到VBN的隊員入場。那時候的TK還沒拿到冠軍，也沒有太多人認識他，所以他自然也沒後來那麼謹慎，沒戴帽子口罩，只可惜當時我也不認識他。」

小熊這話是什麼意思再明顯不過，對他的這個發現，鐘銘也不覺得意外，人生就是許多個巧合串聯起來的故事。只是小熊的這一番話，卻也成功讓他的那段記憶掀起了一個角，好久沒有想起來的那段時光卻因為這幾句話，一股腦地撲面而來。

那時他剛剛加入ＶＢＮ，也是他剛從天之驕子墮落成網癮少年的時候。那段時間彷彿全世界都在跟他對著幹，但是如今回想起來，那時才是他迄今為止的人生中最恣意快活的時光。

然而，他也是從那一年起，因為選擇了一條與以往截然不同的人生路，才不得不背負著許多的不認同和質疑。所以他比別人更執著努力，就是期望有一天能把這些質疑的聲音遠遠甩在身後。可是幾年過去了，這些聲音非但從未消失，反而愈演愈烈，以至於有時夜裡醒來，他都開始懷疑這份堅持究竟對不對。

但是有些事情，不到最後一刻就無從驗證對與錯。所以他義無反顧，哪怕是認錯，也要等撞到南牆頭破血流的那一天，否則沒有人能讓他鐘銘後悔。

也正是因為這樣，這一次，他拋棄曾經擁有的一切從頭開始，只有這一次，只為這一次，給那個叫做「夢想」的東西遞交最後一份答案卷。

良久，鐘銘說：「我會找機會說的。」

他承認了，但小熊卻更加無奈：「我知道我從來不會看錯人，所以這次做這個決定時我也猜到了，去了那邊，冠軍於我而言也是奢望了。」

鐘銘倒沒他那麼篤定：「賽場上的事，都不好說。」

小熊苦笑：「其實，我最覺得對不起的還是那傻丫頭。我知道這段時間她沒少找我，還想方設法幫我解決家裡的事情，但是你也知道這種事情別人幫不了我，既然如此就乾脆自己扛下來。」

鐘銘說：「你放心吧，早晚她會理解你的。」

小熊點了點頭：「那，我走了。」

樓下的周彥兮早就看到小熊拎著行李箱進了鐘銘房間，她一直等著他出來，等著他給自己一個離開GD的理由，不管是什麼樣的解釋，只要他肯說，她就努力去理解他，因為這至少說明他還在意她的想法。

可是小熊從鐘銘房間出來後卻沒有看周彥兮一眼，也沒有看其他人，逕自朝大門走去。

「熊哥。」是周俊在叫他。

然而，小熊也只是腳步一頓，最終也沒有停下來向大家告別。

周彥兮的目光一直追隨著他，可視線中的身影漸漸變得模糊。

她狠狠地擦了一下眼睛，而一回頭，正對上樓梯上的鐘銘平靜的目光。他雙手插在褲子口袋裡，懶懶地站在那，不知在想什麼。

很快GD的其他人也知道了小熊轉會去WAWA的事情，所以這天晚上，大家也無心訓練。

而且也不知道是兩家有誰走漏了風聲，這天晚上在小熊離開GD後，網路上粉絲們也開始議論起這件事來。而這個消息在第二天就得到了WAWA的官方確認。

至此，眾人再說起GD都只剩下遺憾，而提及不久後的國際賽，似乎也都達成了一個共識——握在GD手裡的那張西雅圖門票，怕是要浪費了。

這天鐘銘一上線就遇到了許久未見的陳宇。

陳宇問：『哥，我聽說你們隊走了兩員大將，你以後有什麼打算？』

鐘銘想了想說：『今年不行就明年。』

如果今年拿不到冠軍，那就明年。

過去大半年的努力都付諸東流了，面臨這麼大的變故，一般人肯定是會絕望的，鐘銘卻說如果今年不行就明年。

陳宇沉默了片刻回覆說：『可是銘哥，你沒有再一個三年可以浪費了。』

職業選手的黃金年紀一般是十八歲到二十六歲之間。這段時間人的反應速度和判斷力都會到達了一個巔峰，相應的心理承受能力也足夠的強。但是在二十六歲之後，人的身體各項數質就開始下滑，以至於無法應付高強度的訓練和高規格的比賽。所以，哪怕是經驗老道、技巧純熟的頂尖選手的職業生涯不會超過二十六歲。更何況還有傷病一說。

所以陳宇說，他沒有再一個三年可以浪費，而事實上，哪有三年那麼久，一朝一夕的時間他都浪費不起。

鐘銘猶豫了一下，正想隨便回點什麼，卻見陳宇又傳了一則訊息過來：『或許就這樣了吧銘哥，畢竟人也不能總是順心如意處在巔峰。』

看到這句話，鐘銘若有所思地坐了一會兒，但片刻後他又無所謂地笑了笑：『你也說了，只是「或許」。』

這一次，陳宇破天荒的沒有再回覆，但鐘銘也沒有在意，很快開始了一天的訓練。

第二十七章　李煜城

因為小熊的突然離開，鐘銘不得已又調整了GD的陣容。為了讓阿傑發揮出最大的能量，他思量再三決定把一號位讓給阿傑，自己去打二號位。這無疑是很冒險的做法，因為在GD眾人看來，有鐘銘的一號位在就是希望，不管前期如何失利，只要想到後期有銘哥在就總覺得還有翻盤的希望，但是如果一號位換人了，那眾人心裡也就沒了把握，前期每走一步必然如履薄冰。

但是現在的GD也沒有比這個更合適的安排了——阿傑最適合打一號位，周彥兮和阿傑的配合也不錯，小強經過這段時間的訓練，已經適應了三號位的幾套打法，至於周俊的全地圖輔助更是不能動。所以唯一可以調整的就是鐘銘的位子。

鐘銘說：「其實二號位是僅次於一號位的資源占有者，適合這兩個位子的英雄路數都差不多，對我而言影響不大，而且我早就說過，隨著賽場形勢的變化，不一定是誰最後接管比賽，一號位也好，二號、三號位也好，都有可能成為最後的賽場主宰，所以以前怎麼樣打，以後繼續就好。」

在鐘銘的再三解釋下，眾人也漸漸覺得有點道理。而且在GD正式組隊前，鐘銘也時常打中單位子，周彥兮和周俊這兩個老隊員都見識過，所以聽他這麼說了以後，也就不再質疑。

而這個被逼無奈下的決定，卻在日後將那個早就被人提出，但始終沒人能發揮出它巨大威力的「多核陣容」澈澈底底的發揚光大了。

這樣訓練了一段時間，在GD眾人已經漸漸適應了現在這個陣容的時候，有人來約訓練賽了。竟然是之前在公開賽上打過一個照面的黑馬戰隊FNL。當時在積分賽中GD曾贏過FNL。後來兩支隊伍一同進入了淘汰賽，按照一般人的想法，第一輪比賽鐘銘應該挑選趁機最末的FNL的，但是當時他卻選了成績更好一點的EW。

現在FNL的隊長是中單小武，網路上一碰面問鐘銘的就是這個問題，當初淘汰賽時為什麼不和他們打？

鐘銘實話實說道：「感覺你們更難纏？」

小武聽了哈哈大笑，然後就聽語音房間裡他對其他人說道：『聽到沒有，銘哥都覺得我們比EW難纏，就憑這句，這場訓練賽要給銘哥留下更深刻的印象！』

「不過有個事情想麻煩你和其他隊員說一聲。」鐘銘對小武說。

『銘哥你說。』

「考慮到一些戰術保密方面的事情，我不希望這次訓練賽有影片流出。」

GD的陣容剛剛發生了很大的變化，而緊接著又要去參加國際賽，他這話說到一半，其實小武就已經明白了他的意思，於是很爽快地答應了下來。

這場訓練賽採取BO3的賽制，率先取得兩場勝利的就算勝出。

原本FNL認為，王月明和小熊雙雙出走後的GD早已不足為懼，新隊員阿傑和小強以前的平臺賽影片他也看過，雖然資質不錯，但畢竟和王月明、小熊這樣選手沒辦法比。所以對這次訓練賽，他們可以說是胸有成竹的。

但是第一場比賽開局沒有多久，小武就意識到是自己把GD——或者是鐘銘看得太簡單了。

鐘銘竟然出現在中單位子去打二號位，而且開局幾分鐘後，小武就發現全場的節奏差不多都是鐘銘在掌控——幾乎是他在哪一路，哪一路就有團戰，就有收割。而且和以往不同的是，周俊出現在上中兩路的次數特別多。所以上中兩路基本就在鐘銘、周俊和小強的掌控之中了。

而當FNL反應過來應該去下路抓一下阿傑的時候，才發現阿傑的裝備已經成了氣候，周彥兮又總在他附近，想殺阿傑已經不容易了。所以還沒等GD真的推上FNL高地，小武就已經打出了GG。

比賽很快進入到了第二局。小武吸取教訓才開局時就特意「關照」下路阿傑，可是周俊好像知道他的想法似的，一直都在下路附近徘徊，中間雙方有過幾次短兵相接的時候，除了一次周彥兮和對方輔助一換一外，FNL沒有討到一點好處。但是上路卻又被人早早拔掉了門牙塔，推上高地。

第二場比賽結束好一會兒，小武才回過神來。

『銘哥，我真的佩服了，好像什麼樣的隊伍在你手裡都能釋放出最大的能量。』

鐘銘只是笑了笑，他很清楚自己這一套戰術只能用幾次，一旦被對手找到阿傑的破綻，怕是最後連他都無法應對。

然而，真是怕什麼來什麼。

雖然這場訓練賽前鐘銘再三提醒FNL那邊不要有訓練賽影片流出，但是不久後，網路上還是出現了那兩局訓練賽的影片。

一時間各大遊戲評論主紛紛分享討論。

『看來今年的國際賽GD也不是全無希望啊！』

『知道什麼叫真正的三核打法嗎？今天GD告訴你。』

『影神不打一號位，依舊是神！』

這個影片被鐘銘看到後，正巧小武大概也是剛看到，連忙過來找他道歉，後來才知道是FNL那邊當天不在場、沒聽到小武囑咐的一個工作人員洩露了訓練賽影片。

影片已經洩露出去，再說什麼也沒用了，鐘銘只能把心思用到研發新的戰術上。不過從網路社群這些地方的討論可以看出，粉絲們對GD的態度也從兩員大將出走後的失望同情，重新變成了信任和期待。一時間無論是鐘銘還是GD又成了國際賽的奪冠熱門。

與這邊GD重回神壇風頭正勁截然相反的是，那邊遠在老家的李煜城又出了狀況。一個名叫「大師賽三連敗是水準倒退還是打假賽」的文章不知不覺中火了起來。

李煜城退役後，也曾作為外援跟人一起打打民間主辦的線上賽。參賽選手一般都是有些名氣的路人王或者已經退役的選手。不過即便是規格不算太高的比賽，但因為獎金還算豐厚，所以也備受關注。

這一次打假賽事件，源頭就是這個大師賽的決賽上，李煜城所在的隊伍竟然零比三輸給了一支路人隊。所以有人就懷疑這並非李煜城的真實水準，而是因為某些利益原因故意輸給了對方。

鐘銘看到那個文章後，專門把李煜城那幾局比賽的影片找來看了。平心而論確實輸的很慘，但是說他打假賽也不至於，只是這需要比較專業的人才能看出來。

鐘銘翻了翻留言，雖然大多數都是在對李煜城「不爽」或者「失望」的，但確實也有那麼一兩則從很專業的角度說明了李煜城應該沒有打假賽的。可是這種聲音很快就被其他聲音蓋過。

鐘銘對這種情況並不陌生也不意外——輿論永遠都是這樣，大家只相信自己願意相信的真相。

鐘銘拿出手機傳了訊息給李煜城，這還是李煜城離開後兩人第一次聯繫。

Shadow：『還好嗎？』

李某人：『一幫蠢貨的雕蟲小技而已，還傷不到老子的金剛不壞之身。』

Shadow：『對你沒有影響嗎？』

李某人：『我早就不是職業選手了，打個民間賽還能把我禁賽還是怎麼樣？』

李煜城回完，似乎更生氣了，繼續說道：『我是拿過世界冠軍，可是世界冠軍怎麼了，還不許世界冠軍輸比賽了？堂堂TK教主還輸給我過呢？不只輸給我，還輸給EW那群水貨呢，被那些人知道了豈不是要吵翻天了？』

Shadow：『……』

Shadow：『不要轉移話題好嗎？』

李某人：『好吧，你找我什麼事？』

Shadow：『沒有了……』

李煜城說是這種事情對他不會有影響，但鐘銘卻總覺得是這位老哥自己太單純，於是把別人也想的太簡單了。

果然，在事情愈演愈烈後，李煜城本人雖然依舊不在意，但沒幾天直播平臺竟然公開宣布：在「打假賽」事情沒搞清楚之前要求李煜城暫時停播。

眾所周知，很多知名直播主和平臺的協議都是年薪制的，但是要拿到這個年薪也要有個前提，就是完成直播任務，而直播時長是最基本的指標之一。

打假賽這種事情本來就不好查證，更何況李煜城本來也是盡全力打了，但偏偏結果確實不好。這種情況下，無論是要證明他造假也好，證明他沒造假也好，都是難事。所以以往有人遇到這種質疑的，乾脆低調處理不予理會，風波過去也就沒事了。可是現在，平臺的態度明顯是要等那個所謂的「結論」，那這就遙遙無期了。

所以李煜城這一停播就不知道會停播多久，可是不播就沒有薪水。結果李煜城一怒之下乾脆和平臺撕破了臉。一時間這事又被鬧得沸沸揚揚的，在大多數粉絲們認為平臺決定「公正嚴明」的同時，也有少數人感慨人情冷暖。

當年李煜城還沒退役的時候，各家平臺都因為他爭著搶著要和WAWA簽署直播協定。後來，哪怕是他剛剛退役的時候，也有不少平臺開出了高價請他入駐。當時平臺看重的除了他的人氣，還有就是意在收穫與WAWA老闆截然不同的好名聲。

沽名釣譽，商人也愛。所以當李煜城宣布和平臺簽約的消息後，那些罵WAWA老闆過河拆橋的粉絲們自然也誇讚平臺有真情懷。

可是如今，李煜城名聲一天不如一天，平臺終於也坐不住了，急著和撇清關係不說，原先答應好的年薪也後悔了，所以才想出禁播這一招來。

「打假賽」風波持續了好多天，過程中李煜城昔日的朋友裡也只有小飛發了一則貼文疑似在回應這件事。

內容言簡意賅只有五個字：『放他媽的屁！』

但儘管如此，這則貼文發出去不到幾分鐘還是被刪掉了。

李煜城真的在這短短的一個月裡成了孤家寡人。

而在這段時間裡，周彥兮發現一向不在乎外界言論的鐘銘也會去看看論壇、翻翻社群，而且每次看過之後心情都很明顯的不怎麼樣。

周彥兮說：「銘哥，要不然我和公關妹妹說一聲，說點什麼支持一下城哥吧？」

鐘銘：「跟這幫人打口水仗沒意思。」

「那總不能就任由這群人黑他吧？而且他現在既不打比賽也不直播了，還不知道在老家能做點什麼。」

周彥兮想的這些鐘銘早就想到了，但是他比別人更瞭解李煜城——這時候越是關心他越會讓他覺得是別人在同情他。他們這樣的人，誰還沒點驕傲？

鐘銘沉默了片刻說：「真要我表態也不是不可以，但是，只是公開喊個話實在太沒誠意了。」

周彥兮似乎猜到了什麼，眼睛亮晶晶地問：「那銘哥，你的意思是？」

鐘銘垂眸含笑看著眼前人：「嗯，這次我要親自去一趟。」

幾個小時之後，鐘銘就在千里之外的一個小機場見到了李煜城。

一個多月而已，李煜城比之前看上去更加黑瘦了，但是看得出來，見到鐘銘他是真的高興的。

正值晚飯時分，兩人就在機場附近的一家小飯館吃了個便飯。

李煜城一邊把啤酒倒進鐘銘面前的塑膠杯中，一邊問他：「大賽在即，影神不坐鎮基地跑我這來幹什麼呀？」

鐘銘只是笑盈盈地看著他：「你明知故問。」

李煜城端著酒瓶的手明顯一頓，但很快，他朝著鐘銘咧嘴一笑：「是哥們今天就別說讓我煩心的事，玩兩天就回去吧。」

鐘銘聞言依舊只是笑。他看了看窗外灰撲撲的土路，又看了看這破破爛爛的小飯館：「這裡距離市區有多遠？」

李煜城不知道他為什麼問這個，隨口答道：「十來公里。」

「十來公里。在B市也就是一腳油門的距離。」

他說得隱晦，可李煜城卻已經明白了他的意思——這裡當然和B市沒辦法比，他自己回來這段時間也還沒有適應。沒有快遞、沒有外賣，也沒有行動支付，就連偶爾想吃個麥當勞、肯德基都難。

鐘銘的目光在小飯館裡掃視了一圈，最後停在了李煜城的臉上：「你真的就打算在這裡待下去了？」

李煜城眼神黯淡了幾分：「也就這兩天不習慣吧，但想想我畢竟是在這裡長大的，過段時間應該也就習慣了。再說，遊戲不可能打一輩子，早晚都要脫離那個圈子，早一天晚一天有什麼區別嗎？」

「有。」

李煜城沒想到鐘銘否定得這麼乾脆，不由得抬頭看他。

鐘銘說：「早一天，你就是現在這樣，不情不願，一無所有，而晚一天無論結果如何至少你了無遺憾，因為你已經盡力了，但是現在你離『盡力』這兩個字還差很遠。」

這話讓李煜城有些失神，可片刻過後，他卻只是搖了搖頭說：沉默了一陣說：「算了，我年紀大了，有些事情還是順其自然吧。」

鐘銘不以為然地笑了：「可什麼叫『順其自然』？」

李煜城說：「就是有些事情不能強求，ＴＫ你不能要求別人都像你一樣，可以拋開一切從頭開始……我做不到。」

鐘銘說：「那你還是不懂什麼叫『順其自然』。真正的『順其自然』是什麼？如果我以上說的那些你都去試過了，那叫『順其自然』，遇到點麻煩就兩手一攤這叫『逆來順受』。你說你不能像我一樣，並不是因為你真的不能，而是你已經找到了敷衍自己的理由，就是你所說的『順其自然』。」

李煜城煩躁地喝了口酒，半晌一句話也說不出來。

鐘銘繼續說：「我們每個人走到今天都不容易。ＬＯＴＫ對大多數人而言只是興趣愛好，喜歡做什麼，有什麼樣的喜好，他們不需要知會任何人。可是我們卻把這份興趣愛好變成了職業，在這個過程中，我們要爭得周遭每一個人的認可，興趣變成了工作，花園變成了戰場。而上戰場就要流血流汗，哪怕馬革裹屍也要殊死一搏，可你呢？你只是廝殺一陣子，大戰還沒告捷就當了逃兵……這不是我認識的李煜城。」

鐘銘很少一口氣說這麼多話，這大概還是他們認識這麼些年以來的第一次，可是這第一次，卻讓李煜城聽紅了雙眼。一向有點玩世不恭嘻嘻哈哈的李煜城想不到自己也會有這麼一天。他自嘲地笑了笑。

鐘銘說：「所以你好好想想，要不要跟我回去。」

然而，出乎鐘銘意料的是，李煜城依舊固執地搖了搖頭：「TK，我到現在才知道你決定回國從頭開始是下了什麼樣的決心，我真心佩服你，但是也僅限於此。我不是你，做不到你那樣，為了心中那點執念，可以什麼都不要，只求自己無愧於心的盡力和一個無論好壞結果。我真的不行了，我對這個圈子澈底失望了，寒心了……」

其實李煜城和他前老闆之間的恩怨鐘銘也有所耳聞。說實話他不覺得他們誰有錯，只是他們誤解了彼此，他把他當員工、當玩物，他卻把他當朋友、當知己。

半晌，鐘銘無奈地笑了笑：「可是，既然是哥們就不該見死不救。」

李煜城已經迅速收拾好了情緒，聽到鐘銘這麼說，既不笑也不惱：「TK，你能來，能跟我說這些話，我很高興，但是現在，我真的不需要誰來救我。」

鐘銘依舊看著他，還是那副不緊不慢的口吻：「我看你可能搞錯了，我是說你不能對我見死不救。」

李煜城不由得詫異地看向他：「你們現在不是好好的嗎？之前和FNL那兩場訓練賽我也看了，別說粉絲們說你是『化腐朽為神奇』的好手，就連我看過之後也很服氣。」

「別人那樣說也就算了，想不到你也只有這點見識……」

「什麼意思？」

鐘銘抬眼看他：「你對小強和阿傑的情況瞭解多少？」

李煜城回憶了一下說：「他們參與的大賽好像並不多，去年的大學生聯賽雖然是冠軍，但是那屆大家的水準都談不上多好。不過看後來平臺賽裡他們的表現倒是進步不少，是可造之材。」

鐘銘卻搖了搖頭說：「剛才你也說了，他們參加的大賽並不多，而實際上也只有你說的那幾場。這兩人雖然資質都不錯，但是如果想把他們訓練成成熟的職業選手，並且是打一號位和三號位，那沒有個一年怕是難。你看到的那兩場訓練賽，其實有很大的偶然性。」

「怎麼會？」

「我當初簽下他們時，是想著讓小強來頂替王月明，阿傑做我的替補。小強暫且不提，選阿傑是因為他的打法跟我很相似，和彥兮的配合也不需要太多磨合，在我不能上場的時候應該也能發揮奇效。可是沒想到後面小熊家裡出了事……所以你在訓練賽上看到的陣容實在是我沒其他辦法了。」

「你是說阿傑不行嗎？」

「也不能說是不行，讓他打一號位，是因為他不會打其他位子，一時半刻 Carry 的打法還改變不了，但是即便是讓他打一號位，正式比賽中他最多也只能打三場。」

「為什麼？」

鐘銘有點難以啟齒：「因為他拿得出手的英雄不超過三個，在高水準的局中，在那個位子用其他英雄，他還真的是打不了，所以三場過後，他的套路很快就會被對手所熟悉，一旦比賽時對方 BAN 掉那幾個英雄，或者選了壓制他的英雄，那我們就束手無策了。而且他的應變能力也不行，如果有人刻意干擾他的節奏，而周彥兮也幫不上忙的話，他這個一號位就沒什麼作用了。這也是我要求訓練賽對外保密的原因。」

李煜城聽到這裡也不由得皺起眉來，不用多想也知道，讓鍾銘讓出一號位，在GD內部肯定是不得了的事情——這就相當於抽走了大家心裡的定海神針。可他依舊這麼做了，看來確實也別無他法。

但是國際賽上，加上外卡賽晉級的隊伍一共有十六支隊伍，都是高水準的專業隊伍，而三局就露底的GD必定走不遠。如果他能回去，那GD現在就大不一樣了，鍾銘還是有希望拿冠軍，而他……

想到這裡，李煜城確實有些猶豫了。

鍾銘端起盛滿啤酒的塑膠酒杯：「你也知道，我TK沒求過什麼人，對你這是第一次，也是最後一次。」

李煜城看著懸在空中的那杯酒，想到昔日年少輕狂時的相遇，想到這些年為了同一個夢想所付出的努力，還有他所遭受的背叛和質疑，或許他真的該再「盡力」一次。

片刻後，李煜城也舉起酒杯，與鍾銘手上那杯輕輕一碰，然後將杯中酒一飲而盡。

匆匆吃完了這頓飯，李煜城家都沒有回，直接打了個電話給爸媽後就跟著鍾銘登上了返回B市的航班。

鍾銘在登機前和周彥兮通了個電話，所以在李煜城抵達B市時，GD眾人就已經知道了他會加入的好消息。

不過由於航班延誤，兩人深夜才到達基地，可是基地裡卻燈火通明，所有人都沒有睡。

李煜城的這個決定很突然，但決定了之後就義無反顧，想的都是怎麼打勝仗，怎麼拿冠軍。所以當他到達基地，看到擺在桌上的巨型蛋糕，以及掛在牆上那一看就知道是臨時自製的歡迎橫幅時，心裡除了意外，更多的則是慶幸。

慶幸自己決定回來，慶幸自己選擇GD。

周彥兮笑嘻嘻地說：「誠哥，謝謝你。」

鐘銘雖然說是只有他出山才能救GD，但其實李煜城自己也知道，就算他不來，鐘銘應該還會有別的辦法，只是要花掉的時間可能更長一些，要重新站在那個位置可能也要等更久一些，但是大家依舊像看救世主一樣看著他。

小心翼翼地捧著那顆早已碎過一次的自尊心，李煜城想，這大概才是真正的隊友，真正的兄弟吧。

周俊見到偶像早就激動得語無倫次了：「我是不是在做夢？我竟然和堂堂Lee神成隊友了！Lee神答應我，請讓我這輩子都為你包雞包眼吧！」

李煜城哈哈一笑說：「沒問題，只要你家銘哥不吃醋，以後我就靠你包養了！」

面對李煜城的加入，大家都很高興，尤其是阿傑，連日來因為讓他打一號位的那種壓力終於在這一刻消失了：「誠哥你來我就放心了，你不知道最近這些天我壓力好大，感覺自己快要得心臟病高血壓了，幾次和明哥說我不想打一號位，可他就是不聽！我真怕自己拖了GD的後腿……」

李煜城揉了揉這位小弟的腦袋，嗔怪道：「哪有不想進首發陣容的職業選手？」

阿傑委屈道：「我想啊！可是不想現在，我想等自己真正有實力的時候，到時候就算銘哥不說我也會為自己爭取的，而不是現在，真的有點趕鴨子上架了。」

眾人說說笑笑，又吃了蛋糕，直到天快亮了才散了夥各自去睡覺。

李煜城被安排在小熊原來住的房間裡，正對著周彥兮和鐘銘的。

安頓好一樓的幾個小的，三人上樓回房間時，他無比意外地說：「呦，原來你們不住同一個房間呀？浪費資源啊！」

周彥兮正在毫無形象地打著瞌睡，被他這麼一說，立刻閉上嘴，紅著臉說了句「晚安」就回了房間。

鐘銘知道李煜城這人就是這樣，只要不是心情太差就會想著調侃他搞點事。想到這裡，就覺得有必要出點新家規約束一下某些人了。

於是他說：「少廢話，明天十點開始訓練，不許遲到。」

李煜城無所謂地擺擺手：「放心，我才不會遲到。」

鐘銘點點頭：「那就好，不然我們這裡有條『家規』你怕是要瞭解一下了。」

李煜城好奇：「什麼家規？」

「遲到一分鐘禁言一小時。」

李煜城無所謂地聳了聳肩：「我還當是什麼厲害的家規呢，沒問題，入鄉隨俗！」

鐘銘笑：「那就好。」

約好了明天訓練的時間，兩人這才各自回了房間。

而就在幾分鐘後，鐘銘那個空有幾十萬粉絲卻猶如僵屍號一樣的社群帳號，繼一個句號之後竟然破天荒的更新了。

Shadow：『歡迎加入，@李某人。』

第二十八章　電燈泡

這一夜，註定是個不眠夜。

雖然鐘銘發文的時間還是大半夜，但電競圈一半都是夜貓子，所以這一則發文一上傳，就沸騰了半個電競圈。

GD尚未入睡的眾人紛紛分享留言表示歡迎李煜城。幾分鐘後，李煜城本人也分享了貼文，還附上了一句很耐人尋味的話。

李某人：『生活中總是充滿意想不到的Gank，而我們必須要擁有一顆耐蹉跎的心。』

這是李煜城被黑以來第一次公開露面，像是在對過去的所有事的回應，也像是在告訴大家此時的他對打職業、對生活依舊充滿了希望。

從世界冠軍到跌落塵埃，再到從頭來過。沒有誰比李煜城更適合說出這樣的話了。一時之間，眾人心中的Lee神又回來了，之前那些支持他卻被埋沒的聲音再一次集體爆發出來。在這夜過後，他的這則貼文被無數人分享。

或許是因為睡得太晚，第二天一早，李煜城一覺醒來就看到掛鐘的指針堪堪指到了十點鐘的位置。

他暗叫一聲糟糕，緊趕慢趕下到一樓時還是晚了幾分鐘。

基地裡其他人都已經坐在了自己位子了。鐘銘聽到身後聲音回頭看了他一眼，又看了一眼手腕上的手錶：「看來今天大家的耳朵可以清淨清淨了。」

李煜城正要說話，但很快又想到了什麼，悻悻閉上嘴，走到自己的位子上坐下。

周彥兮不明所以地看著二人，過了一會兒，問李煜城：「城哥，怎麼不說話？沒睡好？」

李煜城看了她一眼沒說話。

鐘銘見狀不由得勾了勾嘴角。

周彥兮更覺得奇怪了，看李煜城大概是不會理她，只好去問鐘銘：「銘哥，城哥他怎麼了？」

鐘銘無所謂地說：「遲到了六分鐘，按照『家規』，禁言六個小時，而已。」

而已？李煜城這種程度的話癆，六個小時不說話，差不多可以憋出內傷了！

周彥兮仔細在腦子裡搜尋了一下這條所謂的「家規」，發現不是自己失憶了，就是鐘銘記錯了，於是又問：「話說銘哥，我們什麼時候的定了這種家規？」

鐘銘面不改色道：「昨天晚上。」

李煜城原本正悶悶不樂地喝水，卻聽到這「家規」竟然是昨天晚上才有的。這分明就是某人臨時起意，故意整他的啊！於是一下子沒控制好，嗆到咳個不停。

見他這反應，鐘銘不緊不慢地掃了眼周俊他們幾個：「你們都和城哥學學，在這圈裡混，最重要的還是要懂規矩，不耍賴。」

李煜城臉色更難看了，而一天的訓練也就這樣「安安靜靜」的開始了。

如今的ＧＤ算上李煜城在內，正好五個首發一個替補，六個人可以三比三的打訓練賽。因為李煜城的加入，又是最初的磨合，所以無需對外保密。訓練時，大家還是開著直播混時間。只不過自從李煜城和平臺鬧翻後，鐘銘就帶著ＧＤ其他人將直播間搬到了流量旗鼓相當的另一家叫做「狼牙」的直播平臺。

今天是第一次換平臺直播，而ＧＤ在兩局訓練賽影片流出後又簽下已經黑得發亮的李煜城，這一連串的事情早已讓ＧＤ又一次成為輿論的焦點，一時間ＧＤ人氣暴漲，原來在原平臺看他們直播的七八成粉絲竟然都跟著ＧＤ轉戰到了狼牙。鐘銘和李煜城、周彥兮這幾人的直播房間的人數更是一下子突破了狼牙平臺運營數年以來的最高峰。

不過，這樣播了大半天，粉絲們才發現好像有點不對勁。因為某個很愛說話、很愛發牢騷罵人的大神，今天竟然破天荒的一句話也沒說過……

意識到這一點的眾人都覺得這一定是發生了什麼了不起的大事，紛紛在ＧＤ各選手直播間裡留言詢問原委，最後還是周俊悄悄給了眾人答案。

周俊說：「城哥今天訓練遲到了六分鐘，所以禁言六小時。」

眾粉絲：『禁言六小時，誰想出來的？』

周俊：「銘哥唄，還能有誰？」

眾粉絲：『銘哥威武！不過不讓城哥說話這不等於要他的命嗎……』

眾粉絲：『想不到有生之年也能遇上城哥直播間這麼安靜的時候，我還以為自己走錯了地方……』

眾粉絲：『那是不是我們現在說什麼，城哥都不會反駁？』

大家剛來了興致，正躍躍欲試，卻突然聽到一個陰森森的聲音響起：「我是可以不反駁，但是城哥的小黑屋你們可以瞭解一下。」

眾粉絲：『呀！六小時到了啊，城哥終於解禁了！』

眾粉絲：『快檢查一下，有沒有憋出內傷？』

李煜城：「一個個都很皮是不是？管理員幹活了！」

眾粉絲：『別別別，我們千里迢迢跟著城哥來，就是為了「正片」而來，嘖嘖城請不要讓我們失望！』

李煜城不耐煩地嚷嚷道：「管理員！管理員！」

就這樣一直打到阿姨開始做飯了，鐘銘提議再娛樂一局就吃飯休息。

因為是娛樂，所以分組也是隨機的，李煜城、周彥兮和小強一組，剩下的人在另一組。

其實無論是職業聯賽還是路人賽，大家選英雄都是遵循著「二八定律」——就是百分之二十的英雄占百分之八十的出場率。所以LOTK中好多英雄在他被造出來的那一天，就註定是不會被青睞的。但是鐘銘卻突發奇想，選了個幾乎沒用過的地穴刺客。

因為完全不懂這個英雄的出裝方式，他趁著進遊戲前專門切出去查了一下這英雄的裝備。但是他顯然沒意識到，在他的粉絲們眼裡，他是無所不能無所不會的，看他查英雄出裝，大家都問：『銘哥在查什麼呢？』

剛好鐘銘這邊的一舉一動全被他身邊的李煜城看到了，還不等鐘銘回答大家，李煜城已經替他對著萬千直播間裡的粉絲回答了：「還能查什麼？當然是查查出什麼裝備打老婆更順手囉。」

打老婆？直播間一片譁然……

再去看兩邊陣容，在鐘銘對面的是李煜城、周彥兮和小強。

眾粉絲：『什麼意思？城哥你給我說清楚！』

眾粉絲：『銘哥打老婆，打哪個老婆？城哥還是我女神？』

眾粉絲：『打老婆哈哈哈哈哈……』

粉絲們正上躥下跳地等著他們無論是誰好歹給個回應，然而很快，大家就發現鐘銘的直播間關了聲音，周彥兮的直播間也關了聲音，而李煜城乾脆關了直播。

可是，難得抓到點八卦的苗頭，眾人哪肯善罷甘休，於是都擠到最可能和大家說點什麼的周俊那裡。

眾粉絲：『Jun神，哥哥們的直播間怎麼都沒聲音了？』

周俊掃了一眼對面的幾個人，壓低聲音說：「城哥又被禁言了。」
眾粉絲：『哈哈哈哈哈哈……』
眾粉絲：『這次又是為什麼呀？』
周俊想了想，有點難以啟齒地說：「傳播不健康資訊，禁言一小時。」
眾粉絲：『「不健康資訊」？哈哈哈哈哈，這又是什麼鬼？』
周俊嘆氣：「新家規。」
李煜城剛來的第一天，就已經莫名多了兩條家規了，以後還不知道要怎麼辦呢！
眾粉絲：『銘哥家教好嚴哦，以後城哥有得受了哈哈哈哈哈哈！』
眾粉絲：『不過話說GD現在有點亂啊，難道男女主角不是影神和我女神嗎？』
其他粉絲：『那是昨天之前的情況了，在昨天之後，多了城哥這個男主角，開啟雙男主劇情。』

GD重新整裝磨合了一段時間，很快就確定下來新的陣容，由鐘銘打一號位，李煜城二號位，小強三號位，周彥兮和周俊輔助，阿傑作為一號位替補。
李煜城的加入讓GD實力大增，但同時也帶來了新的困擾。

鐘銘漸漸發現，自從李煜城加入後，自己的直播間裡總會有一些奇奇怪怪的留言，讓他摸不著頭緒。就比如，這天剛上線，粉絲們不問別的，只抓著一個問題糾纏不休。

眾粉絲：『影神聽說你和我女神住在一起了？』

這個問題在剛暴露周彥兮的性別時被大家追著問過，但是因為一直沒有回應過，漸漸地也就沒人關心了。可是此時不知道為什麼大家又開始對這個事充滿了興趣。

熱心粉絲：『銘哥，注意身體啊，大賽在即，還是比賽更重要，其他的事情來日方長啊！』

眼看著大家越說越不對勁，鐘銘冷冷地掃了身邊某人一眼：「你又跟他們說什麼了？」

某人早就憋笑憋出內傷了：「實話實說而已。」

周彥兮作為「當事人」也被鬧得不得安寧，不過她比鐘銘有經驗多了，直接登錄社群去看李煜城最近發了什麼。結果一看也急了：「城哥！拜託你說話不要這麼模稜兩可好不好？」

李煜城依舊笑著：「彥兮妹妹，生什麼氣呀？城哥我實話實說而已，妳莫不是想歪了？」

鐘銘黑著臉拿過周彥兮的手機看了一眼。

原來是昨天晚上，有粉絲在網路上問李煜城在GD生活怎麼樣。結果李煜城很會挑重點地回答了一下：『我就住在他們兩個房間的對面，每天……嘖嘖嘖……』

粉絲們的想像力何等豐富？大家被他一誤導，都不由得胡思亂想。鐘銘隨便翻了幾則留言——有問頻率的，有問聲音大小的，竟然還有問他持不持久的……

鐘銘的臉色越來越難看了，李煜城卻假裝沒看見，繼續眉飛色舞地跟直播間裡的粉絲們互動。

然而幾分鐘之後，他就笑不出來了。

鐘銘說：「訓練時間這麼緊張，為了讓大家專心訓練，我看很有必要讓公關妹妹統一打理一下大家的社群帳號。」

周俊和小強他們聞言叫苦不選：「銘哥，我們幾個是無辜的！」

鐘銘面無表情：「有個詞叫『連坐』，要怪你們就怪他。」

罪魁禍首坐不住了：「喂！哪有你這麼挑撥離間的！」

然而鐘銘話雖這麼說，不過最後考慮到公關妹妹的工作量，還是只讓她收管了李煜城一個人的社群帳號。

自那以後，粉絲們發現李煜城的社群帳號風格突然變了。除了轉發GD官方發的內容，還會一本正經地上傳些訓練賽影片，順便附上「影神好帥呀」、「確認過眼神，是我家影神」、「嚶嚶嚶」等讓眾粉絲惡寒的文案……

至於回覆粉絲的話，與過往那種糙漢風格也完全不同了，儼然都是官方帳號那種軟妹風了。

然後至此之後，李煜城是澈底記恨上了鐘銘。

第二天是休息日，正好這段時間忙著準備比賽，鐘銘和周彥兮也沒什麼時間獨處。於是放假的前一天，兩人就約好明天去看個電影吃頓飯，過過二人世界。說起來這還是兩人確認關係後第一次約會。

放假這一天，周彥兮一早起來選衣服化妝，弄了大半天總算把自己收拾好後，一開門看到的不是別人，而是李煜城那張無比燦爛的笑臉。

她的房門正對著李煜城的房間，而此時李煜城的房間門打開著，他本人就坐在朝門的單人沙發上，竟然像是在一直等著她一樣，見她出來就問：「彥兮妹妹這是要去哪呀？」

周彥兮還沒來得及回答，李煜城已經迎了上來：「我一個人在基地怪無聊的，妳去哪玩，方不方便帶上城哥？」

「不方便。」

聲音來自身後，正是不知道什麼時候已經從房間裡出來的鐘銘。

周彥兮原本還正為難不知道要怎麼拒絕，還好鐘銘來得及時！

但被人拒絕的李煜城一點被嫌棄的自覺都沒有，依舊不依不饒地跟著鐘銘和周彥兮：「哦，不方便就算了，那順路載我一程總行吧？」

鐘銘依舊態度冷淡：「你知道我們們去哪嗎？順路？」

李煜城態度無比誠懇：「我就是想出去買點東西，這大冷天的，你們去的地方又不可能是郊外，那就是商圈嘛，肯定順路！」

鐘銘頓了頓說說：「經你這麼一提醒，我倒是覺得人少一點的地方不錯，再說今天又不冷。」

李煜城裝不下去了，乾脆罵道：「你當初請我來的時候可不是現在這態度！」

鐘銘：「當初是當初，現在是現在。」

眼看著李煜城似乎真的不高興了，周彥兮連忙出來打圓場道：「我們不是去看電影嗎？那附近好像確實有個大超市，順路順路！」

李煜城冷哼一聲：「這還差不多。」

鐘銘看了看一臉單純的周彥兮，又看了看身後某人奸計得逞的笑臉，最後無奈地嘆氣，心說這二人世界應該是不用指望了。

三個人到了地下室，李煜城很自覺地坐上了副駕駛座。鐘銘正在繫安全帶，瞥到身邊的人眉頭就皺了起來。

李煜城也看到他那表情了，但還想假裝沒看見，可是被這樣盯了片刻，他自己先受不了了，心不甘情不願地解了安全帶推門下車，還不忘丟給鐘銘一句：「你這樣對兄弟，會遭報應的。」

因為看手機所以落後幾步的周彥兮看到李煜城上了車又下來，有點奇怪：「城哥你不去了？」

李煜城沒好氣地走向車子後排：「坐錯位子了，有些人不高興了。」

「做錯」什麼了？周彥兮看了一眼被憤憤摔上的後排車門，有點茫然。

不過接觸這段時間以來，周彥兮已經發現了，李煜城的脾氣性格有時候非常孩子氣，一會兒高興一會兒生氣，然而讓他高興的點和讓他生氣的點都非常迷，絕對不是周彥兮這種境界能 get

到的。

這次果然也是，在不知道他為什麼生氣後，沒多久他就又嘻嘻哈哈恢復如常了。

一開始李煜城還只顧著和鐘銘說話，周彥兮只是聽著，冷不防的李煜城突然問她：「我們銘哥這車怎麼樣？厲害吧？」

周彥兮不知道李煜城怎麼突然說起這個，但直覺告訴她前方有坑，要提高警惕。

於是她很謹慎地說了句：「是啊。」。

李煜城贊同地點了點頭又壓低聲音很曖昧地說：「什麼人開什麼車嘛，小妹妹妳以後有福了。」

這話怎麼聽起來有點不對勁？

「城哥你能不能好好說話？」

「我就是在好好說話啊……對了，妳猜我怎麼知道的？」剛問出來，李煜城又急著自問自答道，「以前有人告訴我的。」

周彥兮不由得一愣，而鐘銘直接將探頭過來的李煜城一巴掌推回了後座上：「要麼閉嘴，要麼去外面跟著車跑。」

李煜城不在意，心情很好地看著窗外。周彥兮看了看他，又看了一眼鐘銘沒再說話。

很快就到了目的地，停好了車，三人上了樓。

照理說這時候就該分道揚鑣了，可李煜城顯然沒有要走的意思，提議道：「這都中午了，要不然我們先找個地方吃飯，吃完了再分頭行動。」

說著也不管另外兩人樂意不樂意，就迅速鎖定一家淮揚菜館，走了進去：「唉唉，就這家吧，今天週末哪裡都是人，難得有空桌。」

服務生很快跟上李煜城，問他幾個人，李煜城回答說：「三個。」

店外周彥兮抬頭看了一眼鐘銘，鐘銘似笑非笑地掃了一眼店裡那位已經坐好開始點菜的人，說：「走吧，妳要是說不在這吃，他還有別的招能跟著我們。」

周彥兮也開始有點擔心了，該不會等一下做什麼都是三個人吧？那真的是好尷尬……

他們一進去，李煜城就熱情地把菜單推到他們面前：「今天城哥請客，不要客氣。」

鐘銘把菜單遞給周彥兮：「對，多點一些，我挺餓的。」

周彥兮感到有點意外，早上打電話叫她起床那時他明明在吃早飯，這才過去不到兩個小時就餓了？

周彥兮低頭點菜，鐘銘手機突然響了，店裡有點吵，他就拿著手機到店外去接。

而鐘銘這一離開，李煜城的話匣子又被打開了。

「彥兮妹妹，妳和那小子什麼時候認識的？」

周彥兮對身邊服務生報了幾個菜後隨口答道：「去年平臺賽前吧。」

「哦，那妳們在一起沒多久吧？」

周彥兮動作一頓，含糊地「嗯」了一聲。

李煜城哈哈一笑：「這有什麼不好意思的？其實我第一次見到妳就知道那小子對妳圖謀不軌了。」

理智告訴周彥兮，李煜城這人說話完全不可以信，但她還是忍不住問：「為什麼這麼說？」

「我和他認識好幾年了，對他太瞭解了。在大多數人看來，他肯定都是既成熟穩重還大度又神祕，哈哈哈哈笑死我了，其實他啊是呆板彆扭自私悶騷才對。」

正在這時，鐘銘已經掛了電話往回走，與周彥兮和李煜城他們只隔著十來公尺，偏偏李煜城嗓門又大，所以剛才那些話，即便鐘銘不想聽，也都一字不落地聽清楚了。

周彥兮暗叫不妙，為了避免發生不必要的流血事件，她好心岔開話題：「城哥……你看看我點的這些夠不夠，要不要把點好的菜跟你說一遍？」

李煜城正說到興頭上被人打斷很不高興，大手一揮，對旁邊服務生說了句「趕緊出菜」，然後也不管周彥兮臉色如何不好，繼續說道：「上次小飛的事差點把我笑死，妳知不知道？」

周彥兮面露尷尬地瞥了一眼他的身後說：「都過去了，就別提了。」

但李煜城完全沒有留意到她有什麼不對，自顧自地先大笑了一番，然後說：「太搞笑了不能不提！妳別看他平時對什麼事情都不理不睬無所謂的樣子，但是妳能想像的到他看上的人同時也被別人看上時他就會變得小氣自私睚眥必報嗎？」

眼見著鐘銘的臉色越來越差，周彥兮連忙說：「不會的，銘哥不是那種人。」

李煜城聞言則是一臉的痛心疾首：「妳這智商遇到他只有被虐的命！我早就說過，他早就喜歡妳了啊。偏偏小飛那臭小子運氣不好看上他看上的人，註定沒結果啊。不過太搞笑了哈哈哈哈，妳見過有人第一次見面就很不客地氣仗著自己歲數比人家大恐嚇人家的嗎？」

「啊？」這一次周彥兮也好奇了。

「就是那三局 Solo 過後，我們不是在那家音樂餐廳遇上了嗎？小飛多看了妳幾眼，結果後來就被那傢伙恐嚇了。據說他原話說的是『現在才只是個開始，所以千萬不要掉以輕心』……哈哈哈哈，我當時沒在場都能想像出他說話時一本正經的樣子，分明就是畜生護食的感覺嘛！」

周彥兮想了想，那天她好像和小飛在洗手間門口遇到過，還交換了聯絡方式，確實被鐘銘看到了，不過這比喻也是絕了……她不由得瞥了眼李煜城身後，剛才還勉強維持著笑容的某人，現在完全不笑了。

李煜城沉浸在自己的爆料中無法自拔：「後來小飛寫那些酸溜溜的文，他更坐不住了，但是沒有理由去教訓小飛，就跑來恐嚇我。可我李煜城又不是被嚇大的，他想裝模作樣，我就戳破他心思，他『口嫌體正直』，我就給他個打臉的機會。所以後來我就想著得多製造幾次小飛和他碰面的機會。」

周彥兮徹底傻了：「所以那次兩隊聚會是因為這個？」

「不然妳以為是因為什麼？」李煜城繼續說，「那次真的不後悔，讓我見識到了不一樣的某人啊。當時我可是看得清清楚楚的，基地那廚房雖然小吧，但也不至於那麼小，只有妳們兩個，他有必要離妳那麼近嗎？又是吹氣又是肢體碰觸什麼的……嘖嘖嘖，那波騷操作夠我們小飛學個七八年的。而且啊……他從來不吃辣的妳知不知道？」

這資訊量有點大，周彥兮澈底傻了。而就在這時，鐘銘似乎也不打算再聽下去了，在某人的肩膀上輕輕拍了拍。

力道明明很輕，可李煜城卻被嚇得一個哆嗦。而下一秒鐘，鐘銘已經俯下身來在他耳邊說：「雖然不是訓練時間，但如果我想讓你閉嘴，辦法還是挺多的。」

李煜城說了那麼多，也不知道鐘銘聽到多少，終究還是有點心虛，訕訕地乾笑了兩聲。

鐘銘卻已經拉起對面的周彥兮往外走，臨走前，對李煜城說：「剛才忘了說，電影快開場了，而且我只買了兩張票，所以飯還是你自己吃吧。」

李煜城望著兩人離開的身影出了片刻的神，待回過神來時才意識到剛才好像點了不少菜……

他連忙叫服務生：「剛才我點的菜還能不能退啊？」

服務生搖頭：「不好意思，您的菜都已經開始做了。」

李煜城鬱悶：「怎麼平時沒見你們效率這麼高啊？」

服務生委委屈屈地低著頭不敢接話。

他無奈只好問：「那幫我看下一共點了幾道菜吧？」

「好的。」服務生很快查了一下說，「您一共點了八道菜。」

「什麼？」

周圍已經有頻頻看向他，李煜城煩躁地揮了揮手：「上吧！上吧！」

服務生離開後，李煜城冷笑，想到剛才鐘銘去接電話前還特地囑咐周彥兮讓她多一點，恐怕在那個時候，他就想好要這麼整他了吧！

黑心啊，明知道他退役以後手頭拮据，竟然這麼下狠手！

想到這裡，李煜城無奈地拿出手機，開始打電話給基地裡其他人。

第二十九章　想親妳

周彥兮被鐘銘拉著走到店外，離那家淮揚菜館越來越遠了，鐘銘問她：「想吃什麼？」

周彥兮：「電影不是要開場了嗎？」

鐘銘笑：「我亂說的，我們換個地方吃飯。」

「銘哥。」周彥兮突然停下腳步。

鐘銘不明所以，回頭看她，但沒想到一回頭正對上她一臉狡黠的笑。

周彥兮平時很少這樣笑，甚至很少笑，所以不瞭解她的人都覺得她這人冷淡，但鐘銘知道她那不叫冷淡，是遲鈍。只不過人長得好看，什麼都可以換個說法。

而事實上她笑起來的時候遠比她不笑的時候更好看。鐘銘乍一看到這笑容，不由得怔愣了一瞬，待反應過來她為什麼會這麼笑時，他的臉色就好看不到哪去了：「欠揍是不是？」

說著就不再理會周彥兮，逕自往前走去。

周彥兮見他要走，立刻快走幾步拉住他，難得有幾分撒嬌地說：「我還什麼都沒說呢！」

「那我謝謝妳了，請繼續保持下去。」鐘銘冷哼一聲，朝著電梯走去。

「不行，其實也沒什麼，就是想問你幾個問題而已。」

「不許問。」

周彥兮假裝沒聽見：「銘哥，你真的恐嚇過小飛？」

「我要做什麼還用的著『恐嚇』這種手段嗎？」

「那你第一次見到他為什麼會說那種話？」

鐘銘沒好氣：「能輸給妳的職業選手，是個人見了就該教訓教訓！」

周彥兮忍著笑：「那不一定吧，我是資質是差一點，但『名師出高徒』，其實出去也不算太差吧？」

這句「名師出高徒」明顯讓鐘銘很受用，臉上神情也柔和了許多，周彥兮趁熱打鐵道：「其實我一直想問，為什麼你不吃辣不早說？烤魚那次還有在基地裡聚餐那次。」

不說這個還好，說起這個鐘銘更生氣了：「作為別人的女朋友，妳難道不該自我檢討一下嗎？」

這件事周彥兮確實有點說不過去了。李煜城和鐘銘雖然認識得早，但畢竟兩人不常見面，跟他們這種在一起生活了大半年的比不了。可偏偏李煜城知道鐘銘不吃辣，而周彥兮卻把鐘銘「投其所好」當成了他真正的喜好。

但是話說回來，也不能全怪周彥兮。鐘銘這人雖然看上去是對什麼事情很挑剔，但如果涉及到其他人，比如飯菜口味這種，他又好像什麼都可以，很遷就別人。所以要摸清他真正的喜好也不是那麼容易。

不過周彥兮還是從善如流地承認錯誤：「我檢討……那銘哥，城哥說的……其他那些到底是不是真的？」

說到後來，周彥兮已經有點不好意思。但鐘銘顯然已經聽懂她指的是什麼了……

鐘銘尷尬地咳嗽了一聲：「他那張嘴裡十句話中有一句是真的就不錯了。」

他說得義正言辭斬釘截鐵，但周彥兮卻想起之前兩人在基地裡相處的某些細節來……他的說話時溫熱的氣息，還有那些有意無意的肢體碰觸……有那麼幾個瞬間，她真的覺得自己心跳加速了，但是在看到他一本正經的臉時又覺得是自己想多了。可是被李煜城這麼一說，再看他們兩人現在的關係，說他當時根本就是故意的也很有可能啊。

「銘哥你臉紅了？」

鐘銘目不斜視：「妳看錯了。」

正在這時，電梯門「叮」的一聲緩緩打開。等著裡面人出來後，鐘銘率先走了進去。周彥兮跟在他身後，忍笑忍的有點辛苦。

而這個過程中，鐘銘只是涼涼地掃了她一眼，依舊面無表情。電梯下到三樓時，除了他們以外的其他人也終於下電梯了。轎廂裡只剩下他們，周彥兮再也忍不住了，笑得前仰後合。

鐘銘微笑著看她：「看樣子妳好像挺喜歡的？」

她邊笑邊問：「什麼……」

話沒問完，就見某人突然靠近：「好像挺喜歡我做過的那些事，既然如此……」後面的話他沒有說，他已經用行動在告訴她——既然如此，不如再來一次。

然而，被吻上的那一刻，周彥兮的腦中只有一個念頭閃過——完了完了！這電梯裡肯定有攝影機！保全大哥非禮勿視啊！

這個吻可以說是非常的驚心動魄了，在電梯停靠提示音再度響起時，鐘銘似乎都沒有放過她的意思。她推他，他紋絲不動，她欲哭無淚，只想就地消失。

好在，在電梯門徐徐打開的過程中，他終於不緊不慢地放開了她，外面的人有說有笑地進了電梯，她驚魂未定的同時只顧低著頭，生怕露出什麼馬腳來，然而再看某人，一副淡定自若的模樣，好像他不是罪魁禍首，好像剛才發生的一切都與他無關一樣。

終於到了停車場，經過剛才那麼一鬧，周彥兮沒敢再惹鐘銘，乖乖地任由他拉著，朝著他們停車的方向走去。

走了一會兒，車還沒找到，卻突然聽到前面的人沒頭沒腦說了一句：「其實差不多就是從那時候開始的。」

「什麼？」周彥兮問。

鐘銘回頭看向她，笑了笑說：「具體什麼時候我也不知道，但是就是從那時候起，我才知道我會因為妳生氣，不僅僅只是在遊戲中。」

周彥兮怔了片刻，轉瞬便明白了鐘銘的意思——他說他不知道究竟是什麼時候起對她上了心，但卻是小飛的出現後讓他開始正視自己的感情。

周彥兮想了一會兒，突然意識到一個問題：「所以銘哥，你以我可能將我隊核心戰術洩露出去的理由不讓我和小飛聯繫，也是因為吃醋？這麼冠冕堂皇的理由你是怎麼想出來的？」

鐘銘的一腔深情瞬間僵在臉上，下一秒甩開某人二話不說掉頭就走。

與此同時，周彥兮又忍不住笑了起來。可笑過之後，她也知道得罪鐘銘不會有好果子吃，趕緊追了上去。她撒嬌著去拉他，他卻像個鬧脾氣的孩子一樣依舊不給她什麼好臉色。

這樣兩次過後，周彥兮也急了，就在他打開車門要上車的前一秒，她追到他的面前，「砰」的一聲把車門關上，不管三七二十一地將他猛力一推。

鐘銘一時沒有防備，被她推得一個踉蹌，撞在身後的車身上，而還不等他反應過來，她已經踮起腳，雙手捧起他的臉，吻了上去。

這還是周彥兮第一次這麼主動，鐘銘也被她這一連串的舉動震撼到了，但很快他就從善如流地環住了面前的人，全神貫注地回應起這個吻。

一道白色光束一掃而過，伴隨而來的除了呼嘯而過的引擎聲，還有好事者的口哨聲。但在車前擁吻的兩人卻渾然未覺，無所畏懼。

看完電影，兩人又在外面吃了晚飯，差不多晚上九點才回到基地。

鐘銘停好車子也不急著下車，見周彥兮正要去開車門，一把將她拉住。

周彥兮不明所以地回頭看去。

他一隻手握著她的手腕，整個人卻懶懶地靠在椅背上：「不想這麼早回去。」

周彥兮雖然隱約猜他想做什麼，但她其實也很喜歡跟他單獨在一起，尤其是平時沒什麼機會，單獨約個會什麼的實在是太難得了。於是她也坐著沒動。

兩人都不說話，呼吸聲都顯得很清晰。周彥兮注意到時就想調整一下呼吸，至少聽上去更從容一點。但不調整還好，一調整反而適得其反。車裡的氣氛一下子有點緊張，就連空氣都彷彿停滯了一般。

她尷尬地輕咳一聲，剛想換個姿勢，卻感覺握在她手腕上的手突然緊了緊。

「坐上來。」

「啊？」她還沒反應過來，就被人提了起來，再落座時，她已經坐在了他的腿上，和他面對著面。

這個姿勢太曖昧了，周彥兮一時有點手足無措，但鐘銘沒有給她太多的時間適應，就在她坐上來的下一秒，他微微一歪頭便含上了她的唇瓣。

與之前的幾次蜻蜓點水不同，他環在她身上的手臂不斷收緊，像是要將她整個人嵌入他的體內一樣，而唇齒相接的地方，他更是毫不客氣，長驅直入，攻城掠地。

或許是因為這段時間已經積累了不少這方面的經驗，也或許是因為車裡更讓周彥兮覺得安全。她完全放鬆下來，任由身下的男人掌控著節奏，只將注意力放在兩人身體相觸的地方。這樣忘情地吻著，卻被一陣突兀地手機鈴聲打斷。那是周彥兮的手機鈴聲，而手機就丟在旁邊副駕駛座上……

周彥兮本來沒打算理會，但那打電話的人無比執著，鈴聲剛停沒多久，很快又響起來。她這才想看一眼到底是誰打來的。

鐘銘注意到她的分心，很不滿地在她唇上重重地咬了一下。

周彥兮疼得悶哼一聲澈底清醒過來，她撐起自己稍稍離開他：「算了，我還是接吧。」

說著就要爬回副駕駛座上去拿手機，鐘銘卻不怎麼高興，當即拉住她的手腕又將她拉了回來，周彥兮剛剛拿到手的手機應時脫手，掉到了座位底下。下一秒鐘，周俊的聲音就從車裡的某個閉塞的角落裡傳了出來：『姐！你們還沒回來嗎？剛才我就看到你們進車庫了，是不是遇到什麼事了？電話怎麼也這麼半天才接通？需不需要我過去……喂？喂喂？』

周彥兮愣了愣，大概是她剛才不小心按到了接聽鍵。

而電話另一端，周俊喂過幾聲沒人回應後，還真的出了門。

周彥兮在電話這一頭清清楚楚地聽到了開門關門的聲音。想到周俊要來，她突然就慌了，不管三七二十一地推開身邊的車門，連滾帶爬地從鐘銘身上下來，跑了……

看著某人落荒而逃的背影，鐘銘在短暫的鬱悶過後不禁嗤笑了一聲。

腳邊的手機裡依舊傳來周俊努力不懈的『喂喂』聲。鐘銘不緊不慢地撿起來，慢條斯理地應了一聲。

手機裡安靜了片刻，周俊問：『銘哥？』

「嗯，你姐把手機落在車上了，我回來替她拿一下。」

周俊鬆了口氣：『我說嘛，怎麼半天沒人接電話。』

剛說完，周俊很快意識到自己說錯了：『不對呀，電話早就接通了，但就是沒人說話。』

沉默了片刻，鐘銘說：「我接通的，但接通後不小心把手機掉進座椅旁邊的夾縫裡了，剛拿出來。」

『哦哦哦，這也行。』

說話間，周俊的聲音突然隔遠了一些，鐘銘聽到他似乎在和什麼人打招呼：『妳怎麼這麼粗心？手機掉了都不知道，害別人操心……咦，妳脖子上那是什麼？我的媽啊好幾個呢，我密集恐懼都要發作了！嘖嘖嘖，肯定是出去胡吃海塞吃到過敏的東西了吧！』

鐘銘聽到這裡，一邊掛斷電話一邊嘆氣——論起遲鈍，這姐弟倆還真是有得一拚，就是不知道這麼強大的基因會不會影響到下一代……

周彥兮故意岔開話題，問周俊：「你們也剛回來嗎？」

「是啊，今天我和小強他們去唱歌了，想不到他們兩個都是麥霸……咦，對了，我看你們和城哥一起出去的，怎麼後來分開行動了？」

周彥兮這才想起李煜城，有點尷尬地問周俊：「城哥也回來了？」

「早就回來了，他中午的時候還打電話叫我們去吃飯呢，但當時我們離得有點遠就沒過去。不過我剛才回來看到廚房裡一大堆打包的飯菜，城哥也是，我們沒去還點那麼多菜。」

「……」

周彥兮有點心虛地摸了摸鼻子，想到那地方不便宜，李煜城這次出這麼大血，接下來的這段日子還不知道會怎麼整她和鐘銘呢……

不過回到基地後，李煜城卻彷彿不記得中午那事了，見她回來依舊樂呵呵的：「呦，彥兮妹妹回來了啊。」

周彥兮皮笑肉不笑地應了一聲，然後就灰溜溜地回了房間。而她剛一進房間，就聽到有人上樓的聲音，這腳步聲她一聽就知道是誰。腦中又想起剛才分開時兩人的情形，心跳不由得漏掉了一拍。

門外李煜城沒事人一樣笑嘻嘻地和鐘銘打著招呼，倒是鐘銘似乎沒理他，在李煜城打過招呼之後，只聽到鐘銘房間關門的聲音。

走廊裡重新歸於安靜，周彥兮緩緩吐出一口氣，掃了一眼牆上掛鐘的時間，快十點了。她開始換衣服卸妝洗澡，等從浴室出來時又已經過了一個小時。

頭髮還有些潮濕，但她懶得再爬起來吹乾。身體已經很疲憊，可躺在床上一閉眼，想到的都是某人不斷靠近並放大的臉，就連他身上的味道都彷彿還縈繞在她的鼻端，讓她心跳不已。

她翻了個身，把臉埋在被子裡，好一會兒，眼前看到的、心裡想著的，依舊還是那個人。她索性放棄了，乾脆屏氣凝神，豎起耳朵聽聽隔壁有什麼動靜。

他睡了嗎？他在做什麼？

像是特地來回應她似的，放在枕頭邊的手機在這時候突然震動了幾下。她立刻想到可能是誰，拿過手機打開一看，果然是鐘銘。

Shadow：『睡了？』

周彥兮無聲地咧嘴笑著。

YAN：『還沒有。』

訊息剛傳出去，她又覺得這回話明顯是把天給聊死了，應該再說點什麼才對。

可反反覆覆想了好幾個話題，一則訊息刪改了好多次，最終周彥兮還是不滿意，打了刪，刪了再打。

鐘銘看著螢幕頂端的提示一直是「對方正在輸入」的狀態，不由得輕笑一聲，打了幾個字回過去。

周彥兮正抓耳撓腮地想著再說點什麼好，就收又收到鐘銘傳來的訊息。

她看了一眼，手像突然被燙了一樣，手機就被丟了出去。

Shadow：『想親妳。』

啊啊啊……他怎麼可以說的這麼露骨？讓她怎麼回？

她把自己裹在被子裡，彷彿只要這樣就沒那麼害羞了。

牆上的掛鐘滴答滴答地證實著時間的流逝，過了好一會兒，一隻纖細白皙的手從被子下伸出來，左摸右摸終於摸到之前被丟出去的手機。

周彥兮一邊總結自己是男人見得太少，積累的實戰經驗太淺，才會遇到這麼一丁點大的事情就不淡定，但一邊又開始新一輪的躊躇——到底要回什麼呢？

她正糾結著，鐘銘很快又把「問答題」變成了「選擇題」：『是我過去還是妳過來？』

周彥兮的手又抖了抖，但好歹這次稍稍冷靜了一些，認真思考起這個問題來。

鐘銘看著依舊是「對方正在輸入」的狀態，無奈嘆了口氣說，直接給出了答案：『還是我過去吧。』

回覆了周彥兮，他起身打開房門，結果一開門就嚇了一跳。

「呦，還沒睡？」

鐘銘看了看對面房間裡的人，又看了一眼時間，這都十一點多了，他大敞著門在幹什麼？

李煜城用行動回答了鐘銘。他對著手機螢幕指了指鐘銘這邊：「你們的影神出來了。」

然後他的手機螢幕上立刻飄過很多行文字，看不清楚是什麼內容，但是數量之多已經蓋過了李煜城的那張臉。

李煜城立刻笑呵呵地對身後的鐘銘說：「哎呀，還是影神魅力大，你一出現我這留言數量都翻了幾倍。」

鐘銘明白了，這傢伙竟然還在直播！大半夜的鏡頭正對著他和周彥兮的房門！所以不出意外的話，無論是他進了周彥兮的房間，還是周彥兮進了他的房間，都會被萬千粉絲看得清清楚楚。

李煜城彷彿還在提醒他：「影神這大半夜的出來幹什麼？」

鐘銘冷冷瞥他一眼，朝樓下走去。

身後李煜城繼續嘻嘻哈哈地跟粉絲們聊著天。

鐘銘下了樓直奔廚房，打開冰箱拿出一瓶礦泉水，一邊擰開一邊用手機登錄了狼牙平臺。他其實就是想確認一下自己的猜測對不對，不出他所料，李煜城的鏡頭真的就對著的周彥兮的房門。

「咦，剛才進直播間的那個鎏金ＩＤ不正是我們影神嗎？」李煜城的聲音從手機裡傳來，而下一秒鐘就聽到某人扯著嗓子朝樓下喊道：「我說影神，我們門對門的，你想看我用得著跑到直播間來看嗎？」

鐘銘拎著礦泉水瓶回到二樓，看到那張小人得志的笑臉，第一次有點心疼自己千里迢迢把他請回來了。

「知道什麼叫擾民嗎？」

如果聲音可以殺人，李煜城現在一定已經被他凍成冰雕了。

李煜城裝模作樣地做出一副後知後覺的樣子，然後刻意壓低了聲音說：「好像確實讓某些人不太方便了哈。」

鐘銘沒再搭理他，轉身又回了自己的房間。

李煜城和鐘銘的說話聲音不小，周彥兮在房裡早就聽得清清楚楚了。

所以鐘銘剛一進門，就收到了周彥兮的訊息：『想不到城哥休息日都堅持直播，真是勤奮啊……』

Shadow：『……』

YAN：『那早點睡吧銘哥，晚安。』

鐘銘沒再回她。

周彥兮捧著手機嘆了口氣，一想到鐘銘可能不能過來找她了，本來以為自己會鬆口氣的，沒想到更多的竟然是失落。

她把手機丟到一旁，調整了一個姿勢，打算睡覺。而就在這時，「咚」的一聲從陽臺上傳來。

她嚇了一跳，第一個反應是有賊，幾乎是立刻就從床上彈坐了起來。而還不等她有下一步動作，就聽到「嘩」的一聲，是滾輪滑過軌道的聲音，房間和陽臺之間的玻璃門被人拉了開來。

她不由得「啊」的叫出聲來。

下一秒鐘，剛才還站在陽臺上的人就已經上了床。她只覺得眼前一花，唇上蓋上了一隻溫熱的大手。

他什麼也沒說，只有一聲似有若無的嘆息，但是周彥兮已經知道來人是誰了，正是她剛才還想了無數遍的人。

心裡正狂喜，外面響起李煜城的叫門聲：「彥兮妹妹，出什麼事了？」

周彥兮緩了片刻，和鐘銘對視一眼說：「沒事，手機差點掉進廁所。」

李煜城「哈」了一聲：「沒事，掉進去讓銘哥去撈。」

周彥兮忍著笑，鐘銘冷哼一聲：「再笑？」

周彥兮還是笑，可緊接著就笑不出來了……某人一向如此，說到做到，說親就親。

周彥兮承受著鐘銘身體的重量不由得朝後倒去，兩人就這樣滾倒在柔軟的被褥中。

還沒入春，B市的夜晚依日寒涼。他剛才雖然是從窗外過來的，可身上卻只穿著件白色T恤和單薄的居家褲。周彥兮不小心觸及到他暴露在外的小臂，都能感受到今夜外面的氣溫。但是很快，她就發現那種冰冷的觸感漸漸變了，變得滾燙起來。

周彥兮不知自己是缺氧還是動情，只覺得腦子裡混混沌沌的，倏然醒過神來時才留意到腰上有乾燥溫熱的觸感——鐘銘的手不知道什麼時候伸到了她睡裙裡面。

感受到他在一點點的上移，她的心不由得收緊了。因為已經打算睡了，她根本沒穿內衣啊……突然覺得，好危險……

感受到那四處點火的手遊弋到邊緣，逡巡著打算繼續上前時，她連忙隔著睡衣將他按住。

在這個你進我退，你攻我守的遊戲中，周彥兮的整顆心都提了起來，可鐘銘卻好像完全沒注意一樣，依舊吻得投入動情，只是放在她身上的手卻不再有所動作。

見他似乎是妥協了，她那顆提起的心也漸漸落回原處。

他的吻一點點下移，像羽毛一樣落在她的頸窩裡、鎖骨上。緊繃的神經慢慢放鬆，意識變得朦朧起來。然而就在這時，她突然感覺到胸口一熱，剛才明明還停在肋骨處的那隻手不知什麼時候已經覆上了她的左胸。

周彥兮不禁渾身一抖，差點叫出聲來，鐘銘卻好像早就預料到了一樣，準確無誤地又堵上了她的唇，將她的聲音吞入腹中。

後面的事情就越發變得不可控制。她從來沒有過這種感覺，就覺得渾身蘇蘇癢癢的，也不是不舒服，只是太陌生。她不知道自己此刻是什麼樣的，也不知道自己在他看來是什麼樣的，然而就是這種陌生的感覺讓她感到不安。

她突然有點無措、有點害怕，腦子一熱竟然一把將身上的鐘銘推了開來。

鐘銘被她推開愣了一下，撐起一隻手，低頭看著她。此時那雙漆黑的眼眸中難得有幾分不解，還有幾分尚未褪去的情慾。

她突然萌生一絲愧疚，但也並不後悔。

「那個……銘哥，你冷不冷？」

面前的男人沒有回話，但通過肌膚相觸的地方她也能猜到，他不但不冷，而且還熱得要死。

周彥兮見鐘銘不說話，繼續用她以為得體的方式化解著尷尬的氣氛：「不知道城哥是不是還在直播……」

鐘銘依舊沒有任何反應，周彥兮搜腸刮肚的渴望能找到一個繼續下去的話題，卻聽他突然悶悶地笑了一聲：「妳到底想跟我說什麼？」

周彥兮一時語塞：「沒什麼……就聊聊天……」

「聊天？」

他若有所思地挑了挑眉：「妳以為羅密歐千辛萬苦爬進茱麗葉的窗子就是為了跟她聊聊天？」

這是什麼意思？是在變相徵求她的意見嗎？周彥兮不知道該怎麼回答他。可是鐘銘卻也只是親了親她，然後翻了個身躺在了她身邊。

周彥兮有點意外，轉過頭看著他，他啞然笑了笑說：「別這麼看我，我會理解成妳很失望。」

周彥兮的臉又紅了。

過了好一會兒，他說：「等國際賽後，有些事情想對妳說。」

「嗯。」周彥兮心不在焉地應著。

「妳不好奇是什麼事？」鐘銘問。

「好奇，可你說了國際賽後告訴我。」

鐘銘滿意地點點頭：「真聽話。」

說完，他翻身坐起，也不開燈，借著如水的月光幫她拉起被子蓋好，然後摸了摸她頭頂的髮：「早點睡吧，明天還要早起。」

周彥兮點點頭：「那你爬窗子的時候小心點。」

鐘銘嗤笑出聲：「不爬窗了。」

「啊？」

還沒等周彥兮反應過來，鐘銘已然拉開房門走了出去，在她的房門被關上後，緊接著門外又有關門聲傳來，只不過這第二聲很暴力，「咣當」一聲怕是整個基地都聽得清清楚楚了。

李煜城殺豬般的聲音也隨之響起：「鐘銘！大半夜的你發什麼神經啊？突然進來又突然出去，嚇得老子魂都沒了！」

其實剛才鐘銘進來沒一會兒，外面吵吵鬧鬧的直播聲就沒了，當時周彥兮沒留意，現在想來應該是李煜城以為鐘銘不會再來找她所以提前結束了直播。現在這時候他怕是睡得正香，結果就被突然闖入的某人嚇得半死……

周彥兮無聲地咧了咧嘴角，又把被子往上拉了拉，蓋住半張臉，這才安心地蘊釀起睡意來。

第三十章　維護

天氣漸漸轉暖，而真正讓大家感覺到大賽就在眼前的是俱樂部的工作人員已經開始幫助幾人辦理護照了，沒有意外的話，最終的參賽人員名單也會在這之後提交給國際賽的主辦方。

但是就在這個時候卻又出了一件事——論壇上有個名叫「原來我們都被他們騙了」的文章一夜之間火了起來。

鐘銘不太關注論壇這種地方，但李煜城早上醒來第一件事就是坐在馬桶上滑社群和論壇，不過自從他的帳號被人「接管」後，他就澈底轉戰論壇了。所以論壇上有個什麼風吹草動，他都是基地裡第一個留意到的人。

這篇文章裡只有幾張照片和一行文字，照片上是一對身材養眼的青年男女，透過親昵的舉止不難看出應該是情侶關係。只可惜兩人都戴著帽子口罩，拍照的角度又不太好，所以沒有一張拍到兩人的正臉，但儘管如此，熟悉他們的人還是可以看出照片上的人正是鐘銘和周彥兮。

兩人的幾張照片過後，是一段酸溜溜的文字：『我還真以為這妹子確實有什麼我們看不出來的過人之處，所以才被 Shadow 看上重點培養，原來我們並沒有看錯妹子，只是看錯了 Shadow。

隊長大人拜託你專業一點好嗎？女朋友放在家裡就好，放在隊裡不合適吧？』

這篇文是前天半夜發出來的，到了早上李煜城看到的時候留言已經蓋了幾百樓了。他激動不已地爬完留言，發現跟他預想的差不多——除了個別正常人覺得選手談個戀愛沒什麼大不了的之外，其他人一半是和樓主一樣把自己當成GD衣食父母的，指控鐘銘公私不分，辜負了他們的喜歡。而另一半就比較冷靜了，完全是抱著手臂等著看熱鬧的態度。

如果是平時，李煜城肯定會自動把自己劃分到看熱鬧的那群人中，但當他注意到那幾張照片標註的拍攝時間正是公開賽結束的那幾天時，他覺得自己不能只看熱鬧了——那幾天可是自己和WAWA老闆鬧得最凶的幾天，當他躲在角落裡對人生感到絕望的時候，鐘銘竟然還有心思談情說愛？

想到這裡，李煜城決定加入罵人的大軍中。

他暗搓搓地打了好幾段文字，但看看都覺得不夠力，最後又全部刪掉換成了幾個字回覆上去：『果然是狗男女！』

留言之後，又覺得還不解氣，於是把這篇文的網址傳到了GD幾人群組裡。

李某人：『哎呦，在老子那麼落魄的時候你們竟然還有心思甜甜蜜蜜？』

此時時間尚早，基地裡大多數人還沒醒，所以這個重磅炸彈丟出去將近一個小時後，才收到周俊一個震驚的貼圖，然後是小強和阿傑擔憂地問李煜城該怎麼辦。

李某人：『那就要問問當事人囉。』

過了好一會兒，當事人之一的鐘銘應該是剛剛起床看完論壇，回給眾人的卻是牛頭不對馬嘴的一句。

Shadow：『你掉馬甲了@李某人。』

李煜城一開始還沒明白什麼意思，想了一下突然意識到什麼，回頭去翻自己剛剛留言的那一則，頓時冷汗就下來了——他竟然忘了切換ＩＤ，用了Lee的ＩＤ。所幸發現及時，應該沒有被其他人看到，於是趕緊刪掉後，才回到群裡回覆鐘銘。

李某人：『明人不做暗事，那就是我李某人對此事的態度。』

Shadow：『呵呵，那你刪掉是幾個意思？』

李某人：『我雖然可以不顧你的面子，但不能不給ＧＤ留面子。』

Shadow：『還挺有集體榮譽感的，是不是該頒個獎給你？』

李某人：『頒獎就不用了，社群帳號可以考慮還給我了。』

Shadow：『原本是要還了，現在看來還是算了。』

李某人：『別欺人太甚！大不了老子再去註冊一個！』

周彥兮一大早醒來就聽到叮叮咚咚的手機提示聲，迷迷糊糊打開一看，整個人澈底清醒過來。看著照片上的背景和兩人穿的衣服，一看就是上次那個跑來基地的痘痘男拍的，可是他不是已經被鐘銘搞定了嗎？怎麼又把照片傳到論壇上了？

她偷偷摸摸把那篇文章的留言翻了一遍，雖然早有心理準備，知道自己和鐘銘的感情曝光後肯定會在粉絲裡引起不小的風波，但是事情真的發生後，還是讓她有點吃驚——為什麼大家的反應這麼激烈？為什麼會有人對別人的私事這麼上心？看這些人群起激奮如喪考妣的樣子，她好像也沒對他們做什麼吧？

群組裡幾人依舊還在討論著。

Jun：『這些照片早不出現晚不出現，現在跑出來，肯定是有人故意搞事情，想動搖我們的軍心！』

小強和阿傑紛紛表示贊同。

李某人：『不是人家現在刻意放出來，是有些人剛摸到國際賽的門就膨脹了。』

阿傑：『城哥，你真敢說……』

Shadow：『總比有些人連門都摸不到的強……』

周彥兮看著群組裡火藥味越來越濃，心亂如麻，都是因為她，害得基地內部不團結了。

她弱弱地跳出來：『這個，抱歉啊，給大家添麻煩了！』

李某人：『還是彥兮妹妹懂事，不過沒關係，哥哥陪妳撐過去。』

YAN：『……』

Shadow：『@YAN，妳一天到晚麻煩的人也只是我，幹什麼跟一群不相關的人道歉？』

周彥兮只想說，銘哥這時候你就不要計較那麼多了啊……

李某人：『誰是不相關的人？我們難道不是相親相愛的一家人嗎？』

Shadow：『我跟公然在論壇和酸民一起罵我狗男女的人沒辦法成為一家人。』

YAN：『什麼意思？』

李某人：『妳聽我解釋彥兮妹妹……』

Shadow：『你們是不是忘了一件事？』

小強：『呀！快十點了！』

Shadow：『我已經到樓下了，遲到的家法處置。』

群組裡聊得正嗨的幾人瞬間鳥獸散。

下了樓，幾個人隨意聊了幾句，也沒再關注剛才的話題，自動進入訓練狀態。

自從國際賽倒數計時以後，眾人就停止直播了，所以大家的狀態倒是不會被看了論壇的粉絲影響。

不過中午吃飯的時候，鐘銘還是接到戰隊經理伍老闆的電話。

這個伍老闆是前兩年退役的職業選手，之所以叫他「伍老闆」並不是因為他真是什麼老闆，而是因為他原來打職業的ID叫「qiqi521」，有點名氣之後就多了這個稱號。

鐘銘和他認識也是機緣巧合，聊過之後覺得這人雖然未必能成為很出色的職業選手，但是他本人的綜合能力和在圈裡的人脈都不錯，代替鐘銘去聯絡一些訓練賽以及幫忙打理團隊出席大型比賽相關事宜的能力都有。最重要的是，他老婆，就是現在GD官方帳號的管理員妹妹，是GD和周彥兮的死忠粉。反正別人未必合適，倒不如找這兩人來幫忙打理GD相關事宜。

伍老闆在圈裡混久了，對什麼事情都覺得稀鬆平常，可是論壇這件事情卻讓他如臨大敵。以他的話說，這是繼某個職業選手醜聞事件被曝光後，LOTK圈裡第二個棘手事件。

鐘銘覺得好笑：「又沒人被禁賽，算什麼大事？」

伍老闆苦笑：「銘哥，不這麼咒自己的……」

鐘銘：「官方帳號是不是被煩了？」

伍老闆：「你說呢？其實我打電話來也是想問問你意見，怎麼處理這件事？」

如果讓鐘銘說，他認為這根本不算什麼事，更用不著刻意處理。不過他想了想還是說：「那就不回應吧，沒人理的話過段時間這幫人也就停了。」

伍老闆嘆息：「但願吧，不過隊員那裡，還需要銘哥你約束一下。」

鐘銘：「我懂。」

鐘銘這邊剛掛上電話，周俊就「哇哇」大叫起來：「這才一上午的工夫，竟然蓋了幾千樓了……」

周彥兮的臉色更差了，都沒勇氣去看那些留言。

鐘銘面不改色地坐到餐桌前，對周俊伸出手：「拿過來。」

周俊以為他要看，立刻乖乖奉上自己的手機：「對對對，銘哥你該好好看看。」

本來以為沒個半小時是看不完那些留言的，誰知道鐘銘接過周俊手機後只在螢幕上輕輕點了幾下就還給了周俊。

周俊不由得一愣：「這麼快就看完了？」

鐘銘眉毛也不抬一下：「誰說我要看那些無聊的東西？」

周俊再看手機，這才發現論壇和社群軟體竟然都被刪了。

「啊，銘哥你怎麼能隨便刪我東西？」

「不光是你。」鐘銘抬眼掃了一下其他人，「你們也都刪了，國際賽回來後你們愛幹什麼就幹什麼，但在那之前都給我老實點。」

小強和阿傑一向聽話，周彥兮本身也沒勇氣去看那些東西，唯獨李煜城不以為然：「多大點事，至於嗎？」

鐘銘看他一眼冷冷一笑：「我看你還真是不見棺材不落淚。」

不過這件事很快就有了新的轉機，有個ＩＤ叫「我真的不是故意的」的粉絲在這篇文的留言裡上躥下跳，以一人之力舌戰幾萬粉絲。

他的觀點總結下來就是幾點：人家男未婚女未嫁，談個戀愛犯法嗎？我女神膚白貌美身材好，是個男人也選她而不是你！我男神錢多人帥技術好，是個女人也喜歡他而不是你！誰說選手談戀愛一定影響成績，國際賽還沒開始，有什麼資格在這放狗屁？

這傢伙舌燦蓮花精力旺盛，很多粉絲跟他吵了幾天最後都被他這幾句箴言嗆得毫無還擊之力，這樣一來大家也漸漸覺得沒什麼意思了，這篇文的熱度也終於降了下來。

李煜城把這人的言論興致勃勃地轉述給ＧＤ眾人後，意味深長地看了一眼鐘銘：「這位仁兄不會是你的小號吧？」

鐘銘：「我只知道肯定不是你的。」

周彥兮聽李煜城說這些的時候就猜測這人可能是GD內部的人，不然誰這麼用盡心思維護他們呢？所以聽鐘銘這麼斬釘截鐵地說，她立刻就問：「為什麼？」

鐘銘抬頭看著李煜城，笑了笑說：「城哥啊，他和酸民是一夥的。」

李煜城怕鐘銘當看其他人的面曝光他曾在論壇裡留言黑過他們的事情，連忙打斷他說：「你不要揪著一個玩笑不放好不好？再說是你說要低調處理的，我還不是響應你的號召嗎？不然我也去開小號罵這些無知鼠輩了！」

鐘銘笑了笑起身朝基地門外走去。

李煜城一看他那表情就忍不住惱火，那笑容分明就是不信他嘛！

「等等，你幹什麼去？話還沒說完呢！」

鐘銘背對著眾人擺了擺手：「去買包菸。」

鐘銘剛一出基地就看到前面不遠處的梧桐樹後閃過一個人影。他微微勾了勾嘴角，假裝沒看到，繼續往前走。走出一段路後，又聽身後一陣窸窸窣窣的聲音時遠時近。

鐘銘在社區外的小超商買了包菸就往回走，那人一直鬼鬼祟祟地跟著他，只是像在忌憚著什麼，就是不肯露面。

眼見著馬上就要到基地門口了，鐘銘停下腳步回頭看。乍一看還是沒什麼人，但是一顆大樹後有一片衣角正迎風招展。

他笑了笑，朝那棵樹走了過去。

那人顯然沒想到鐘銘已經發現他了，所以抬頭發現鐘銘就在自己面前時，差點嚇得叫出聲來。

鐘銘居高臨下地看著面前這個人，黑黑瘦瘦，一臉痘痘，亦如幾個月前一樣，正是曾經被他「教育」過的那個痘痘男。

鐘銘慢條斯理地打開手上那包菸的包裝，抖出一根含在嘴裡：「膽子不小啊，我沒去找你，還敢自己找過來？」

痘痘男見鐘銘要點菸，連忙狗腿地從自己的口袋裡翻出個打火機來，按了兩下湊到鐘銘面前。

鐘銘含著菸，似笑非笑地看他一眼，這才低頭湊上被他攏在手掌中的小火苗。

見鐘銘緩緩吸了口菸，似乎不像要發火的樣子，痘痘男賠著笑解釋起來：「銘哥，不管你信不信，那照片真的不是我傳出去的。」

「你是說有人拍了和你一模一樣的照片？還是有人用你的手機發了文？」

痘痘男擦了把莫須有的汗結結巴巴地回答道：「我承認，這事是我不好，但真的不是你想的那樣。」

「那是哪樣？」

痘痘男撓了撓頭：「就是那天我們幾個總在一起打遊戲的朋友在群裡聊天嘛，就說到了

GD……我當時就想著都是自己人嘛，也都是GD的粉，就把那幾張照片傳給大家看了一下……不過我發誓，我當時確實警告他們了，千萬不能外傳！可是誰知道……還是有人傳了出去……」

其實上次被鐘銘那麼一警告，痘痘男還是挺害怕，他捨不得把照片刪了，但也僅限於自己留著，偶爾吹牛的時候翻出來給人看看。那天幾個粉絲聊起八卦，聊得都有點興在頭上，就輕易相信了大家「都不外傳」的保證，把照片傳到了群組裡，結果事情就演變成了如今這樣。

他戰戰兢兢地看了眼鐘銘：「銘哥真的不是我，不然我也不會主動跑來讓你抓到了。」

鐘銘笑了笑，要不是當初留下了他的身分證，才不信這痘痘男會有這種自覺。

他沒要求他刪掉照片，其實就做好了準備，並不怕這些照片被曝光。不過他不怕是一回事，有人不守約是另一回事。

鐘銘彈了彈菸灰：「那個『我真的不是故意的』是你吧？」

痘痘男有點意外：「銘哥你怎麼知道的？我正想說呢！雖然知道照片流出無法挽回，但是我已經在努力挽救了。」

鐘銘似乎想到了什麼，微微勾了勾嘴角：「嗯，不錯。」

「哈？什麼『不錯』？」

鐘銘轉身往回走：「行了，這事就這樣吧，你回去吧。」

痘痘男喜出望外：「銘哥你真的不怪我？」

「我是說這件事就這樣吧，但如果以後你再不請自來那就難說了。」他回頭看著痘痘男，手卻是指向身後的別墅，「這房子附近有十幾個攝影機，你這幾天鬼鬼祟祟的樣子應該都被拍到了。」

痘痘男一聽這話，立刻明白了鐘銘的意思：「你放心你放心，我一定不會再給GD造成困擾了！真的！」

鐘銘點了點頭，轉身繼續往回走。卻聽身後痘痘男突然又叫他的名字。

「銘哥？」

他不明所以地回頭。

痘痘男笑了笑，臉上的痘痘都被這笑容擠沒了：「國際賽你們一定要加油啊，在我心裡，GD的實力遠不止是全國第二，我知道你不是那種自我的人，不會為了自己高興不顧GD的前途。」

鐘銘看了他片刻，笑了笑說：「說的你好像很瞭解我一樣。」

痘痘男深吸一口氣，像是下定了什麼決心：「我知道我說出來你可能又會覺得困擾，但我還是要說，我肯定比其他人更瞭解GD，我從平臺賽就關注你們了，我知道全國第二你並不滿意，不然也不會故意把獎盃扔在賽場了。」

痘痘男用了「關注」這個比較含蓄的詞，但他和鐘銘都知道，他是如何關注GD的。所以他說這話時是有些害怕的，沒想到鐘銘並不生氣。

他笑了笑說：「你沒有自己的工作嗎？」

痘痘男愣了一下，撓了撓頭說：「開了個網咖。」

鐘銘：「既然不是什麼事情都沒有就不要把時間過多的浪費在別人身上了，保持適當的距離是對你喜歡的人的一種尊重。」

痘痘男愣了一下，突然覺得臉上有些熱。卻聽鐘銘又說：「不過，謝謝你的喜歡和維護。」

說完，他也不再多說什麼，轉身走進了別墅大門。

第三十一章　說服

因為GD對這次的爆照事件沒做任何回應，時間一長大家也就覺得無趣了，所以這次風波並沒有持續很久，而且鐘銘他們也早就把注意力全部放在了備戰國際賽上。

然而就在GD為國際賽做最後準備的時候，卻又起了新的風波，這一次發文的是那個靠著爆料TK和李煜城被稱為「電競百曉生」的YOYO。他的每一次出現，無不在LOTK圈裡掀起軒然大波，這一次也是如此，不過他這次爆料的風格卻與以往的都不太一樣。

以前他只是純爆料，這次走起了情懷路線，在社群上傳了一篇文章，名叫〈論信仰的倒塌〉。文章洋洋灑灑鋪墊不少，從世界LOTK的發展史講起，展開於本國LOTK的崛起，講述了LOTK如何先在北美盛行起來，可是第一次世界級的大賽為什麼卻被亞洲人折桂。

YOYO還說：『不僅如此，那一年除了冠軍，前八強中還有三支我國隊伍。可是那種盛世好像只是曇花一現——在接下來三年的大賽中，我國戰隊的表現並不理想，最好的一次也只拿到個第四。』

關於這段電競史他並沒有多提。而是很快說到了前年，李煜城帶領WAWA折桂西雅圖那一次。不過那次比賽在YOYO看來，是有些運氣成分在的，比如那一屆參賽隊伍水準普遍沒有前幾屆高。

說到這裡，他不禁發問：『從最初的「一方霸主」，到如今的「落寞貴族」，這其中的原因究竟是什麼呢？』

當然很快他也給出了答案，也就是他真正想表達的意思。

按照YOYO的說法是：『這和資本的注入脫不開關係。』

什麼叫「資本的注入」？無非就電競行業作為一個趨於成熟的新興行業，顯然已經成為富商眼中的潛力股了，而且因為LOTK風靡全世界，很多富二代也沉迷於此，這漸漸就造成了一個現象——不少俱樂部，甚至是所謂的國內一流強隊，已經淪為了某些富二代的玩具。

在這個地方，他還特地提到了某支如今炙手可熱的俱樂部，而這支俱樂部的老闆兼隊長就是富二代。

關於這位富二代的描寫，他文中原話是：『對LOTK的確有幾分自己的見解，又投重金到俱樂部裡，看似很有情懷是真的熱愛LOTK，但是誰又知道他的真正目的是什麼？這支隊伍從最初整隊意氣風發的黑馬草根到現在剩下的傷兵殘將……有理想的職業選手無不選擇離開，而且與比賽成績無關的花邊新聞從他們組隊到現在就沒有斷過……以上種種是不是該引發我們一些思考？這位富二代究竟想要做什麼？拯救中國LOTK？不能夠的，我怕他只是為搏紅顏一笑而已。』

說到這裡，不會有人猜不出他指的是誰了。打遊戲的人本來就是容易被蠱惑的青年人，被他這一說，原來不粉GD的早就罵開了，有些就算是GD的粉絲，看到這種批判時，也會從善如流地表示一下自己的「失望」。

GD這裡沒有別的，只有憤怒。

李煜城大發雷霆：「放他奶奶的屁！說誰傷兵殘將呢？」

周彥兮看著幾乎一面倒罵自己的留言一時間有點傻眼。她打職業以來，因為是女生，所以從始至終大家對她都是爭論不斷，小飛公開向她表白那次還被小飛的女粉絲人身攻擊，但是沒有哪次是像這次一樣，讓她感受到了來自眾人的赤裸裸的惡意。

有人說她仗著男朋友寵愛玩弄LOTK於掌之中，說她踐踏毀滅他們的信仰，也有說她自私可惡不顧及隊友前途的……當然這些都算是好聽的，而更多的則是毫無遮掩的謾罵，這些人一瞬間化身為LOTK的衛道人士，毫不客氣地讓她滾出LOTK圈。

這種感覺就好像被人扒光了衣服當街遊行一樣，讓她覺得恥辱又恐慌。她雖然不會懷疑鐘銘做這一切的初衷，但是她也害怕，自己會在不知不覺中影響他的判斷。她不得不去懷疑，自己留在隊裡是不是真的有錯？可是她也是真心喜歡現在所做的一切，不管是不是因為鐘銘。

她突然發現自己好像陷入了一個破不了的魔咒中——不管她多努力，好像都避免不了扮演一個拖人後腿的角色。

小強：「這些人說話好過分！」

阿傑：「對啊，銘哥把打職業當成命，怎麼能說是玩具？」

周俊：「想不到啊這個ＹＯＹＯ的文筆這麼好！」

眾人齊齊瞪向他，他這才後知後覺乾笑一聲：「不過這傢伙絕對是我最討厭的人，之前不遺餘力黑ＴＫ，現在就算他說的是真的我也不信！」

眾人表情更加難看了，周俊摸了摸腦袋有點不解：「怎麼了？」

李煜城一巴掌拍在周俊後腦勺上：「我看今天應該把你禁言！」

阿傑和小強也紛紛附和說：「Jun 神你有點過分哦。」

眾人你一言我一語，讓周彥兮本就亂糟糟的腦子更亂了。

趁著眾人不注意，她悄悄起身回了房間。

鐘銘的視線一直沒從她身上移開過，直到她的身影消失在二樓的房間門後，他也起身上了樓。

敲了敲門，裡面沒人應聲，推門，門被人從裡面鎖上了。

他也沒離開，低頭拿出手機，撥打她的電話。在打出第四個時，電話終於被接通了，可是依舊沒有人說話。

「開門。」他說。

過了好一會兒，電話裡才有回應：『我沒事銘哥，就是想自己待一會兒。』

她一開口，他才明白，她並不是故意不回應他，是怕被聽出來她哭了。

鐘銘的心像被什麼東西刺了一下，本來還想再說什麼，但想想還是順著她說：「別想太多。」

「我明白。」

掛上電話，鐘銘重新回到一樓，說不讓周彥兮想太多，可這一個下午他自己卻也心煩意亂。

而這篇文章的影響力遠遠超出了大家的預料，一時間好像有LOTK的地方就有人在議論這篇文章。

下午的時候，疑似被YOYO提到的因為「有理想」才離開GD的職業選手也發聲了。

明月歸：『道不同，志不合，不相為謀。』

王月明這則看似語義曖昧的發文卻好像是在回應YOYO的那篇文章，眾人稍稍一想就能明白，事實或許真如YOYO說的那樣。

不過同樣被懷疑是有志青年的另一位的發文風格就有點奇怪了。

縱觀小熊的社群，電競圈除了鐘銘就屬他的社群帳號氣質高冷，但是這天下午，竟然破天荒的爆了粗口。

熊熊是你爸：『放什麼狗屁？』

這倒是讓原本GD的粉絲有了點底氣：『看熊神的態度就知道轉會的事情必然另有內情，大家不要被人煽動！』

不過接下來，不管粉絲再說什麼，都沒有選手再回應了，其他人或許是怕事，但GD內部是按照鐘銘的要求統一不做任何回應。

晚上吃飯時，周彥兮依舊沒有下樓，眾人已經有點坐不住了。

周俊：「我姐忘了什麼都不會忘了吃飯的，上次賭氣絕食還是得知我爸媽要把她送到美國讀書那次。唉，這次看來真的很傷心啊。」

李煜城一拍桌子：「我就說不用和那幫人客氣，尤其是那個什麼ＹＯＹＯ，黑我們兩個還不夠，這是和ＧＤ有仇嗎？」

鐘銘若有所思地笑了下：「怕是跟我有仇吧。」

眾人只當李煜城指的是他被誣陷打假賽那次以及這次鐘銘和周彥兮被黑，完全沒往別處想。

周俊說：「不會啦，他之前先黑ＴＫ，後來又黑城哥，當時誰也不會想到銘哥你打算簽城哥啊，這次才開始黑你。我看這人就是嘩眾取寵，誰粉絲多黑誰！」

小強和阿傑聽了周俊的分析都覺得有理。

李煜城剛才差點說漏了嘴，後面就只是聽幾個小弟在那分析ＹＯＹＯ的用意，不過他卻聽得有些心不在焉。

看著鐘銘陰沉的臉色，他幾次欲言又止，也不知道自己這時候說這樣的話合不合適。

鐘銘像是看穿了他的想法，抬眼看向他：「要說什麼？說吧。」

李煜城咳嗽一聲說：「你看眼看著就要開賽了，彥兮妹妹這狀態……」

他沒有說下去，但鐘銘明白，ＹＯＹＯ在這個時候發這樣的東西，他真正的目的是什麼已經很明顯了。

說是不要把別人說的話太當回事，但誰又可能真正不在意別人潑來的髒水呢？就算是他鐘銘，明知道對方想幹什麼，但還是控制不住自己會生氣，會擔心周彥兮受到傷害，會害怕小強他們參賽的士氣受到影響……更何況是其他人。

鐘銘點了點頭：「放心吧，我會去勸勸她，給她一點時間，應該可以調整好自己。」是的，她必須調整好自己，如果她做不到，是不是也就真如大家說的那樣，她還不具備一個職業選手的能力，讓她加入GD就是一個錯誤，而這個錯誤是他和她一起釀成的。

想到這裡，鐘銘起身朝樓上走去，這一次，他剛走到她的房門前，還不等敲門，門就被人從裡面輕輕打開了。

讓他意外的是，周彥兮見到他的第一個表情，竟然是她專屬的那種沒心沒肺的笑。

周彥兮仰著臉，朝門外的男人笑了笑。她每次一笑眼睛就會微微瞇起，比起不笑時的冷豔，笑起來更像個小女孩。

但是即便是這樣的笑容，也掩飾不住她蒼白的臉色和微微浮腫的眼睛。

鐘銘幾不可聞地嘆了口氣，這一刻，他是真的心疼了。

他抬手揉了揉周彥兮頭頂的髮：「不餓嗎？」

周彥兮搖了搖頭將他讓進門：「睡了一下午，一點都不餓。」

鐘銘瞥了一眼亂糟糟的床，倒真像是有人剛在上面睡了個大覺。

周彥兮也看到自己床上亂糟糟的，也不好讓鐘銘坐，就拉著他到陽臺上。陽臺上玻璃門旁邊的牆放著一個長條凳，看樣子是被原來的主人當花架用的，但周彥兮沒耐性養花，所幸就只當凳子，天氣好的時候，或者她心煩意亂的時候，就會坐在這裡曬曬太陽或看看星星。

兩人並排坐著，誰也不說話。這個時節的天氣已經轉暖，但夜裡還有絲絲涼意。

「冷嗎？」鐘銘問。

周彥兮緩緩把頭靠在身邊男人的肩膀上：「這樣就一點都不冷了。」

「冷了就回房間。」

「嗯，不冷。」

兩人都沒再說話，就這樣又過了一會兒，鐘銘感覺到肩膀上的人動了動，低頭一看，才發現她還是哭了。

他嘆了口氣，伸手去攬她的肩膀。在她整個人被圈進懷裡的一剎那，她「嗚嗚」哭出聲來。

鐘銘也不阻止她，輕輕摟著她，拍著她的背，直到很久之後，她才漸漸從嗚咽轉為有一下沒一下的抽泣。

「銘哥，我真的很想打職業，如果說我以前不知道什麼是打職業，可在我們一起經歷了這麼多場比賽後，我已經明白了……我知道我資質不算好，但我很努力，我不想成為你們的負擔，也希望可以獨當一面……你們都說我一直在進步，但是他們……唉……」

鐘銘替她順了順有點散亂的頭髮：「別總是妄自菲薄，資質這東西，妳或許不如李煜城，但也比很多職業選手強，不說遠的，就說近的，WAWA那個菜菜就不如妳。」

周彥兮愣了愣：「真的？」

「嗯，真的，不是為了安慰妳。」

周彥兮略感安慰，可想起粉絲那些不堪入目的話，她心裡又一陣難受：「不管怎麼樣，我知道自己一直做得不夠好，後來我們有了點成績，他們對我的態度也不一樣了，可我在面對他們的時候，還是會小心翼翼，不知道該怎麼與他們相觸，很珍視，也有點害怕。可是之前還叫我女神的人，一夜直接就讓我滾出電競圈了……有時候真的不理解人和人之間的關係怎麼可以這麼脆弱。」

她說的這些他怎麼會不懂？他年少成名，一時之間風光無限，多少人追捧？即便不在意別人看法的他，在那麼年輕的時候也會有沾沾自喜的心情，以為自己會成為別人的榜樣、別人的信仰，可他只是行差踏錯一小步，曾經追捧過的人好像一夜之間都不見了，多了很多與他針鋒相對的人。

沒有人是真的冷血冷情，就算他表現得冷冷清清但不妨礙他會對一群和他朝夕相處又為了共同目標努力的人產生那種叫做「信賴」的感情。然而，那些曾經認為無比親近的人——亦師亦友的戰隊老闆，一群同進同退的隊友兄弟，卻在他最彷徨的時候澈底擊碎他最後一點對他們的期待。

他說：「不要在意他們說什麼，不是讓妳澈底不理會，而是妳要把妳的善意、耐心、包容和尊重用在那些值得妳這樣對待的人身上，而不是那些無關緊要的人。」

是啊，她的善意、她的耐心、她的包容、她的尊重都應該留給她最親近的人，留給信任她、包容她的隊友，留給真正喜愛GD的人，當然還有，這個在她每一次無助無奈時都會出現在身邊的男人。

「謝謝你銘哥。」她的臉在他的袖子上蹭了蹭，蹭掉還未乾透的眼淚，「如果那些妹子知道你私下裡是這樣的，恐怕會為了你著魔吧。」

頭頂上傳來低低的笑聲：「這麼說知道內情的某人已經為我著魔了？」

「是的，我為你著魔。」

一個女孩對男人說這樣的話，偏偏還是在這種時候，說得無比認真，倒讓他有微微的動容。

鐘銘拍了拍她的肩膀：「也不早了，如果真的不餓就去睡吧，明天還要訓練。」

「好。」

送走了鐘銘，周彥兮洗了個熱水澡，然後讓自己舒舒服服地躺在床上。一翻身，看到被她丟到一旁的手機，下午那時就是一邊翻著社群一邊流著眼淚睡著的，但是現在她覺得無所謂了。她也不會去向鐘銘再一次求證，他究竟有沒有哪怕一丁點的迷失，因為沒有必要。她相信他，相信他分得清夢想和愛情，相信他可以權衡好一切。當然，人非聖賢，他也有他不夠理智的時候，或許真的會迷失，但是那也沒關係，她要做的就是用實際行動告訴他，他沒有做錯。

這一覺睡得很解乏，第二天周彥兮早早就醒了，洗漱好下樓吃早飯，等著其他人一起訓練。最先從房間出來的是周俊、小強他們，幾個傢伙大驚小怪地衝出房間，看到她周俊先是一愣，然後衝到她面前：「社群看了嗎？我就說不能忍氣吞聲該嗆就嗆！銘哥真是帥呆了！欸我是不是該考慮叫姐夫了？」

阿傑和小強也在一旁附和，說的內容差不多也是這些。

周彥兮有點摸不著頭緒，問她弟：「銘哥怎麼了？又出什麼事了？不對，你怎麼這麼高興？」

周俊兀自沉醉在自己的世界裡：「銘哥這麼棒，我當然高興了！」

這時候李煜城打著哈欠從幾人跟前走過，從灶臺上的砂鍋裡盛了碗粥給自己，坐在餐桌邊上默默地喝了起來。

周彥兮看到隨口問了句：「城哥，吃這麼清淡？」

以周彥兮這段時間對李煜城的瞭解，他一頓飯——不管早中晚，頓頓吃得都不少，而且種類要豐富，還必須有葷腥。今天只喝白粥是什麼情況？

李煜城抬頭看她一眼，用沒什麼波瀾的語氣說：「早上不小心看到點不乾淨的東西，噁心吐了⋯⋯」

一桌子人聽他這麼說都不由得有點擔心。周俊冒著他特有的傻氣說：「晨吐啊，城哥，這症狀可不能不重視。」

李煜城的筷子沒等他說完就飛了過去，所幸周俊身手敏捷，笑呵呵地躲了開來。

看著眾人的反應，周彥兮意識到可能昨天那事有轉機了。她原本是擔心影響訓練和比賽的狀態，在比賽結束前都不打算再登錄社群網站的，但看大家的狀態，應該是有好的轉機了，既然是好事，那看看也無妨。

她剛登錄，就劈哩啪啦收到一大堆系統通知，果然比昨天剛出事時更熱鬧。難道有大神出來替她說話了？周彥兮抱著這個想法看了幾則留言，看到其中一個粉絲截圖的時候，幾乎以為是自己看錯了。

她連忙找到鐘銘的主頁點進去……

原來就在昨晚他從她房間離開後，要求所有人都不許回應粉絲的人竟然跟粉絲在網路上打起了口水戰……

酸民甲：『說實話，隊員們的私生活粉絲們管不著，所以影神，你要不要談戀愛、跟誰談都無所謂，但是請把打職業和私生活分開好不好？我想如果換一位更專業的輔助來配合你，GD實力絕對會有大幅度提升！』

Shadow：『順風局打膩了，就想感受一下逆風局不行嗎？』

酸民乙：『看來是有人膨脹了，一手好牌被打的稀爛！明明可以輕鬆拿下比賽，一定要作死嗎？』

Shadow：『這遊戲也出了這麼多年了，現在還在打Easy模式會不會太弱智？喜歡Hard模式有錯嗎？』

酸民丙：『不是我說，那位小姐姐的技術真的菜到摳腳，看到她的操作我就想我周圍隨便一個兄弟都可以衝刺世界冠軍了。』

Shadow：『她要是厲害要我幹什麼？』

女酸民丁：『好心疼影神啊，每局比賽都那麼拚，倒是有些人，躺在那等人 Carry 臉不會紅嗎？』

還有各種各樣的質疑和謾罵，但明顯鐘銘已經沒什麼耐心了，沒再理會任何人。

Shadow：『她輔助我，我 Carry 她，臉紅什麼？』

周彥兮看得心裡暖暖的，想把他說的那些再看一遍，重新更新頁面，發現留言區頂部又多出來了一則留言。

Shadow：『謝謝大家關心，但別說你們不是我的誰，就算是，就算全世界都反對我和她在一起，我要做的也只是在睡服她的同時說服你們所有人。』

周彥兮以為自己看錯了，她又重新更新了一遍，發現留言時間就是剛才。

她仔仔細細讀了一遍，心裡別提有多甜，可是……那是錯別字嗎？

突然又想到了某些不可描述的場景，她的臉還是不爭氣的紅了。

就在這時，有腳步聲從樓梯上傳來，沒一會兒就到了她面前。她當然知道是誰來了，可是她不敢抬頭看，怕對上他的眼睛，洩露了心底的情緒。於是就佯裝沒事人一樣低頭喝粥。其他人也很配合的什麼也沒提，如果還能忽略掉那幾個傢伙讓人尷尬的憋笑聲就更好了。

鐘銘不滿地瞥了一眼幾人：「吃錯藥了？」

憋笑聲暫時消失，幾人紛紛起身：「銘哥我們吃好了，你慢慢吃。」

「嗯。」

三個弟弟一走，李煜城也坐不住了，罵著說什麼虐狗，也起身離開了。

只剩下鐘銘和周彥兮，周彥兮其實早就吃完了，正想說要走，就聽鐘銘說：「昨晚睡得好嗎？」

「嗯？嗯！挺好的。」

鐘銘點點頭：「那就調整好心態，安心訓練吧。」

「好。」

他完全沒提網路上的那些回覆酸民的話，就好像一切都沒有發生過一樣。但是周彥兮卻無法像他一樣若無其事。一有時間，她就想偷偷上網去看看。

所以上午訓練結束後，她回了房間，悄悄把門鎖上，用手機打開社群。

此時已經有越來越多的人看到了鐘銘的那些回覆，留言數比早上翻了一倍。她小心翼翼地滑動著手機螢幕。透過粉絲們的留言可以看出，輿論形勢真的開始往好的方向去了，她的心情也跟著好轉。

突然，一個很眼熟的ＩＤ進入了她的視線，讓她不由得多看了兩眼。

李某人２：『說服所有人嘛雖然難了點，但好像還有希望，至於另外一點嘛……據我說知有些人也不是在所有事情上都無往不利的。』

「噗……」周彥兮看完，忍不住笑了起來。

第三十二章　國際賽

大賽將近，用於備戰的時間越來越少，之前網路上那些亂七八糟的八卦都被即將到來的大賽相關話題所取代。大家都在預測今年的奪冠熱門，討論今年的獎金池比以往又大了多少。

GD進入了強度適中的備戰狀態，與日常訓練不同的是，鐘銘還安排了很多次的培訓。說是培訓，其實就是鐘銘針對戰隊經理伍老闆整理出來的最新對手資料複盤進行分析和戰術講解，目的就是知己知彼。

而他們這幾天分析的戰隊，也是粉絲們討論的奪冠熱門，比如拿過兩次世界冠軍的VBN，上一屆的世界冠軍韓國的NONO戰隊，以及老牌國內強隊80 Gaming。

周俊問：「WAWA有沒有可能？」

畢竟他們老闆花重金請到了小熊和王月明，不想贏是不可能的。

周俊這問題一出口，就聽李煜城冷笑了一聲。

鐘銘把白板筆的筆帽蓋好慢條斯理地說：「他們的Carry不如我們的Carry，輔助不如我們的輔助，老闆的眼光又遠遠不如我，他們憑什麼跟我們打？憑錢嗎？我們也不一定會輸。」

周俊他們幾個立刻被這話鼓舞到了，連日來繃在心裡那根弦也鬆緩了下來。

李煜城拍著鐘銘肩膀說：「我就說我們就該合作，看名字就知道啊，『功城銘就』！今年說什麼也要好好打個漂亮的仗！」

鐘銘微微低著頭。他的頭髮有點長了，這一低頭差不多遮住了眼睛，倒是凸顯出了他挺直的鼻樑，略顯單薄的唇以及剛毅又流暢的下顎弧度。

周彥兮看得有點出神，就覺得自己這男朋友哪裡都好，隨便說句話都是讓人窒息的霸氣，最讓人服氣的是，或許是他以往的威信使然，大家都對他說的話深信不疑。

這麼想來——周彥兮翻了翻剛才做過的筆記——看來他們這一次至少會進四強吧。

可是真等比賽到來的這一天，究竟能取得一個什麼樣的成績已經沒人去想了，這就像準備升學考一樣，在倒數計時還剩半年的時候其實是大家最努力也最緊張的時候，之後距離考試越來越近的時候，那種緊張反而會因為長期狀態緊繃而有所轉緩，等真的上考場的那一天就又是截然不同的狀態，準備充足的滿懷期待，準備不足的聽天由命。

而GD必須是滿懷期待的那一類。

比賽地點在美國華盛頓州西雅圖市的鑰匙球館，這是足以容納一萬七千人的超大型體育館。

因為今天已經是第六屆國際聯賽，主辦方在賽事籌備上也很成熟了。

GD的經理伍老闆也曾多次和老東家踏足西雅圖，雖然成績一般，但是對比賽相關的事情還算熟悉。因為考慮到賽程會持續半個月，再加上隊員們調整時差的時間，所以他在徵得鐘銘同意後，沒有預訂主辦方推薦的酒店，而是早大家一步提前去踩了點，在附近租了棟別墅。

別墅面積比GD在B市的基地還要大一些，裡面生活器具一應俱全，可以自己做飯，還有寬敞的訓練環境……所以當GD大部隊風塵僕僕的趕到後，還真有點回家的感覺。

阿傑看哪都覺得好，問鐘銘：「銘哥，這房子很貴吧？」

李煜城正好拎著行李從他身後走過，聽到這孩子的問話，不禁拍了拍他的肩膀：「別瞎操心，你銘哥有的是錢。」

伍老闆也搓著手說：「對呀對呀，拿到獎金這點算個屁呀！」

周俊哈哈一笑：「就是這麼回事！」

鐘銘冷冷掃了眾人一眼：「比賽還沒開始，我看你們已經很膨脹了。」

周俊說：「銘哥，沒實力的叫『膨脹』，我們有實力的叫『自信』！」

小強和阿傑連忙附和：「對對對！」

周彥兮樓上樓下看了一遍，卻在思考另一個問題：「一人一間明顯不夠啊，這房間怎麼分配？」

這次來的人除了五名首發隊員和一名替補外，還有伍老闆和他老婆公關妹妹。如果是兩人一間，那周彥兮只能和公關妹妹一起，但是人家和伍老闆是夫妻，明顯是把這次比賽順便當蜜月過了，就這麼被她拆散好像也不太好。

眾人也意識到了這個問題，目光卻在鐘銘和周彥兮臉上徘徊。

鐘銘正捧著筆電坐在沙發上打遊戲，聽到周彥兮的問話，就覺得伍老闆應該已經分配好了，也就沒接話，更不知道眾人此時的心思已經千迴百轉了。

最後還是不怕死的李煜城替眾人戳破了這層窗戶紙：「這還不簡單嗎？伍老闆兩口子一間，鐘銘和彥兮妹妹一間，其他人自由組隊。」

周彥兮一聽這話臉立刻就紅了，鐘銘也從電腦上移開視線抬起頭來，目光在她臉上掃了那麼一下，最後又在說話的李煜城身上冷冷地停了一下，然後看向眾人說：「兩個女生一間，周俊你再替我們挑一間，其他人自由組隊。」

李煜城立刻表示反對：「你這樣很沒人性啊，拆散人家夫妻你過意的去嗎？」

他說的委屈，好像被拆散的人是他一樣。

伍老闆見狀連忙出來打圓場說自己無所謂，公關妹妹也說沒關係。

當事人都說沒問題了，李煜城也就不好再說什麼，但鐘銘寧願和周俊一間也不和他一間這事讓他很不滿意，他認識周俊才幾天，這麼快就急著討好小舅子了？

李煜城說：「就算兩個女生一間房，那剩下的你也應該跟我一間才對啊！」

說者無心，但聽者就不一定了，當周圍開始有人竊笑時，他才意識到自己好像說錯話了。

鐘銘再度抬眼看他，臉上有幾分疏冷的錯愕：「我是不是有什麼事讓你誤會了？」

眾人笑聲更大……

李煜城輕咳了一聲說：「我這一把年紀了，好久沒跟別人睡過了，也就跟你還稍微自在點。」

鐘銘說：「不好意思啊，可我跟你還沒熟到同床共枕那分上。」

李煜城乾咳一聲：「那我們在一起還可以商討戰術嘛！」

鐘銘說：「算了，大賽期間我還是希望耳根子能清淨點，也請你為大局考慮，別毒害我們其他人。」

大家此時已經無所顧忌的笑了起來，李煜城也滿不在乎，手指向笑得最大聲的小強說：「算了，就你了，笑得後槽牙都露出來的那個，今天給爺暖個床！」

「自由組隊」結束，眾人拎著行李個各自回房間，客廳裡只剩下鐘銘一個人時，他這才輕輕吁了一口氣。跟李煜城一間房他怕他自己想殺人，但跟周彥兮一間房，他真怕自己想自殺……至少現階段，還是先保持距離的好。

跟GD同一天到西雅圖的還有WAWA，他們提前趕到倒不是為了適應環境，主要是因為他們和其他賽區的第二名要爭奪最後兩個進小組賽的名額。

結果還算不錯，WAWA最後以第一的成績晉級小組賽。

最終的十六支隊伍確定後的晚上是大賽的開幕式，這本來是一年一度的盛況，但鐘銘因為有事沒能出席。

沒見到鐘銘，周彥兮有點不安地問伍老闆：「都這個時候了，銘哥怎麼還有別的事？」

伍老闆搖了搖頭：「我也不清楚，但好像是和比賽有關的吧。」

其他人也覺得鐘銘沒能參加開幕式有點遺憾，畢竟各家選手都要在開幕式上亮相，還有主辦方早就做好的各家的剪輯影片，製作都很精美，就像是不同獨立的故事，但同樣讓人一看就熱血沸騰。

李煜城對鐘銘的缺席倒像是不太在乎，大家說起的時候他就只在旁邊聽著。

伍老闆安撫眾人：「沒事的，只要比賽時不缺席就OK了。大家準備一下，馬上輪到我們了。」

前面對另一支隊伍的介紹快結束了，周彥兮不由得緊張起來。想到場內那一萬多名的觀眾，她很擔心自己的小毛病又發作了。但是仔細回想了一下，她發現好像自從上次照片被曝光後，她的小毛病就再也沒發作過。難道被治好了嗎？還是因為有他在身邊？

不過今天還是挺緊張的，或許是因為第一次在這麼多人面前亮相，也或許是真的因為他不在身邊……

不過還好，留給他們在場上的時間並不多。眾人的注意力又都集中在他們身後的大螢幕上。

他們只是在光線相對暗的舞臺上，按照主辦方的要求擺著Pose。沒一會兒追光燈掃過來，但也只是幾秒的停留。身邊光線再度黯淡下來，她不由得鬆了口氣，這一關算是過了。

他們剛回到休息室，就發現休息室裡已經多了一個人。

「銘哥，你什麼時候回來的？」周俊看到鐘銘立刻跑過去問。

鐘銘說：「剛才。」

周俊嘆氣：「好可惜啊，早一點你就能趕上開幕式了。」

鐘銘無所謂地笑了笑：「在這裡看電視感覺更好。」

周俊不贊同：「差遠了。」

這時候，伍老闆過來對鐘銘說：「後面應該沒我們什麼事了，現在走嗎？」

鐘銘站起身來：「走吧，回去好好休息一下。」

周俊聽到可以走了笑呵呵地說：「原來銘哥你專門跑來就是為了接我們的啊？」

李煜城：「去掉那個『們』字就對了。」

鐘銘假裝沒聽見，悄悄拉過周彥兮問：「剛才緊張了嗎？」

周彥兮朝他笑笑：「還好，感覺我被治癒了。」

鐘銘也笑：「表現不錯。」

第二天開始正式的小組賽。小組賽是根據抽籤結果分為A、B兩組，每組八支隊伍，進行BO2積分循環賽，勝出得三分，平局得一分，失敗不得分。

之前GD關注的幾支隊伍中80 Gaming和VBN被分到和GD一起的B組，WAWA和韓國NONO被分到A組。

按照拿到的賽程看，GD今天會有兩輪比賽，一輪打兩場也就是四場。看時間最早的一輪差不多要從下午三點開始，這一輪的對手倒還好說，但是後面六點那一輪遇上的正是80 Gaming。

80 Gaming這支隊伍就是YOYO口中所說的曾經主宰LOTK界的本國戰隊，在第一屆國際聯賽上曾將北美和歐洲的眾多強隊打得毫無還手之力。雖然後面幾年沒再拿過冠軍，但是四強、八強的成績還是有的。

今天是比賽開賽的第一天，輸或者贏除了影響成績，更重要的是影響心態。

第二天，當鐘銘他們吃過午飯趕到體育館時，下午的第一輪比賽剛剛開始，經過了上午的兩輪，有些隊伍的積分已經發生了變化。

韓國強隊ＮＯＮＯ果然有備而來，連勝兩輪四場。ＷＡＷＡ運氣一般，在第二輪與他們遭遇，兩場連敗。所以到目前為止ＮＯＮＯ的已經是六分了，而ＷＡＷＡ則是三分。

周彥兮看了一眼目前場上的隊伍，80 Gaming 也在，這是他們的第一場比賽，但看場上形勢，不太樂觀。

周彥兮問鐘銘：「銘哥，和他們打的那個ＳＵＭ是韓國的吧？」

鐘銘環著手臂仰頭看著螢幕裡的大賽直播說道：「對，這一兩年才冒頭的隊伍。」

周彥兮：「能把 80 Gaming 這種隊伍打得這麼被動，可見也是實力不俗的。」

鐘銘：「能到這裡來打比賽的，沒有哪個是平庸之輩。」

周彥兮深以為然，安靜地看著比賽，結果這一場 80 Gaming 輸給了ＳＵＭ。

從某種意義讓上說，80 Gaming 代表著本國隊的水準，這第一場就敗給了一支名不見經傳的後生晚輩，對接下來同樣要迎戰ＳＵＭ的隊伍這無疑是很大的壓力。

周彥兮幾人臉色都不好看，原本只想著 80 Gaming 就很棘手了，誰知道並沒被他們放在眼裡的ＳＵＭ也這麼難纏。

鐘銘看了周彥兮一眼：「不用擔心，這一場應該是 80 Gaming 輕敵了，看下一場吧。」

果然在接下來的一場比賽中，80 Gaming 像是重新找回了狀態，很順利的就拿下了比賽，眾人見狀才鬆了口氣。

很快進入下午的第二輪比賽，ＧＤ對戰ＳＵＭ。

上場前，周彥兮早就觀察過了，場上會有六支隊伍同時進行比賽，GD又被安排在一個比較角落的地方，而且玻璃隔音房會澈底將他們和其他隊伍以及觀眾隔絕開來，所以她倒是沒有覺得緊張。

不過上場時，她注意到有一個其他戰隊的人往他們這邊看了一眼，像是發現了什麼了不得的事情，又去拉他隊友看，但因為兩隊的玻璃隔音房距離較遠，等其他人回頭看時，周彥兮他們已經進入隔音房了。

周彥兮問周俊：「那是哪個隊？」

周俊看了一眼說：「VBN你都不知道啊？他們隊那個亞裔面孔的小帥哥看到了嗎？現在的一號位Conqueror，中文名叫陳宇，人稱C神。」

周彥兮了然地點了點頭：「他就是Conqueror啊？」

周俊：「沒錯，很厲害的。」

周彥兮：「不過，說到C神，我們好像也認識一個？」

周俊一愣：「你說CC啊？那不一樣。」

說話間他們已經坐到了自己位子上。剛帶上耳機，就聽鐘銘的聲音也從中傳來：「等等重點留意中路，不要被他們帶節奏就沒有問題。」

GD這邊李煜城走中路，聽到鐘銘這麼說頗有點不滿意地「哼」了一聲，那意思彷彿是在說這還用你說嗎？

而對方明顯也對GD做了不少工作，B/P環節首先「致敬」了一下李煜城的敵法師，其他倒是沒有刻意針對。不過這也不難想明白——鐘銘的英雄池太深了，從平臺賽到全國賽再到普通線上賽，幾乎所有適合一號位的英雄好像沒有他不會用的，而且在籌備國際賽階段他甚至還轉去打二號位，常見的中後期英雄也都拿得出手，所以還是根據陣容來禁選英雄更穩妥點。

和SUM的這兩場比賽，就如鐘銘說的那樣，對方隊員的狀態好像很依賴他們中單的節奏，但李煜城是誰，沒等鐘銘這個後期起飛，比賽就已經有了結果。GD順利拿下國際賽開賽來的第一輪比賽。

小組賽很快進入的到下一輪，下一輪GD要應戰的正是80 Gaming。之前GD和80 Gaming在公開賽上有過一次交鋒，結果GD輸給了80 Gaming，而且當時李煜城帶隊的WAWA也沒逃脫同樣的命運，可見80 Gaming 實力不俗。

但是現在的GD早已今非昔比，和80 Gaming的這一場對決，還真不好說誰勝誰負。

可能也是有輸的顧慮，GD開局打得有點拘謹，前期被壓制得厲害，後期鐘銘打回點優勢來，但還是無法挽回，最終遺憾輸掉了這一場。

緊接著的第二場比賽也是今天的最後一場比賽，觀眾和參賽選手都已經露出了疲態，但是GD在剛才那場比賽的後半段已然找回了狀態，對80 Gaming的實力也有些理解了，所以這一次從開局時李煜城的節奏就帶的又快又猛，到四十分鐘時鐘銘已然打出一套神裝，80 Gaming 再無翻盤機會。

第一天的比賽結束，ＧＤ一勝一平，在預料之內，算是一個好的開局。

根據主辦方的賽程安排，小組賽一共要持續六天，在第六天之前ＧＤ的成績一直不錯，但也並非那麼輕鬆。

正如鐘銘所說的那樣，能出現在這裡參加比賽的隊伍實力都不容小覷。所以這幾天交手下來，ＧＤ雖然沒能像在國內打比賽那樣，對賽場形勢形成碾壓式的控制，但也是勝多敗少，除了與80 Gaming和一支俄羅斯戰隊打成平手外，其餘四輪全部獲勝。目前為止的積分榜上，ＧＤ竟然和韓國NONO暫時並列第一。

雖然能不能拿到冠軍或者能不能取得好的成績還要看後面的淘汰賽，但小組賽的積分對最終的排名也至關重要。

首先是小組賽的成績會折合一定比例到最後的排名中。其次就是賽制採取雙敗淘汰制，在小組賽結束後，會根據積分將每組前四名分到勝者組，其餘分到敗者組，然後在組內安排兩兩對局。勝者組中對局失敗的一方會進入敗者組，而敗者組內對局失敗的一方則直接淘汰。所以如果小組賽中積分不夠高被分配到了敗者組，那麼距離被淘汰也就只差一場敗仗了。

而眼下雖然還差最後一天的成績，但縱觀各隊積分，即便最後一輪ＧＤ輸了，但憑著前面打下的好基礎，還是可以被分到勝者組的。

不過越是沒吃過敗仗就越怕吃敗仗，尤其是ＧＤ眾人都知道，他們即將面對的是能夠代表世界水準的、國際一流強隊ＶＢＮ。

周俊作為資深ＶＢＮ粉，如臨大敵地跟阿傑和小強介紹ＶＢＮ的幾位隊員擅長的英雄和戰術，小強和阿傑雖然在鐘銘的「培訓課」上聽過一次，但是顯然都沒有周俊記得這麼清楚，無比崇拜地聽著他滔滔不絕。周彥兮早把那一套聽了無數遍了，心裡面沒來由的有點煩躁，鐘銘和李煜城倒好像無所謂一樣，彷彿他們遇到的只是普通的對手。

對於和ＶＢＮ的比賽，伍老闆是替ＧＤ捏著一把汗的。

以前說起ＶＢＮ大家想到的肯定都是ＴＫ，那時候的ＶＢＮ是毋庸置疑的強。可後來ＴＫ因代打被禁賽，ＶＢＮ曾沒落了一段時間，但是就在去年，ＶＢＮ竟然在沒有ＴＫ的情況下也拿到了亞軍，這說明哪怕是沒有ＴＫ的ＶＢＮ，實力也是不容小覷的。

想到這裡，伍老闆嘆了口氣：「這ＶＢＮ確實是厲害！」

他話音沒落，那邊李煜城已經笑了：「厲害什麼厲害？少了個什麼鬼ＴＫ連冠軍也拿不到了叫厲害？以前拿冠軍的事就不要拿出來說了，誰還沒拿過世界冠軍啊？」

說著李煜城竟然挑釁地看了眼鐘銘。

伍老闆不由得一愣，想想確實如此。如今看來兩隊陣容，還真的不一定誰比誰更厲害，更何況他們家還有位比堂堂 Lee 神還有厲害一點的 Carry，在沒有 ＴＫ 的 ＶＢＮ 面前也不至於一點希望都沒有。不過……隊長大人那是什麼表情？好像不是很贊同 Lee 神的樣子啊……

周俊很快找到了李煜城話裡的破綻：「不對啊城哥，我記得外界傳言你和ＴＫ是莫逆之交，怎麼聽你這麼說好像你們的關係不怎麼樣啊？」

李煜城瞥了一眼身邊的鐘銘咬牙啟齒地笑了笑：「你也說了是外界傳聞，我跟那ＴＫ是很熟悉，但熟悉不代表關係好，他那人心胸狹隘錙銖必較，還喜歡過河拆橋重色輕友……」

他口若懸河滔滔不絕，周俊聽得滿頭霧水。

周彥兮起身去拿出冰鎮好的檸檬水，眾人起先沒注意到她，但見她無論是關冰箱門，還是倒水，或者放水杯的聲音都比平時大，這才意識到她可能在生氣。

可是為什麼生氣呢？

李煜城正說到興頭上被周彥兮這一連串的噪音打斷，抬頭就見她臉色不善，有點不解地問：「我說ＴＫ妳急什麼？」

周彥兮不笑的時候是一臉的高冷，讓人看了就有幾分不自在，此時的李煜城正是這種感覺。

他聽到她說：「沒什麼，就是看不慣。」

李煜城愣了愣：「為什麼？」

周彥兮說：「照你那麼說，ＴＫ這人人品這麼不好，又跟你關係不好，那他應該會跟別人說你不好才對，可這麼久以來除了你之前被傳打假賽那次，你的名聲都好得很，可見他並沒有別人面前說過你的不好。反觀你，之前我聽小飛說你經常在基地講ＴＫ的事，還以ＴＫ好友自居，現在他隱退了，你就這麼說，是不是有點太過分了？」

說到這裡，她又看向周俊：「還有你，偶像就是這樣維護的嗎？以後也別說自己是ＴＫ的粉絲了。」

說完，她也沒理目瞪口呆的李煜城和周俊，端著一杯檸檬水上了樓。

看她離開，周俊不解地嘀咕了一句：「難道我姐被我耳濡墨染，也成了TK粉了？」

李煜城回過神來撞了撞鐘銘的肩膀：「她知道了？」

「不清楚。」鐘銘起身，也朝樓上走去。

李煜城連忙叫住他，似乎是想起什麼要說，但看了一眼周圍又沒有說下去，而是跟著鐘銘上了樓。

到了二樓，他壓低聲音說：「我打聽了一下，VBN那邊也沒什麼動作，那幾個隊員連個訊息都沒傳。那天你是不是看錯了？可能那幾個人沒看到你？或者他們還不確定？」

鐘銘搖頭：「不會的。」

在小組賽的第一天裡，GD曾和VBN有過一次比較近距離的接觸，就是選手上場的時候，雖然當時距離有點遠，但是他分明看到之前在VBN打輔助的那個Mark應該是看到他了，不過VBN的其他人有沒有看到他，就不清楚了。

其實鐘銘早就做好了準備，這一次肯定會被前隊友，甚至是以前近距離交鋒的對手認出來，他就是TK。可是那又怎麼樣？他想捲土重來，重新站在那個位置上，為的就是讓別人知道那是TK，TK就是他。所以他並不擔心身分被揭穿。只是一想到要以新的身分面對周彥兮，還是會有點擔心。

雖然ＴＫ也好，Shadow 也罷，都是他鐘銘。但是誰都知道，感情最怕的就是不夠坦誠。最初鐘銘沒有坦白ＴＫ的身分是覺得沒有必要，當時他對周彥兮和周俊他們並沒有不同。後來，他發現自己喜歡上周彥兮以後，也一直考慮要坦白自己的過去。然而卻有了一個新的難題擺在了他面前。

ＴＫ的名聲實在太差了！雖然以前他從不在乎別人怎麼評價他，可當他想到要與她說起ＴＫ這個人時，有那麼一瞬間，他竟然有點難以啟齒。他不知道他說的她會不會相信，也不知道他說了之後他們的關係會怎麼發展。

面對沒有把握的事，他以往的習慣是不去碰。所以以為等她對他有更多的瞭解，有自己的判斷後，再說也不遲。

然而兩人感情越來越好的同時，距離國際賽開賽也越來越近了，這段時間裡他們本來就麻煩不斷，所以不想在這種時候節外生枝。於是他做了個決定，說國際賽後有話要對她說。其實那時候他就想到，不用等到賽後了，不需要太久，他的身分應該就會被曝光。

既然不知道怎麼解釋，既然覺得每一個時機都不合適，那麼就等這一刻自己到來吧。

但想到她剛才的表現，他突然覺得有點頭疼。

他正要回房間，發現李煜城還在身邊，於是說：「放心吧，我上網查過了，網路上各大論壇暫時都沒什麼消息，但是明天過後就不好說了。」

周彥兮回到房間打開電腦，在網頁搜尋欄裡再度輸入「Tomb Keeper」這個名字，無論是作為北美第一電競豪門的締造者也好，或者ＹＯＹＯ口中的團隊毒瘤也罷，再或者是因代打斷送職業生涯的天才Carry……他都是神祕的，而這些標籤又讓他變得那麼矛盾。

想到明天就要迎戰ＶＢＮ了，其實她也很好奇，這個一手成就ＶＢＮ的人，一個能讓弟弟那樣佩服的人，他究竟是什麼樣的呢？

第三十三章　TK教主

ＧＤ和ＶＢＮ的這輪比賽是小組賽的最後一輪。眾人早早來到選手休息室等著上場。

周俊幾個人大約是想到等等要面臨的對手都是一臉的緊張，鐘銘此時還捧著手機，低頭玩著手遊。坐在不遠處的李煜城一會兒看看他一會兒看看門外，看上去倒不像是緊張，更像是興奮？

相處久了，周彥兮對李煜城這狀態再熟悉不過了，就是那種看熱鬧不嫌事大的感覺！

可是能有什麼熱鬧？一會兒只有一場硬仗！

周彥兮掃了一眼鐘銘的手機螢幕：「銘哥，你真的一點都不緊張嗎？」

鐘銘沒有立刻回答，等手機螢幕的小人順利通關，他這才抬起頭來：「我為什麼要緊張？」

周彥兮聞言一愣：「因為對方是ＶＢＮ啊。」

鐘銘無所謂地笑了笑：「之前他們有ＴＫ，如今ＧＤ有我。所以我為什麼要緊張？」

如今ＧＤ有我，而ＶＢＮ卻再也沒有ＴＫ，所以究竟是誰該怕誰？

鐘銘這話說得有幾分倡狂，可是要命的是，無論在別人聽來多麼倡狂，在周彥兮看來，他都是在陳述一個事實而已。

心裡突然就有了把握，她朝他露出個笑容，然後快速向前探了下身，在他唇上輕輕啄了一下。只是蜻點水的一觸即分，還不等眼前男人反應過來，她已經重新坐好不再看他。

鐘銘回過神來時，眼前的女孩已經又換上那副冷冰冰的樣子淡淡地看想電視上的「精彩重播」，彷彿剛才什麼也沒發生一樣。但是紅彤彤的耳根卻出賣了她。

他緩緩笑了笑，也順著她的目光看向掛在牆壁上的電視，用只有兩人才能聽到的聲音說：「妳再這樣擾亂軍心，等一下我可就沒辦法保證能贏了。」

很快有工作人員來通知下一輪的參賽隊伍可以上場了。

GD幾人起身往門外走，一出門正遇到隔壁休息室出來的人，看隊服是VBN沒錯。

他們當中有人先看到了GD的幾個人，那人先是表現得很意外，然後又如臨大敵地去叫前面的人……這情形，跟上一次周彥兮在場內看到的一樣。

走在前面的VBN幾人紛紛回頭，看到GD幾人的表情都剛才那人如出一轍，唯獨那個亞裔面孔的人在看向他們時臉色不像其他人那麼難看，反而挺高興地朝著他們笑了笑。而順著他的視線看過來，那人看著的正是鐘銘。

鐘銘雖然還是神情懶懶的，見到那人回頭看過來時也朝那人勾了勾嘴角。

周彥兮有點不解：「銘哥，你們認識啊？」

鐘銘「嗯」了一聲沒再多解釋，因為此時他們已經走出選手通道，步入賽場中了。

觀眾席上立刻傳來一陣震耳欲聾的歡呼聲，不知道是為了這最後一輪的小組賽，還是為了VBN的出現。

可能上一次是因為緊張，和VBN一起上臺時周彥兮還沒注意到周遭觀眾的反應，現在看來也可以理解，畢竟VBN算是東道主了，而且VBN又統治北美電競圈多年，粉絲無數，所以這體育館裡怕是至少有七八成的觀眾都是他們的粉絲。

想到這裡，周彥兮立刻感受到了極大的壓力，再往玻璃隔音房裡走時，動作都有點僵硬。而就在這時她感覺有人從身後輕輕拍了下她的腰，還不等她反應過來，那人已經從他身邊經過，留下一句：「加油。」。

周彥兮看著鐘銘神態自若地坐到自己的位子上，調整設備，拿起耳機，再看VBN的方向，好像自從剛才見到鐘銘後就有點不大對勁了……

接下來的這一場比賽就像是在刻意應證著周彥兮的感覺。從B／P環節開始，VBN的出招就有點讓人摸不清，他們並沒有BAN掉李煜城的敵法師，反而被GD選到，然後也不針對敵法師去禁用英雄，而是接連BAN掉影魔、幽鬼、梅杜莎……這根本就是不按套路出牌，雖然在隔音房中聽不到看不到外面觀眾的反應，但是眾人的詫異也可想而知。

耳機裡李煜城冷冷一笑：「這麼看來你在他們心目中地位超然啊！」

這必然是對鐘銘說的，不過經李煜城這麼一提醒，眾人也意識到這些英雄都是鐘銘愛用的，看來對方很忌憚他。

鍾銘無所謂地笑了笑：「這我倒是不清楚，但是可以看出來他們根本沒把你放在眼裡。」

李煜城哪能受得了這種氣，一拍桌子咆哮道：「老子今天就讓他們看看什麼叫世界第一敵法師！」

鍾銘的英雄還沒有鎖定，最後一個幫他選英雄的周彥兮聽著兩人不緊不慢地聊天只覺得著急：「銘哥，你到底用什麼？」，

鍾銘掃了一眼剩下的一號位英雄，也沒什麼好用的，於是說：「隨便吧。」

周彥兮頭都大了：「這個版本沒有『隨便』這個英雄！」

鍾銘說：「那就閉著眼睛選，這一局城哥扛著，用不著我。」

周彥兮無奈，依稀記得鍾銘用過幾次小娜迦，於是幫他鎖定了小娜迦。

而B／P環節還只是個開始，遊戲開局以後，也不知道是為什麼，VBN打得縮手縮腳，頻頻犯錯，完全沒有一個一流強隊的樣子，而李煜城又從頭強勢到尾，在遊戲剛進行到三十分鐘時，就趁著上路小強拖住對方兩名英雄的時候，一個人單槍匹馬推上了對方高地。

在接下來的第二場比賽中，VBN倒是吸取上一局的教訓倒是先BAN掉了李煜城的敵法師。

李煜城見狀冷哼一聲：「現在才知道老子厲害？晚了！老子又不是只會一手敵法。」

於是對正在選英雄的周彥兮說：「快快！彥兮妹妹先幫我鎖定卡爾！」

周彥兮沒有動，鍾銘也懷疑地看了李煜城一眼：「沒見你用過卡爾。你行不行？」

李煜城說：「我經常用好嘛！」

周彥兮像是想到了什麼說：「可是城哥，你那是用小號打路人局，這畢竟是國際賽啊。」

李煜城依日不以為然，信心滿滿地說：「聽我的，給我卡爾，輸了剁手！」

聽他這麼說，眾人也就沒再說什麼，替他鎖定了卡爾。

而此時，VBN經過剛才一場敗仗後，很快又調整好了狀態，雖然禁用英雄上主要還是針對鐘銘和李煜城，但是在自己選英雄時拿出了來的卻是最拿手的陣容，尤其是VBN的中單英雄Paper更是拿出了他為了這次比賽特地祕密苦練過的英雄修補匠，從實力和態度上都絕對碾壓對面的卡爾……

不用說，這場比賽最終在李煜城和VBN的共同努力下，成功讓VBN扳回一分，這樣一來這最後一輪比賽，GD就和VBN打成了平手。

離開體育館時，GD又和VBN幾人狹路相逢，這一次那幾個外國人看到鐘銘時倒是沒有之前那麼震驚了，不過表情還是有點古怪，像是在刻意迴避什麼。唯獨那個陳宇，很熱情地和鐘銘打了個招呼：「銘哥！剛才你們很厲害啊！」

鐘銘只是微微一笑沒有說話。

陳宇又問：「對了，你們是住在主辦方指定的酒店嗎？」

「沒有。」

「小組賽結束會有幾天休息時間，你們怎麼安排的？」

鐘銘說：「要準備後面的比賽，所以沒什麼特別的安排。」

周彥兮正走在兩人前面，他們說話的聲音別人或許聽不到，但她卻剛好能聽到。不知道為什麼，周彥兮感覺鐘銘好像並不想理這個陳宇，但看陳宇跟鐘銘說話這態度，就知道兩人關係應該很熟悉才對。

果然就聽陳宇突然壓低聲音說：「回頭有時間的話我約哥出來吃飯哦！」

聽到這話，周彥兮一時沒忍住，不由得回頭看了一眼兩個人，鐘銘笑容淺淡像是同意了，而陳宇見她突然回頭竟也像是認識她一樣朝她燦爛一笑。

周彥兮偷看被人發現，訕訕地回了一笑，這才轉過頭去。

可事後想想又覺得有點不對勁，那陳宇剛才是在跟她笑嗎？不應該啊，明明不認識的……

這邊周彥兮還沒想明白，不知什麼時候鐘銘已經走到了她的身邊，再看陳宇早就回到他隊友中間去了。

周彥兮問身邊的男人：「銘哥，你跟他很熟嗎？」

她想知道的真的只是字面上所表達的，誰知道某人想法總是與正常人不同，尤其是在面對一些特殊的事情上。

鐘銘臉色不太好看：「熟又怎麼了？就是妳對他笑的理由嗎？」

「啊？」

因為最後一場比賽明明是有希望贏的，可最後卻還是輸了，所以從體育館出來這一路上，眾人間的氣氛都有些詭異。

沒人有心情閒聊，但罪魁禍首卻沒那麼沉得住氣，拉住一個人就解釋剛才那陣容他選擇卡爾是多麼的英明神武。

公爾妹妹聽他分析了一大堆，最後露出一個尷尬的笑容說：「不瞞你說城哥，在今天之前我一直覺得自己耳濡目染還是懂這遊戲的，但聽你剛才那麼一說，我不得不懷疑自己其實是個偽電競迷了。」

李煜城臉色就不太好：「算了算了，我就知道妳這段位聽不懂我在說什麼。」

坐在公爾妹妹身邊的伍老闆聞言小聲挺了自家老婆一句：「別說她不懂，我也不懂。」

李煜城說：「你們不懂，我找懂的人說！」

然而當他目光掃向車裡的其他人時，其他人立刻裝睡的裝睡，裝傻的裝傻。

李煜城只好憤憤不平地去拍前面座位上的男人：「喂，我跟你說剛才那一局，選卡爾真的沒錯。」

周彥兮本來正靠在鐘銘肩膀上神游，聽到李煜城這一嗓子嚇了一跳，反射性坐直了身子。

鐘銘微微皺了下眉，側過頭問李煜城：「所以呢？」

李煜城厚著臉皮說：「所以選卡爾沒錯啊！」

鐘銘說：「誰說是選卡爾的錯了？」

說話時，他刻意掃了一眼李煜城搭在他椅背上的手，然後一字一頓的說：「不是卡爾的錯，是你這個手殘的錯，剁、手、李。」

「噗……」

車內響起此起彼伏的嗤笑聲，剛才還在裝睡的人又都「活」了過來。

畢竟賽場上李煜城那句「給我卡爾，輸了剁手」的豪言壯語還言猶在耳！剛才沒提醒他是幫他留面子，偏偏這人臉皮厚，明明是他輕敵自大選了一個不會用的英雄，還被他說成是不得已的選擇了。

李煜城見眾人這反應，也不生氣，往座位裡一癱，聳聳肩說：「你們笑吧，隨便笑！」

鐘銘卻在眾人笑聲漸漸收斂時正色道：「你們真以為今天這就是ＶＢＮ的真實水準嗎？」

周俊若有所思地問：「第一場比賽他們表現是挺水的，可是為什麼啊？故意讓我們輕敵嗎？」

小強說：「大概是吧，所以第二場我們上了卡爾。」

眾人又是一陣哄笑。

李煜城陰森森地掃了小強一眼：「今晚你睡地板！」

小強委屈：「城哥，你這叫打壓後輩……」

周俊嘆氣：「唉，看來本賽季內，我們家中單是不會在上路出現了。」

伍老闆有樣學樣：「你經常去照顧小強就好了，畢竟城哥年紀大了，照管中路已經很不容易了，尤其是還時不時的會有卡爾這種英雄出現。」

李煜城：「小崽子們很皮是不是！」

聽著後排的笑鬧聲，周彥兮小聲問鐘銘：「銘哥，我也覺得今天第一場比賽上VBN的幾個人表現有點奇怪？為什麼啊？」

鐘銘垂眸看了她一眼：「妳猜。」

周彥兮搖了搖頭表示不知。

他勾了勾嘴角說：「因為，他們怕我。」

車子沒一會兒就到了基地，伍老闆叫住鐘銘：「對了銘哥，小組賽的排名剛才出來了。」

眾人聞言都停下腳步。

伍老闆說：「B組我們第一，十五分，VBN十三分，80 Gaming九分，A組那邊還是NONO第一，十七分，WAWA十三分，所以除了80 Gaming以外，我們關注的其他幾個隊伍應該都會進入淘汰賽的勝者組。」

周俊嘆氣：「要是最後一輪我們贏了，那現在我們就是小組賽第一了……」

眾人齊齊看向某人。

剁手李怒道：「看我幹什麼？我都解釋一整路了你們還有完沒完？」

眾人又看向別處。

鐘銘皺眉：「不過80 Gaming是怎麼回事？」

伍老闆說：「我聽說他們幾個隊員本來就有點水土不服，加上第一場比賽就輸了，對選手士氣和心態都有影響，所以後面幾輪發揮也一般。」

眾人聽了都有點遺憾，雖說是競爭對手，可也畢竟是同一國的戰隊。不過賽場上就是這樣，決定結果的因素太多，所以不到最後一刻，賽場形勢也是莫測。

鐘銘說：「大家早點回去休息吧，淘汰賽之前的這幾天，還是要保持正常的訓練強度。」

眾人紛紛應下，各自回房。

周彥兮本來還想和鐘銘多待一會兒，但見他好像有心事，也就沒說什麼先回了房間。

李煜城也正要走，卻被鐘銘拉住。

他心裡暗叫不好，還沒等鐘銘開口，直捷了當道：「我承認，我錯了還不行嗎？」

這倒是讓鐘銘愣了一下，轉瞬明白過來他是以為要興師問罪，所以才主動低頭，但事實上鐘銘並沒有太把晚上這輪比賽當回事。

他把手機遞給李煜城：「自己看吧。」

李煜城拿過來看了一眼，是一個英文網站，密密麻麻一大堆他看不懂的英文單字，有點暈。

李煜城沒好氣地把手機還給他：「欺負人是不是？明知道我英文還不如我們體育老師呢，誠心埋汰我是不是？」

鐘銘倒是忘了這一茬，悻悻地收回手機：「那算了，不跟你說了，兵來將擋水來土掩吧。」

說著就往樓上走去。

李煜城在後面叫他：「你幫我翻譯一下會死啊？」

鐘銘頭也不回：「不會死，但浪費時間。」

就在十幾分鐘前，他們還在車上討論李煜城的新「封號」時，VBN的一名選手發了Twitter，只有簡單的一句話，『It's exactly him！』

果然是他！

看來，用不了多久，或許都等不到幾天後的淘汰賽開賽，Shadow就是TK的消息就會被傳得人盡皆知了。

鐘銘正要上樓，一抬頭就看到一個黑影晃了一下，他勾了勾嘴角，繼續往樓上走。上到二樓，發現靠南邊的一個房門是虛掩著的。

他腳步頓了頓，走向與他房間相反方向的走廊盡頭，靠著半開的窗，摸出一根菸來點上。

過了一會兒，那個虛掩著的房門被人從裡面拉了開來，一個小腦袋從門縫裡探出來，先是伸著脖子看向他房間的方向，片刻後才回過頭來。

無意間掃到走廊盡頭有一個人，周彥兮被嚇了一跳，但看清人是鐘銘時，又鬆了口氣。

鐘銘笑：「妳找我啊？」

周彥兮若無其事地摸了摸鼻子：「沒，我找公關妹妹，說是和伍老闆去買宵夜，都好半天了。」

她應該是剛洗完澡，頭髮還濕漉漉地貼在臉上。身上穿著件棉質睡裙，最簡約的款式，顏色是清新的淺藍色，只不過此時看上去有點斑駁，因為水珠正順著她的髮絲落在那睡裙上，一會兒的工夫，她胸前已經濕了一大塊。

鐘銘低咳一聲，把菸按滅在窗臺上的菸灰缸中。天氣是有點熱了，他也想趕緊洗個澡，可偏偏有人不想遂他願，就在從她身邊經過時，拉住他問：「這麼早回去幹什麼？」

鐘銘目不斜視：「睡覺。」

周彥兮不滿：「這才幾點？我睡不著。要不然……你進來陪我聊一下天？」

鐘銘這才回頭，又上下掃了她一眼：「妳確定？」

周彥兮納悶：「聊個天有什麼好確定不確定的？」

鐘銘猶豫了一下，然後笑了笑說：「確定就好。」

其實周彥兮的確是想和鐘銘聊聊，準確地說是想讓鐘銘跟她講講後面會遇到的那些戰隊，畢竟光靠這段時間的惡補還遠遠不夠，鐘銘對圈裡的這些人都熟悉，她多聽聽對比賽發揮肯定更有幫助。

她把自己塗得亂七八糟的小本本拿出來給鐘銘看：「B組這些隊伍我們都交過手我還算有點底，但A組這幾個厲害的，銘哥你不是看過他們比賽複盤嗎，有沒有什麼心得能跟我講講？」

鐘銘把她拉到自己身邊坐下，心不在焉地應付著：「哦，妳想聽哪場比賽的？」

周彥兮說：「你等我去拿一下平板！」

鐘銘趁她離開時迅速傳了訊息給伍老闆。訊息剛傳出去，周彥兮捧著平板回來了：「就

NONO的這幾場吧。」

別墅門外，伍老闆和公關妹妹拎著兩盒炸雞正要進門，待看到手機上傳來的訊息時，立刻拉住了正要去按門鈴的公關妹妹。

公關妹妹不解地回頭：「怎麼了？」

伍老闆：「先別回去了，再出去轉轉吧。」

公關妹妹：「這麼晚了還去哪轉？再說周俊他們還等著吃炸雞呢！」

伍老闆也沒回答，直接拉起自己老婆的手往外走：「他們少吃一頓餓不死，我們現在回去卻會死。」

「喂喂，老公你什麼意思啊？」

「沒什麼意思，奉旨散步而已！」

鐘銘和周彥兮一起看了幾場比賽的複盤，鐘銘邊看邊對周彥兮講解，除了解析比賽局勢，還有NONO的幾位選手，比如他們的一號位JN，中單選手Zhiyu，上單Lang。

周彥兮問鐘銘：「銘哥你覺得NONO厲害還是VBN？」

鐘銘頓了一下說：「目前看，大多數人可能認為是NONO……」

「實際上不是嗎？」

鐘銘搖頭：「不知道，跟你們一樣，其實我也覺得今晚VBN表現出來的水準不是他們的真實水準。」

周彥兮小聲嘀咕：「你不是說因為怕你嗎？」

鐘銘笑：「或許怕著怕著就不怕了，妳看他們第二局，不就打得很好嗎？」

周彥兮想了想問：「那個陳宇很厲害嗎？」

鐘銘：「算是很厲害吧。」

周彥兮突然來了興致：「你好像跟他很熟，他是什麼樣的人啊？」

他是什麼樣的人？鐘銘想起過去那幾年同吃同住一起訓練的日子，還有他離開VBN時其他人都不理不睬唯獨陳宇對他還有依賴和期待……可是，他究竟是什麼樣的人？好像自己也不清楚。

鐘銘有點疲憊地仰躺在身後的大床上，雙手交疊枕在頭下，斜覷著周彥兮傻乎乎的笑臉問：「妳怎麼對他那麼感興趣？」

周彥兮爬上床，趴在他身邊，拄著下巴嘻嘻一笑說：「還不是因為你。」

鐘銘挑眉。

周彥兮說：「因為他跟你熟悉呀。」

鐘銘低聲笑了笑，抬手替她撥開擋在眼前的幾縷碎髮，對她這樣的坦白很是受用。

「沒妳想得那麼熟。」他說。

「這樣啊……不過說起來還是件挺驕傲的事，VBN這麼厲害的隊伍，兩屆Carry竟然都是我們國家的人。」

「這確實是。」

「那銘哥你說，是他厲害還是ＴＫ厲害？」

「妳說呢？」鐘銘挑眉看他。

她明明就是隨口一問，可看鐘銘這態度，好像還挺在意她的答案似的，可是他剛剛才說他和陳宇沒有那麼熟悉，難道是在意ＴＫ？

想到這裡，周彥兮不確定地問：「銘哥，城哥和ＴＫ很熟悉，你和城哥關係也好，而且你又認識ＶＢＮ的人，是不是……你也認識ＴＫ？」

她此時正趴在他身邊，雙手拄著下巴，歪著腦袋看他，橘黃色的燈光在她身後，讓她臉上的表情不那麼真切，但一雙眼睛還是亮晶晶的，看得出裡面有期待。

他一直想找個合適的機會跟她說說他的過去，眼下或許就是個好時機，可是他還是忍不住問自己——要從何說起呢？從哪裡說起更能讓她諒解呢？她聽了以後又會是什麼反應呢？會意外、高興、失望？還是已然會覺得被欺騙了？

其實想到這裡，鐘銘就又猶豫了，他「嗯」了一聲：「是認識。」

周彥兮似乎並不意外，只是看著他。

這反應倒是讓鐘銘有點奇怪，他問她：「同樣是跟我熟悉的人，妳問陳宇是什麼樣的人，怎麼不問問ＴＫ？」

「他是什麼樣的人？」周彥兮乾脆翻身坐了起來，「我猜啊，他應該是個很矛盾的人，很不接地氣的人。」

鐘銘愣了愣：「矛盾？不接地氣？」

周彥兮：「嗯，不真實。」

鐘銘若有所思地沉默了。

周彥兮看了眼時間有點著急了：「都這麼晚了，公關他們怎麼還沒回來？不會出什麼事了吧？」

說著她就翻出手機要打電話。

鐘銘站起身來說：「等等我來問，妳先睡吧。」

說著就出了周彥兮的房間。

公關妹妹坐在路邊啃了半桶炸雞，又看了一眼時間，問伍老闆：「還要逛多久？」

伍老闆想了想，像是下定了什麼決心，拿出手機打給鐘銘。

過了好一會兒，電話終於被接聽，伍老闆立刻換上一副笑臉問：「銘哥，我們能回去了嗎？」

鐘銘聲音冷冷清清的：『回來吧。』

伍老闆連忙應下：「好的，馬上就到了。」

伍老闆這邊剛掛斷電話，公關妹妹一臉期待的問：「可以回去了嗎？」

伍老闆皺眉：「銘哥心情不好。」

官博妹妹立刻垮下臉來：「不會吧，我好睏呀老公！」

伍老闆拍拍她：「可以回去了，不過妳回頭旁敲側擊地問問彥兮，看看是什麼情況。」

公關妹妹鬆了口氣：「總算是可以洗澡睡覺了。」

伍老闆在她身後提醒：「別忘了問啊。」

公關妹妹擺擺手，進了別墅。

第三十四章　蓋世英雄

公關妹妹又睏又累，根本沒把伍老闆交待的事情當回事，而且她回到房間後發現周彥兮已經睡了，也就直接洗漱好上了床。

可剛要睡著，冷不防聽到身邊一個冷冷清清的女聲傳來：「回來了？」

公關妹妹被周彥兮嚇了一跳，睡意立刻少了一半：「妳沒睡啊？」

周彥兮「嗯」了一聲：「睡不著。」

公關妹妹突然想到進門前伍老闆說鐘銘心情不好的事，於是問：「和銘哥吵架了？」

「沒有。」周彥兮頓了頓，「妳覺得銘哥是什麼樣的人？」

官博妹妹想了一下說：「銘哥啊，好到有點不真實。」

「不真實？」

「對啊，你看他人長的帥又有錢不說，技術也那麼好，聽說還是一流大學畢業的，這是來打職業了，不打職業的話幹點別的肯定也不會差吧。」

周彥兮安靜了片刻，再開口卻是問了個沒頭沒腦的問題：「伍老闆騙過妳嗎？」

「騙我？他應該不敢。」

周彥兮似乎笑了笑：「睡吧，聊會兒天終於有點睏了。」

公關妹妹卻在心裡打鼓，總覺得周彥兮這表現有點奇怪。想著明天一定要和伍老闆好好討論一下。

然而第二天一早，卻沒有人再有心情關注這種小事了。因為就在不久前，VBN的幾名選手，除了陳宇，都相繼發了Twitter說如今GD的Shadow就是他們的前隊友TK。而且那個YOYO也像是生怕事情鬧得不夠大似的，同時發表Twitter和國內社群，分析Shadow出現在國內的時間正好是TK離開VBN後不久，而TK以前雖然沒有正面照流出過，但是也有一些網路上流傳著的側面和背影照，再對比如今Shadow流出來的那些照片，分明就是同一個人，另外還有Shadow的打法也和TK非常相似，只是「水準大不如前」，當然最重要最有力的證據還是TK的老隊友，真正見過他和他朝夕相處過的人，紛紛確認他就是Shadow，Shadow就是他。

原本一名職業選手跳槽後換個ID重新再來這也是非常常見的事情，可是這人偏偏是TK。要說這電競圈裡最有爭議的選手，那必須是TK。其實在第四節國際賽之前，外界關於他的評價都是好的，粉絲們對他的崇拜，在他第二次帶領VBN拿下世界冠軍的時也達到了巔峰。可是一切的改變，都從他因代打被禁賽那件事後開始了。

因他代打被禁賽，導致第四屆國際賽VBN連四強都沒進。這種成績對一般的戰隊或許不是什麼大事，但是VBN不但連續拿了兩屆世界冠軍，而且在那幾年裡，差不多包攬了所有比賽的冠軍。這樣一支隊伍竟然因為主力選手犯錯，在那一年裡幾乎什麼成績都沒有拿到。這樣一來，越是對VBN抱有希望，就對TK越失望。所以自那以後，外界對TK的質疑也就多了起來，可想而知他承受著什麼樣的壓力。

所以眼下他這做法大家倒也理解了，無非就是想拋開TK的光環，重新證明自己的實力。可是回看GD一路走來的成績，如果Shadow是一名普通電競新貴還好，可惜他是TK，這成績就實在算不上好了。

而YOYO要說明的也是這些。

這個消息簡直是電競圈裡的重磅炸彈，一下子讓還在回顧小組賽的國際賽賽迷們的注意力全部放在了GD這裡。

李煜城他們幾個人的社群與通訊軟體早就爆了，如果越洋電話與簡訊不收費的話，搞不好現在幾人的電話也會被打爆。就連伍老闆這邊都是應接不暇，全部都是昔日隊友打探情況的。

公關妹妹問自家老公：「官方社群那邊已經炸了，怎麼辦？」

伍老闆愁眉不展：「先別做任何回應吧。」

周俊惶惶然地從手機螢幕上移開視線，這消息都看了幾遍了他還是有點不敢相信：「銘哥真的就是TK嗎？原來我一直在和我偶像一起打職業？唉我以前沒少當著他面誇TK，他是不是心裡都樂開花了？就那麼淡定的聽著？要不要這麼悶騷？」

阿傑：「以後誰也別跟我說替補如何如何，替補怎麼了？我可是TK的替補！」

小強：「難怪銘哥說我們該拿冠軍，原本還覺得有點困難，現在看來就是名正言順的，畢竟VBN沒了TK也拿不到冠軍。咦，城哥，你怎麼都沒什麼反應？」

周俊看著一臉淡定的李煜城恍然大悟：「城哥你早就知道了！」

李煜城不耐煩地瞥了他一眼：「大驚小怪，虧你還是TK粉，世界第一影魔在你面前亮出了影魔這不就等於告訴你他是誰嗎？可真夠遲鈍的！」

周俊想了想：「不對啊，他只在我姐面前用過影魔。」

眾人這才意識到，鐘銘對於其他人來說是TK還是Shadow都不重要，但對周彥兮來說就不好說了。而且以前罵TK的就不少，現在知道Shadow是TK了又開始罵Shadow，還說得有模有樣的，不瞭解他的人自然會去懷疑他的人品，就是不知道周彥兮看到這些會怎麼想。

伍老闆看向自家老婆：「彥兮怎麼還沒起床？」

公關妹妹正想說上樓去看看，就見周彥兮已經從樓上下來了。不過看她的神情，好像沒什麼不對勁的。

眾人紛紛交換眼神——難道沒看到網路上的爆料？沒看到也好，大家也都裝作沒看到就好！

公關妹妹笑了一下說：「來來來，彥兮坐這吧，喝豆漿還是喝牛奶？」

周彥兮說：「我自己來。」

眾人見她神色如常地幫自己倒牛奶，也就自動跳過剛才那個話題聊起別的。

伍老闆說：「小組賽結束距離淘汰賽有四天的休息時間，不過淘汰賽第一天是敗者組的比賽，也就是說算上今天還有五天的準備時間，之後淘汰賽第一場是和ＷＡＷＡ打。」

說起ＷＡＷＡ，周俊想到了小熊和他那兩個昔日小夥伴，有點鬱悶地說：「怎麼就這麼巧他們第一場就和我們打，不然還能多撐兩輪，拿個好一點的名次。」

其他人都還沒說話，就聽有個聲音從樓梯方向傳來：「以後遇到的熟人多了，如果對誰都心慈手軟，我看今天就收拾東西回家得了。」

眾人回頭，正見鐘銘施施然從樓上走下來。但很快眾人又想到他剛才說的話——熟人，除了ＷＡＷＡ和 80 Gaming 還有誰？不用說，那就是ＶＢＮ了。

可眾人都刻意不提這事，鐘銘自己卻並不避諱，難道周彥兮早就知道了。眾人又看向周彥兮，她依舊只是低頭吃飯。

伍老闆輕咳一聲說：「銘哥說得對，比賽還是用實力說話，這幾天大家調整好心態好好準備一下。吃完早飯也別拖拖拉拉了，趕緊開始訓練吧。」

早就吃完的幾人紛紛往訓練區走，周彥兮也吃完了，正要走，卻突然被鐘銘拉住：「等一下。」

周彥兮：「怎麼了？」

鐘銘：「陪我出去走走。」

周彥兮：「可是馬上要開始訓練了。」

鐘銘已經站起身來：「訓不訓練我說了算。」

這還是鐘銘第一次這麼任性地對待訓練，周彥兮只好跟著他出了別墅。門外不遠就是條林蔭小路，偶爾有車會從這裡經過。越過林蔭小路，再走不遠就可以看到一條河。

鐘銘拉著周彥兮穿過斑馬線，越過路邊的矮牆朝著河邊走去。

河面波光粼粼，映襯著旭日朝陽，給人一種安靜祥和的美。

河邊有破舊的長椅，鐘銘走過去坐下。周彥兮見狀，停下腳步猶豫了片刻，也走過去坐到他身邊。

兩人就這樣坐著，望著河面各自出神，就像之前在基地裡她的小陽臺上那樣。

良久，鐘銘才問：「生氣了？」

「嗯。」

其實即便到了這一刻，鐘銘都沒有想好要怎麼跟她解釋，就覺得說什麼都顯得蒼白無力。

鐘銘：「不想知道我為什麼沒有早點說？」

其實在知道這件事以後，周彥兮想了很多。在他們兩人的這段感情裡，鐘銘始終很強勢，強勢地掌控著一切。

她在他面前就是張連細微褶皺都看的清清楚楚的白紙，可他卻對很多事情遮遮掩掩。身邊的每一個人對他的評價都不同，可每一個人說出來都不是她所認識的他。

她困惑了、矛盾了，同樣也覺得受到了傷害。

她沒想到第一次這樣認真談愛，卻是在這種不平等的情況下。

他問她想不想知道他為什麼沒有早點對她坦白，她當然想知道，但是心底裡隱隱缺了以往那種自信，總覺得他未必會解釋。

周彥兮說：「想知道，如果你願意說的話。」

鐘銘看了她一眼，自嘲地笑了笑：「ＴＫ的那些討論妳看過嗎？」

周彥兮坦白：「這些天沒少看。」

鐘銘：「其實那些人說的那些亂七八糟的事情我都沒仔細去看過，因為我一直以為自己不會在乎的。」

這一點周彥兮是相信的，無論是外界傳言的ＴＫ，還是她認識的鐘銘，都是不在乎別人眼光，只要活給自己看的那種人。可是剛才他說了「以為」。

周彥兮：「那現在呢？」

鐘銘想了一下說：「沒那麼輕鬆了吧，因為一想到妳可能會看到，心裡還是會不太踏實。其實，我跟妳差不多，也是最近幾天才把那些陳年老文翻出來看了一遍……」

這倒是讓周彥兮有點意外：「為什麼要去看那些？」

「怕妳問起我的時候，我不知道怎麼解釋或者反駁，提前看一下，有個心理準備。」

周彥兮怔了怔，這跟她想像中的情況完全不一樣。她一直以為，他之前的不坦白是因為他自己根本不在乎，他自己不在乎或許就認為她也不需要在乎。可是萬萬沒想到，鐘銘對她隱瞞的原因竟然是怕她因為那些議論而對他有所改觀？這顯然不是她所認識的那個不羈的、無謂的、強勢的鐘銘了。

「所以他們說的是不是真的？」周彥兮挑眉看他。

鐘銘愣了一下，顯然沒想到她會突然問這個，不自在地咳嗽了一下說：「有些可能是……」

周彥兮點了點頭。

鐘銘皺眉：「點頭是什麼意思？」

周彥兮：「表示認同。」

鐘銘無奈：「好吧，我承認，可能就像他們說的那樣，我有一大堆壞毛病，也正是因為這樣，我才一直沒覺得ＴＫ這身分對我來說是多麼光彩的。可是，我對於自己想要什麼，在做什麼一直都很清楚，所以對於妳、對於打職業，我是認真的。」

周彥兮靜靜地聽著，聽到他說覺得ＴＫ並不是什麼光彩的身分時，她就想到之前看的那些詆毀他的發文，當時她的第一反應就是心疼，想到他過去可能經歷的被孤立、被誤解……確實覺得心疼。可是他就是那種人，縱然早已生出了翅膀，也能生生斬斷，再重新熬過化繭為蝶的痛，而經歷這一切無非就是捨棄不下ＬＯＴＫ，捨棄不下這份被世人不解甚至恥笑的執著。

鐘銘很少把主動權交給其他人，而這一次，他卻是在等她的答覆。可是她只是靜靜看著他，沉著的、冷靜的，眼中無一絲波瀾地看著他，看得他難得的心慌、無措，還有失望。

而就在鐘銘的神情由期待轉為失望，再由失望轉為自嘲前。

周彥兮展顏一笑，看著遠處的河面：「其實我早知道你可能就是ＴＫ，只不過一直沒有刻意去證實，但是自從開始懷疑後就會去翻他過去的比賽影片，想瞭解有關他的一切，心裡也漸漸生出小小的期待……」

「期待什麼？」

「少女總喜歡做夢，小時候就希望自己將來嫁給蓋世英雄，而在我認知的這個圈子裡，ＴＫ就是蓋世英雄。」

年輕男人的嘴角緩緩浮上笑意，再看向身邊的女孩，竟然有幾分無奈：「唉，怎麼辦？我就喜歡妳這副沒見過世面的樣子。」

兩人正往別墅方向走去，鐘銘的手機突然響了，他看了一眼來電顯示，眉頭不自覺皺了皺，但猶豫過後還是接通了電話。

陳宇的聲音有點著急：『哥，你沒事吧？』

鐘銘淡淡「嗯」了一聲。

陳宇：『其實這事也是早晚的，淘汰賽開始全是老熟人，你應該也做好準備了吧？』

鐘銘看了眼身邊的周彥兮：「確實。」

做好準備了。

陳宇似乎鬆了口氣：『那些流言蜚語也不是一天、兩天了，別理就好，對了，這幾天你們怎麼安排的呀？』

「正常訓練吧。」

『那也不用像平時那麼拚啊，上次見面匆匆忙忙的也沒好好聊幾句，晚上有沒有空，一起吃個飯吧？』

鐘銘猶豫了一下，半晌回覆說：「好。」

看鐘銘掛上電話，周彥兮問：「怎麼了？」

「有些事情是要處理一下了。」

「怎麼好像心情不好？」

「嗯。」鐘銘若有所思地看了眼周彥兮，「所以作為女朋友，妳是不是該做點什麼？」

周彥兮先是愣了愣，然後看到某些人不懷好意的神情時，面不改色道：「我該拍手稱快！」

鐘銘笑了笑，但周彥兮分明從那笑容中看到些許無奈和疲憊。他也不是鐵打的人，總說不在意那些事情，可還是會受到影響吧，尤其是在這種時候。

想到這裡，周彥兮不由得心疼起來，在男人拉開別墅大門的一剎那，墊著腳在他臉上輕輕啄了一下，然後一個閃身，若無其事地在他前面進了門。

鐘銘在原地怔忪了片刻，而後揚了揚唇角。

晚上陳宇約鐘銘見面的地方是一條酒吧街。

鐘銘到時他已經到了，桌上擺著點好的啤酒。

鐘銘見狀微微皺眉：「比賽還沒結束，喝酒不怕誤事？」

陳宇爽朗一笑，給鐘銘倒上酒：「這幾天不是休息嘛，打了好幾天的比賽了，該放鬆放鬆了。」

鐘銘垂眼看看酒杯中蕩漾的液體，笑了笑說：「也是。」

陳宇抬眼，這才意識到鐘銘臉色有點不好：「有心事啊哥？」

鐘銘不置可否，陳宇繼續追問：「還是因為網路上那些事嗎？」

「是啊。」

鐘銘承認得這麼乾脆，倒是讓陳宇有點意外，畢竟以前他們也沒少遇到這種事情，但是那時候鐘銘的反應可不是現在這樣。有人說他是那種內心強大到擔的起讚美也經得住詆毀的人。陳宇從不否認。可是這次，他沒想到鐘銘竟然也在意了，倒是讓他的心情突然變得複雜起來。

他坦言：「哥，這可不像你。」

鐘銘舉起酒杯，和他手中的輕輕碰了一下：「所以什麼樣才像我？」

陳宇說：「當然是無所畏懼才是哥啊。」

「所以就什麼髒水都能往我身上潑嗎？」

陳宇正在替鐘銘倒酒，聞言端著酒瓶的手不由得頓了頓，酒水正好從酒杯的邊緣溢了出來，可他卻沒有看到。

「滿了。」鐘銘提醒他。

陳宇這才回過神來連忙拿紙巾去擦鐘銘面前的酒。

擦完他抬頭朝鐘銘笑了笑：「其實別人怎麼說都無所謂，哥你是什麼樣的人，你身邊的人都清楚。」

鐘銘看著他，也在笑：「是啊，我身邊的人都瞭解我，但我卻不瞭解他們。」

陳宇不解：「你說現在的隊友？」

鐘銘搖頭：「說起來這事還都是因你而起。」

陳宇聞言不由得一愣，半晌才勉強擠出個笑容：「銘哥你這話什麼意思？」

鐘銘抬眼看了陳宇一眼，只一眼就讓陳宇有些不安。可是鐘銘並沒有立刻回答陳宇的問題。從桌上的菸盒中拈出一根菸來點上，懶懶靠著身後的椅背吸了一口，然後緩緩吐出一個煙圈，隔著煙霧裊裊，他才看向對面少年的臉：「所有人都知道TK職業生涯的轉變是從那次代打風波開始的。」

再聽到當年代打鬥事件，陳宇的笑容立刻僵在了臉上。

鐘銘像是沒看見，隨手彈了彈菸灰：「知道當年那事我為什麼要擔下來嗎？」

陳宇沒有說話。

鐘銘說：「因為我知道真正參與代打的是你。」

當年那個線上賽遭人檢舉，主辦方著手找人調查，調查出來代打IP正好定位在VBN俱樂部所在的區域，而代打的打法和慣用英雄都和鐘銘如出一轍。如果不是鐘銘，那個人會是誰幾乎不言而喻。鐘銘當時就猜到是陳宇，所以在被問責的時候，他沒有為自己辯解一句。

倒不是說自己多麼大公無私無所畏懼，只是那時候年輕氣盛，想法也簡單。他想自己好歹有點成績了，這樣的錯誤不會對自己的未來有太大的影響。但如果是換成一個還沒有取得過成績的新人，那可能對他的職業生涯就是毀滅性的打擊。

然而鐘銘不曾想到，就是這一念之差讓他走上了一條澈底不一樣的路。這個時代，這個圈子不會永遠眷顧任何一個人，哪怕是他。

陳宇尷尬地笑了笑：「還沒開始喝，你就醉了。」

鐘銘沒接他的話，繼續說道：「可能當初是我太自負，沒想到事情會發展成後來的樣子。但是說實話啊陳宇，重新來一次，我還是會替你扛下來。」

陳宇聞言意外地看向鐘銘，但很快又不屑地笑了笑。這樣的笑容，在鐘銘認識陳宇的這些年裡還是第一次見到，不過他並不意外。

鐘銘說：「你一定覺得，隨便說說，誰不會？可我說的是實話，對於這件事我並不後悔——如果沒有後面那些事的話。」

「後面的事？」陳宇挑眉。

「你可能忘了，我是學什麼的，雖然後來因為打職業荒廢了原來的專業，但是想查查那些文章是從哪裡發出來的，還不算什麼難事。」

陳宇終於明白了，難怪鐘銘今天的態度這麼反常，原來他什麼都知道了。

「所以，為什麼？你為什麼要作為YOYO發那些東西？」

陳宇沒有立刻否認，他只是靜靜地看著鐘銘。其實他知道早晚會有這麼一天，擔心被發現的同時又期待著這一天的到來，畢竟誰不喜歡坦坦蕩蕩做自己？這樣兩面三刀的日子他也過膩了。

他緩緩露出一個輕蔑的笑容：「為什麼？那要問問你自己！當年我當你是神，可你把我當什麼？我加入VBN大家都羨慕我，雖然是替補，但那是做你的替補，我還是覺得高興。可是你對我做了什麼？我退學專門去打職業，家裡人不同意，女朋友一開始覺得新鮮後來也看我沒出息離開我，而你要什麼有什麼在俱樂部裡呼風喚雨，艾倫都對你另眼相看。可你都擁有那麼多了，還不滿足，把我按在替補席上整整半年，一次沒有讓我上場！你知道嗎？我女朋友走的時候說什麼？讓我以後不要跟人說我在打職業了，沒有人是坐在休息室裡打職業的！那時候所有人都說VBN是靠TK賞飯吃。憑什麼？我也是大學生聯賽冠軍出身，憑什麼要靠你賞飯吃？你這樣的人不配被人擁戴！」

這些話，不是不讓人震驚的。在鐘銘的印象中，陳宇一直是個溫順內斂的大男孩。或許是因為來自同一個國家，又是他的替補，所以自從陳宇入隊後，鐘銘就有意照顧他。在他看來，陳宇對他的親近信賴那是理所當然的，因為是人就會如此。可誰想得到，那些看在他眼裡的隊友情、兄弟情，竟然都是假的。

「你認為當時不讓你上場是我故意打壓你？」

「不是嗎？」

其實什麼比賽安排什麼隊員上場一般都是教練兼老闆的艾倫決定。但是第三屆國際聯賽那次確實是鐘銘要求他自己從頭打到尾的。因為那一屆的參賽隊伍水準都很高，VBN不敢大意。而且當年的陳宇就如同現在的阿傑一樣，他的存在是一個保險，如果鐘銘有不得已的情況無法上場，那陳宇將是VBN的最後一張王牌。可惜這張王牌見光死，打法路數非常單一，所以不到萬不得已不能換他

但是這些原因，陳宇未必想得到，他所記住的只有被按在替補席上的恥辱。

他問陳宇：「所以，那次代打的事情是你故意搞出來的？」

陳宇並沒有回答他，但是答案是什麼已經不重要了。如果陷害他代打還可以解釋成是無意、無奈，然而YOYO的事情卻沒什麼解釋的餘地。他們的關係早在他記恨上他的那一刻就破裂了。他知道陳宇不能回頭也不敢回頭，因為回頭就是承認了自己的錯。

「既然如此……」鐘銘夾著菸的手指了指一桌子的酒菜，「這又是什麼意思？」

陳宇無所謂地說：「閒著也是閒著。」

鐘銘點了點頭，看來是戲還沒演夠。人生中第一次覺得自己挺蠢的。他拿人家當兄弟，人家拿他當傻子。

半晌，鐘銘說：「酒也喝了，你走吧。」

這話裡的意思，大家再清楚不過。過往的隊友情誼再也不見了，再見面，只能是競技場上你死我活的較量。

在這一刻，陳宇卻有一瞬間的茫然，他看著面前垂眸抽菸的男人，突然想說點什麼，然而最終也只是沉默地起身離開。

陳宇走後，鐘銘心煩意亂地坐了坐了一會兒。一根菸還沒抽完，就聽到前面人群處傳來幾個男人的叫罵聲。

鐘銘循聲看過去，感到有點意外的是被幾個當地人圍著的正是陳宇。不知道他和那群人發生了什麼衝突，看樣子幾人還有動手的意思。

鐘銘也不想再管閒事，叫來老闆買了單。可剛走出酒吧就聽到陳宇憤怒的叫罵聲。罵的是中文，那幾個小老外雖然聽不懂，但看樣子也都猜出不是什麼好話，作勢就要動手。這一次陳宇倒是不傻，扭頭就跑，正朝著鐘銘的方向跑了過來。

然而當陳宇看到鐘銘時，腳步竟不自覺地停了下來。那幾個小老外見陳宇的神情也不由得看向鐘銘。

鐘銘有點無奈，本來真的想袖手旁觀的，偏偏這群人還往他跟前撞。既然沒躲掉，可能就是不該躲吧。

對方三個，他們兩個。如果打起來也不一定誰輸誰贏，不過鐘銘不想打架，尤其是為了陳宇，但直接轉身走人他也做不到。

他朝陳宇身後三人抬了抬手，本來是想安撫一下，再調和幾句將人打發走，畢竟對方應該也知道，打起來兩邊都沒好處。但可能今天就不適合出門，他這邊剛一有動作，那邊就一拳打了過來，還好他反應夠快，一個閃身躲了過去。緊接著場面變得混亂起來，一場鬥毆終究還是莫名其妙的拉開了序幕。

鐘銘一開始還只是閃躲，但畢竟對方人數勝過他們，沒一會兒，他的臉上就挨了一拳。這一拳澈底激怒了他，也就是這一拳讓他對陳宇、對那狗屁兄弟情義的失望和憤怒全被激發了出來。

鐘銘不記得自己已經多久沒有和人打架了，但好歹技藝沒有生疏。他本身的身體體能就不錯，作為職業選手，反應速度又很迅敏，所以沒一會兒形勢就有了轉變。三個當地小混混被打得直不起腰來，鐘銘也覺得出了口惡氣。

他轉過頭看向陳宇，抹了抹嘴角說：「最後一次。」

然而他話音剛落就見陳宇臉色倏地轉白。鐘銘意識到什麼轉過身去，正見剛才還倒在地上的其中一個小混混拿著不知從哪裡找來的棒球棒正劈頭蓋臉揮向他。他第一個反應就是抬手去擋，下一秒就覺得右手小臂處傳來刺骨的疼痛。不過他也沒讓對方討著好，一腳將人踢翻在地，再也爬不起來。

見幾人澈底倒地，周圍似乎已經有人報了警。鐘銘也不想再多耽誤，轉身要走。

「銘哥。」是陳宇在叫他。

可鐘銘只是腳步頓了一下，頭也不回地離開了。

看著他離開的背影，陳宇的心情無比複雜，他剛才叫他想說些什麼呢？怕是沒什麼可以說的了吧。只是他知道，鐘銘這次離開，就再不是他以前熟悉的銘哥了。

手臂疼得厲害，動一動就是鑽心的痛。鐘銘知道，事情可能有點嚴重，所以他沒有回別墅，而是直接去了醫院。

第三十五章　少年英雄

伍老闆接到鐘銘電話時正在打瞌睡，一聽到「醫院」兩個字，整個人就清醒了。這可是大賽期間！一點紕漏都不能出，可偏偏卻是自家戰隊核心人物讓自己進了醫院！這意味著什麼，伍老闆比誰都清楚。

他一顆心正七上八下，電話對面鐘銘卻還是用那副無波無瀾的口吻囑咐他先別讓其他人知道。伍老闆無奈，想著先見到鐘銘看看情況再說。然而情況遠比他想像的還不樂觀——這種要命的時候，他家 Carry 竟然傷到了手臂！

「銘哥，到底發生了什麼事？」

其實如果可以，關於他和陳宇的事情，鐘銘是再也不想提起了，但是眼下他在這種時候受傷了，這就不再是他一個人的事，必定會影響GD後續的成績。想著總要給大家一個交代，鐘銘也就沒隱瞞什麼，把晚上見陳宇的經過告訴了伍老闆，只是沒說陳宇就是YOYO的那檔子事。

但伍老闆是什麼人，聽說鐘銘因為陳宇出了事，可眼下陳宇並沒有陪在他身邊，再結合TK在VBN的一些傳聞，就已經猜到個七七八八。

「銘哥，我們這是中了他們的算計！他們以前那樣對你，這次誰又知道那群人是不是陳宇那臭小子找來做戲的！」

鍾銘笑了笑說：「算了，哪那麼多陰謀論，就是一次意外。」

伍老闆不以為然：「那是你不知道，有的人心有多髒……」

伍老闆罵了猶不解氣，但鍾銘始終沉默著。伍老闆見狀漸漸罵不下去了。他知道，這種時候沒有人比他更難受。

被信任的人辜負和傷害，他沒有絕望，他拋開一切重新來過，這期間吃過的苦，承擔的壓力是常人無法想像的。如今他又是GD的Shadow，是全隊的希望……被辜負的感覺固然不好受，可是辜負人的感覺對他這種人而言怕是更難熬吧。

想到這裡，伍老闆嘆了口氣：「銘哥，你也別想太多，這種事情誰也想不到。我們今年是第一次參加國際賽，積累經驗最重要，至於拿冠軍，明年也來得及。」

「是第一次嗎？」鍾銘苦笑。

是啊，對於其他人來說可能確實是第一次，但是對於他和李煜城，這一次卻可能是他們職業生涯的最後一次。然而，這麼重要的一次比賽，卻因為他變得前途未卜。

伍老闆還想勸勸鍾銘，但是發現此時說什麼都顯得蒼白無力。

「算了，不說別的了，好好處理好傷處，別留下毛病了。」

鍾銘笑了笑，沒再說什麼。

伍老闆陪著鐘銘做了幾個的檢查，他英語不好，聽不懂鐘銘和醫生的對話，但那張X光片還是讓他最後的一點希望也破滅了——果然還是傷到了骨頭。傷筋動骨一百天，哪怕只是輕微骨裂，短期內也是無法再參加比賽了。

可是，沒有鐘銘的GD還能走多遠呢？

而且，Shadow 就是TK的事情如今整個電競圈都知道了，他偏偏又在這個時候因為傷病無法再上場，到時候那群人又會怎麼說？想到這些，伍老闆就覺得頭大。

處理好傷口再回到別墅時是晚上十一點多，按照正常情況，大家應該都還沒有睡。

伍老闆在門前停下腳步，掃了一眼鐘銘手臂上纏著的繃帶有點為難：「銘哥，等一下怎麼說？」

鐘銘腳步一頓，繼而拉開門走進去：「什麼都不用說，讓阿傑準備代替我上場。」

GD眾人此時正圍在一樓餐桌邊吃宵夜，見到他們回來，正要招呼他們也過去吃，可是看清鐘銘手上的繃帶時都愣住了。

周彥兮直接跳下高腳椅快步走到鐘銘面前：「這是怎麼了？」

鐘銘垂眸看了她一眼，這才抬起頭對著屋子裡的神色各異的所有人說：「抱歉，後面的比賽可能沒辦法上場了。」

說完也不等眾人反應，用左手拍了拍周彥兮的肩膀，朝樓上走去。

鐘銘剛一離開，李煜城就迫不及待問伍老闆：「到底發生了什麼事？」

周彥兮本想跟著去看看鐘銘，聽到他這麼問，也不由得停下腳步回頭看著伍老闆。

伍老闆把事情一五一十地說給眾人，伍老闆話說一半，李煜城就知道大概情況了。

「我看那幾個小老外也不是偶然出現吧，不然陳宇那小子平白無故叫他去幹什麼？他受傷了那小子卻跑了？」

伍老闆點頭：「我也這麼猜的。不過，我看銘哥的意思，是不想追究這件事啊。」

李煜城冷笑：「我看ＴＫ上輩子就是欠了艾倫的，幫他打下江山，結果還讓一群小崽子排擠他！沒有ＴＫ誰知道ＶＢＮ是哪根蔥，說不準幾年前就散夥了……說來說去也怪ＴＫ，對他那老東家還是太心軟！」

他這一番話說完，有人唏噓感慨，有人憤憤不平，周俊涼涼地看了李煜城一眼說：「別說銘哥了，城哥你老人家不也是嗎？」

「嘶……能一樣嗎？ＷＡＷＡ是老闆不行，兄弟們都是好的，ＶＢＮ呢？」

小強問：「那後面的比賽怎麼辦？銘哥傷的很嚴重嗎？」

伍老闆嘆氣：「嚴不嚴重也打上石膏了，沒幾個月怕是打不了遊戲了，阿傑，你好好準備一下……」

阿傑面色沉重地點了點頭。

眾人又議論起前途未卜的幾場比賽，周彥兮卻什麼也聽不進去了。

上了樓，走廊上一間房的房門此時正虛掩著，有瑩瑩的微光從門縫中投射出來。

周彥兮走過去，象徵性地敲了敲門，門順勢敞開了一半，她歪著頭看向房間裡的人。

此時鐘銘正赤裸著上身，昏黃的燈光在他結實的肌肉線條上鍍上了一層單薄的光暈，讓他白日裡顯得有些蒼白的皮膚此時泛出金屬的光澤來。

鐘銘正要去洗澡，剛脫掉上衣解開褲釦就聽到了敲門聲。

回頭看到周彥兮，兩人無奈地相視一笑——又是這樣。

周彥兮聳了聳肩：「其實也不能怪我，誰叫你每次洗澡都不鎖門的。」

鐘銘拿他沒辦法：「可我要脫褲子了，妳確定要在這看著？」

周彥兮紅著臉猶豫了一下，但她非但沒有離開，反而走進屋內，走到他面前。

鐘銘有點意外地看著她：「幹什麼？真的要看啊？」

周彥兮掃了一眼他右手手臂上的石膏不答反問：「傷的很嚴重嗎？」

鐘銘：「還好，輕微骨裂。」

「那會不會影響以後？」，

「以後？不會。」鐘銘說，「骨裂不算嚴重，一個月就可以拆石膏了，而且受傷的地方離手腕比較遠，所以不會影響打遊戲。」

「那現在……不方便吧？」

他挑眉：「妳是指什麼？」

周彥兮不敢看他的眼睛：「我幫你吧。」

鐘銘還是那副表情看著她。

周彥兮被他看煩了：「我是說，洗頭髮的話，一隻手不方便吧？」

鐘銘笑了笑：「哦，妳指這個啊，那確實不方便。」

周彥兮沒心思想他話裡那些彎彎繞繞，搬了張椅子放在浴缸前，讓他坐在椅子上，而她自己坐在浴缸邊上。

調好的水溫，她輕輕將鐘銘的頭髮打濕，他的頭髮黑而濃密，以前看起來就覺得很難馴服，現在摸起來果然不似她那種細細軟軟的。

都說一個人的頭髮能折射這個人的性格，現在看來確實如此。

想到這些，周彥兮剛剛平復了一點的心情又難受起來。鐘銘從晚上回來到現在，他都表現得沒事人一樣，既沒表現出生氣，也沒表現出難過，甚至還像平時那樣跟她開玩笑。可是她知道，他把這次比賽看得有多重要。

他把它當做TK重生後的第一場硬仗，他要用這次的成績粉碎眾人的質疑，也要用這次的成績給自己多年的堅持一個交待。所以發生了這樣的事，他心裡是什麼滋味，外人很難想像，更何況造成這一切的還是他昔日的隊友。

她低頭看向安靜地坐伏在她面前的男人，此時他赤裸的上半身暴露在浴室的燈光下，她才注意到他身上除了右手手臂的傷，還有大大小小多處淤青。

浴室裡靜悄悄的，除了「嘩嘩」的流水聲，還有她的指腹摩擦過他頭皮的聲音。

周彥兮突然很討厭這種粉飾出來的太平。她和他是什麼樣的關係？她為什麼要和其他人一樣配合著他裝出一副沒什麼大不了的樣子？

「銘哥，一般男人難受的時候會做什麼？」周彥兮頓了頓說，「周俊不高興的時候就打遊戲，小熊不高興的時候就買買買，我爸不高興的時候就罵人，所以你不高興的時候做什麼能釋放一下啊？」

鐘銘的聲音悶悶的，他似乎笑了一聲：「怕我不高興？」

「嗯。」

「這麼關心我？」

周彥兮覺得自己的火氣就快要壓不住了，她只想幫他分擔一點，無論讓她做什麼，只要能讓他稍微輕鬆一點，可是他卻一直在迴避。

周彥兮沒再說話，替他將頭髮上的泡沫沖掉，關掉水。

浴室裡瞬間安靜了下來，鐘銘坐直身子，任由周彥兮用乾毛巾幫他把頭髮擦到半乾。

因為身高高，他坐著也不比站著的周彥兮矮多少。她幫他擦頭髮時，他就那樣看著她的每一個動作，還有臉上一絲不變的神情。

「怎麼了？」他終於察覺到了她的不對勁

周彥兮手上動作不停，語氣平靜地問：「我是你的什麼人？」

他笑：「隊友。」

她直接把毛巾扔在他身上：「那你自己擦吧。」

他笑意更甚，把毛巾重新遞到她手上，從善如流地換了個答案：「女朋友。」

周彥兮的臉色這才好看一點，雖然還是不滿意的樣子，但也繼續幫他擦起頭髮：「女朋友是什麼人？」

鐘銘說：「當然是我的人。」

這一次她終於被逗笑了，可是不知道為什麼，笑起來時也會覺得眼睛酸澀。

她覺得自己馬上就要堅持不住了，實在沒那功力像他一樣擺出一副若無其事的樣子。

怕他看出自己的情緒波動，她趁著雙手替他擦頭髮的動作緩緩環住他的脖子，耳朵貼著他的耳朵，下巴擱在他的肩膀上，讓他看不到自己此時的神情。

「我就說我因禍得福了，受點小傷就有人主動投懷送抱。」

他越是說得這麼輕描淡寫，她就越是難過。

她突然低下頭，在他肩膀上狠狠咬了一口，可是他卻彷彿毫無知覺，任由她咬。

片刻之後，身上一緊，是他的擁抱。

本來不想在他面前哭的，可是眼淚還是流出來了。

「面對詆毀會憤怒，面對誤解會失望……再強悍的人都會有這些情緒。所以銘哥，我不知道你是不是習慣了一個人吸收消化這些情緒。但是人不能一直強悍，有些東西不能一直憋在心裡。

以前你或許找不到人來聽你釋放這些，但是現在你有我了，我想替你分擔，讓你寬心。」

抱著她的男人沒有說話，好一會兒，她才聽他嘆了口氣說：「你讓我說什麼？說我知道自己沒辦法繼續比賽的時候有多絕望？我爸不同意我打職業的時候我沒絕望，被禁賽的時候也沒絕望，甚至後來兄弟倒戈我也只是不太好受，可是今天在醫院的時候我真的挺絕望的。」

「我勸李煜城來GD的時候還和他說，這世界上唯一抗得住歲月摧殘的就是對夢想的堅持。可是今天，當我回想起這些年經歷的這些事時，我突然開始懷疑這份堅持究竟有沒有意義。沒有家人、沒有隊友甚至沒有成績，我就這麼堅持著，究竟是不是對的？」

周彥兮連忙抬起頭來打斷他的話：「現在已經不是那樣了，你有我們、有隊友，也有新的追隨者，他們看著Shadow帶領著GD一步步走到今天，這就是你堅持的意義！」

鐘銘苦澀地笑了笑：「妳記不記得我們第一次線上排位那次，我酒店網路不好，也沒專心打。後來妳退出遊戲後和周俊說了句話。妳說妳在我身上看不到希望。如果說我鐘銘還有怕的，那我最怕的就是聽到這樣的話，無論是隊友，還是父母親人，還是妳，我怕你們從我身上看不到希望。」

周彥兮不願意聽到他這麼說自己，更不希望他這麼想自己。

她雙手捧起他的臉，認認真真地告訴他：「如果你只是怕這個，那就真是沒必要了。你從來都沒有讓我失望過，你可是我的心中的影神啊！自從我在波士頓的最後那夜開始，如果說周彥兮的人生還有點追求，那麼就只有兩樣，鐘銘和LOTK。」

周俊本以為房間裡只有鐘銘一人，進門就往浴室走結果看到的就是赤裸著上半身的自家老大和他姐正抱作一團的場景，那叫一個香豔曖昧，害他被嚇得不輕。還好他反應夠快，沒等喊出來就捂著嘴巴跑出了房間。

樓下正愁眉不展的李煜城看到周俊去而複返，還是一副撞了邪的神情，揉著額頭問：「又出什麼事了？」

周俊苦著臉：「那個城哥，你看今天晚上方不方便收留我一晚啊？」

李煜城先是一愣，很快明白過來什麼，朝著樓上的方向掃了一眼。末了無奈地嘆氣：「也好，賽場失意只能情場找回來了。」

李煜城想的事情到底是沒有發生，還害得他和周俊擠了一晚上。不過這天過後，大家都很有默契地不再提鐘銘受傷的事情，按部就班的進行接下來針對阿傑的配合訓練。

幾天後，殘酷的淘汰賽正式開始。開賽的第二天，也迎來了GD在淘汰賽的首秀。因為鐘銘作為TK的身分實在敏感，既然不能上場，他乾脆也沒跟著眾人去賽場，留在在家裡看直播。

候場時，周彥兮悄悄溜出休息室打電話給鐘銘，其實第一次和阿傑在大賽上配合，她多少還是有點緊張的。

鐘銘倒是不擔心這場比賽：『妳就把他當成是我，打WAWA這種水準的隊伍沒什麼問題。』

周彥兮說：「可我還是覺得心裡沒底。」

鐘銘一針見血地說：『妳介意的是小熊和王月明吧？』

在不是你死就是我亡的淘汰賽場遇上昔日隊友，真的有點不是滋味。

周彥兮感慨：「還是城哥心智強大。」

鐘銘笑：『他只會比妳更糾結。』

兩人又隨便聊了幾句，這才掛上電話。周彥兮正要返回休息室，一回頭就看到走廊的前面站著一個男人。她立刻意識到WAWA的休息室也在這附近，而前面那個人，雖然背對著光看不清臉，但從小玩到大的人，看個身形就能確定是不是他了。

說來這還是自小態離開GD後，周彥兮第一次私下裡見到他。

見周彥兮看過來，小熊下意識就想離開，但還是晚了。

「熊熊。」她叫住他。

小熊腳步頓了頓，只是猶豫片刻，周彥兮已經走到了他面前。

再見面，卻是廝殺開始前。小熊在心裡默默嘆了口氣。

其實這段時間他想了很多，已經不像家裡剛出事那時，覺得誰都對不起他，不是等著看他笑話的，就是自以為是憐憫他的。現在冷靜下來後，他也明白，跟周彥兮鬧成這樣全是自己那點不值錢的自尊心在作祟。他一直想如果有機會，一定會跟她道歉和解，但是又不知道她的想法，最重要的還是他覺得有點沒臉見她。

再次見面，一時不知道該怎麼開口，還是周彥兮先和他打招呼：「你……最近還好吧？」

其實她明明也在生小熊的氣的，覺得這麼多年的感情不該這麼脆弱。但是她也能理解，突逢變故，有任何反應都是合情合理。所以哪怕見面之前有再多的埋怨，真的見到了，還是會忍不住想要示好。

小熊有點不自在：「挺好的。」

「你最近幾場的比賽我都看過了，進步很多。」

「那也不是ＴＫ的對手。」他說話時的語氣平淡，但周彥兮還是聽得出一點沮喪。

不過轉瞬，他似乎是想到了什麼，笑得有幾分譏誚：「知道銘哥原來就是ＴＫ後，ＷＡＷＡ可算是炸了。其實說起來我挺羨慕他的，每一次出現都能讓這個圈子沸騰一陣。」

周彥兮看著他：「其實你早就知道了吧？」

小熊不置可否：「他是不是ＴＫ我都不關心。」

這話說得有點狂妄，但是周彥兮知道，這就是他的心裡話。

雖然一直有人在質疑ＴＫ現在的能力，但他畢竟算是ＬＯＴＫ「遠古上神」級別的人物，他過往那些輝煌的成績還是讓人忌憚的，這樣一來，再看眼下的ＧＤ感覺也就不一樣了。

只是外人要靠ＴＫ的過往成績來衡量ＧＤ潛在的能量，但小熊卻不需要。他和鐘銘一起訓練的時間不短，在離開ＧＤ前他就對鐘銘的能力非常清楚，所以在那時候他就知道ＧＤ有多厲害，而他毅然決然選擇離開幾乎就是故意放棄了拿冠軍的機會。

可是在其他人眼裡，他卻和王月明沒什麼兩樣。

周彥兮說：「我知道你不關心那些，不過他今天不會上場。」

怕小熊誤會，周彥兮緊接著又補充說：「不過你別以為銘哥是覺得你們弱所以才不上場的。其實我們這次為了打贏你們精心準備了好幾套戰術，阿傑是祕密武器之一，所以你如果覺得銘哥不上場你們就能贏，那你還是別想了……」

小熊端著手臂看了周彥兮片刻：「為什麼跟我說這些？」

周彥兮聳了聳肩：「怕你掉以輕心唄，畢竟我們真的很強。」

小熊又豈會不明白周彥兮的用意，一方面是想告訴他鐘銘不會上場——雖然不知道為什麼，但周彥兮說的那個理由分明就是為了照顧他的面子——另一方面又擔心他們因此掉以輕心而遺憾輸掉比賽。

想到這些，小熊不是不感動，從始至終周彥兮都在為他著想，哪怕他曾經傷害過她。

他沒好氣地笑了：「妳放心好了，原本哥還有點下不了手打妳，但既然都這麼說了，就不會心慈手軟了！」

周彥兮聽他這麼說，就知道在過去這段日子裡橫亙在兩人中間的那道屏障不見了，雖然他們不再像以前一樣可以在賽場上共同進退，但是還可以像以前一樣一起逛街聊八卦了。

這屆大賽的主持人一個是遊戲主播出身，一個是剛退役的職業選手，之前對ＴＫ都是「早有耳聞但無緣見面」。

Shadow就是ＴＫ的事情一被爆出，幾天之內整個電競圈裡討論的事情差不多都與這事有關。ＧＤ一下子比以前更受人關注了，所以今天這輪和ＷＡＷＡ的比賽也就成了眾人的焦點。

看著選手入場，主持人甲嘆氣：「果然，他今天沒有上場。」

他說的是誰眾人都心知肚明，大家目光都不由得掃向ＧＤ幾人。阿傑初來乍到就接受這種待遇，差一點就同手同腳了。

周彥兮拍了下少年的肩膀說：「放心吧，銘哥說今天這輪穩贏的，你還不信銘哥嗎？」

雖然賽前做了充足的準備，但阿傑還是有點擔心，這畢竟是他第一次參加這麼大型的比賽。

周彥兮繼續安撫道：「我第一次來這時就像你這樣，不過你放心吧，等一下進了玻璃房你就知道了，隔音效果很好的，外面這些人完全影響不到你，所以不用擔心發揮不好，正常操作就ＯＫ。」

阿傑這才稍微鬆了口氣，然後像下定了什麼決心似的用力點了點頭。

然而遊戲開局那幾分鐘，阿傑還是受到了狀態的影響，他的表現並不好，雖然王月明的干擾很成功，但是他本身也打得很拘謹，從經濟上就能看得出一二。而相對的，ＷＡＷＡ的一號位小熊的表現就驚豔得多。前幾分鐘裡，他的補刀幾乎是刀刀不落，沒多久就在經濟上碾壓了阿傑。

不過比起上下兩路的優勢，ＷＡＷＡ的中路就比較慘了。小飛遇上昔日的自家隊長李煜城，本來實力上就懸殊很大，小飛也知道這點，所以連心理上也輸給了對方，幾乎是被按在地板上摩擦。等輔助意識到要保一下中路的時候，懷揣著幾個人頭的李煜城已經起飛了。是以還不等小熊接管比賽，中路已經被推上高地。遊戲剛剛進行到三十四分鐘，GD率先拿下一分。

緊接著，在接下來的第二場比賽裡，WAWA很快做出了改變——選陣容時只刻意針對李煜城，而且從比賽一開始他們的兩名輔助就頻繁在中路出現，不給李煜城一點喘息發育的機會，在遊戲進行到四分鐘的時候，成功配合小飛收掉李煜城，拿下一血。

「奶奶的，小子們長進了啊！」英雄倒下，李煜城忍不住罵了一句，但怎麼聽都不像是生氣的語氣，到像是欣慰。

阿傑經過了上一局的比賽，已經調整好了狀態，而且又拿到了自己擅長的英雄幽鬼，所以發育得還不錯，雖然沒有人頭，但是也沒讓王月明占到便宜。

然而王月明一個人就牽絆住了阿傑和周彥兮兩人，這就導致中路和上路變成了三打四的局面，再加上一個無比強勢的小熊在，遊戲進行到十六分鐘時，GD已然露出敗勢來。

就當所有人都以為很快就能進入第三場比賽的時候，那個不被期待的阿傑，卻以驚人的打錢速度為自己打出一套神裝。

小熊回泉水整理裝備的時候隨手看了一眼眾人的資料，這一看不得了，對面的幽鬼在什麼時候成長成這樣了？再將視線拉回到地圖，自家視野範圍內的幽鬼那打野、打兵線的速度比起鐘銘也不遑多讓！

小熊剛傳了個訊號想去抓人，就在這時看到周俊的冰女在視野中出現，然後很快，他們的視野就被拔掉了。

場外的主播也驚呆了：「這個小弟弟是誰？這基本功太扎實了，打錢速度不比TK差，有那麼一瞬間我真以為是TK在打！」

很明顯越拖後期對WAWA越是不利，但是小熊打響的幾次團戰卻都沒討到便宜。倒是又送了幽鬼幾個人頭。漸漸的，WAWA眾人不得不承認，此時賽場上的幽鬼，已經無解了。

遊戲進行到四十六分鐘，GD再度拿下一場比賽，以二比零的成績，順利將WAWA送入敗者組，與此同時，伴隨而來的是阿傑的聲名鵲起，曾經名不見經傳的少年，如今一戰成名。

第三十六章　真心

贏了和WAWA的這場比賽，對GD來說無疑是場及時雨。原本還因為TK受傷而覺得前途渺茫的GD眾人，在這場比賽之後彷彿又看到了希望。阿傑更是成了各大遊戲論壇討論的主角，什麼「新一代Carry王」、「小TK」都是在說他。

伍老闆一邊喝著咖啡一邊津津有味地念著關於前一天比賽的報導，讀到「看來GD派出小TK而非TK是早知兩隊實力懸殊」時，伍老闆評論道：「這都被他們看出來了？確實，我們阿傑出馬就能打得他們屁滾尿流！」

小強和周俊無比贊同這說法，倒是阿傑本人有點不好意思了：「那些人把我說的太神奇了，我是什麼水準你們還不知道嗎？別誇我了！」

那邊眾人嘻嘻哈哈地聊著，這邊沙發上周彥兮手正捧著最新版的戰報給鐘銘看。

在昨天GD打WAWA之前，NONO也以二比一的成績將一支烏克蘭戰隊送進敗者組，而今明兩天的四場敗者組比賽，將淘汰掉四支隊伍。WAWA和80 Gaming能不能留下來就看這兩天的結果了。

周彥兮問鐘銘：「銘哥你怎麼看？」

鐘銘說：「WAWA和80 Gaming今天遇到的對手都不算很強，不出意外的話都可以留下來，但是明天，WAWA怕是要遭遇80 Gaming了，不用說，打不過的。」

和周彥兮想的差不多，只是一想到小熊他們可能就要止步於此，她又有點遺憾。

她這點小心思沒有逃過鐘銘的眼睛。

「昨天見到小熊了？」他問她。

「嗯，聊了幾句。」

「看樣子是沒事了。」

「我們畢竟是從小一起長大的好嘛，當然不會一直記仇。」

鐘銘似乎對她這話不太滿意：「不管怎麼樣現在他畢竟是對手了，妳們以後還是少聯繫。」

其實自從兩人在一起後，周彥兮就發現鐘銘偶爾會有這種蠻橫不講理的時候，不過她已經習慣了，可以做到直接無視。

「這個以後再說，先說昨天的比賽，你覺得小熊發揮得怎麼樣？」

鐘銘認真回憶了一下：「是進步了，他天分不錯，自己也夠勤奮……只是，可惜了。」

這話周彥兮無比認同：「是啊，越是優秀的選手越需要優秀的隊友。」

鐘銘看著她勾唇一笑：「所以我沒妳不行。」

他說話聲音不大不小，周彥兮生怕別人聽到，沒好氣地白了他一眼說：「說正經事呢！」

「我說什麼不正經的了？我還不能誇一下我的輔助了？」

兩人正說這話，身後突然傳來一陣做作的咳嗽，好像生怕別人聽不到一樣。

李煜城趴在沙發椅背上，腦袋探到鐘銘和周彥兮之間，直接無視兩人不太好看的臉色，笑嘻嘻地問：「說什麼呢？讓我也一起聊聊？」

周彥兮說：「城哥，我記得你說過你現在是我們隊的門面擔當，門面擔當難道不該抓緊時間訓練嗎？幹嘛偷聽別人說話？」

李煜城不以為然：「你們有什麼話是我不能聽的嗎？再說城哥用得著那麼勤奮的訓練嗎？把小的們撒出去就夠那群菜鳥喝一壺的了！」

他正一副洋洋得意的樣子，鐘銘完全不給面子：「很膨脹是不是？你的手是怎麼剁的這麼快就忘了？」

每一場比賽時，後臺都有選手們的聲音採集，一般來說沒什麼特別的話都不會被放出來，偏偏那一次李煜城說「給我卡爾，輸了剁手」的豪言壯語被後臺的一位工作人員注意到了，還放到了網路上。至此因為太過膨脹，在賽場上選了個不會用的英雄卡爾而被冠以「剁手李」這事，如今已經替代了「假賽門」，成了李煜城職業生涯的最大污點！

「我說有完沒完？這梗你還打算玩多久？」李煜城憤憤地看著鐘銘。

鐘銘拉起周彥兮往樓上走：「膩了為止。」

李煜城存心報復，於是故意嚷嚷道：「我說TK，你別太過分！大白天的上樓幹什麼？這可是比賽期間，小心出事！」

周彥兮問鐘銘：「會出什麼事？」

鐘銘面不改色：「人命關天的大事……」

幾秒鐘過後，周彥兮終於明白過來。明白過來的同時，她已經被鐘銘拉進了房間。

鐘銘房間的窗簾沒有拉開，把早晨的好陽光都隔在了窗外。而浴室裡燈卻是開著的，有暖黃的光線從裡面投射出來，就像夜晚一樣……

周彥兮突然就想到了那天晚上和鐘銘在浴室裡的情形。

那天她坐在他的腿上，像八爪魚一樣攀附在他的身上。浴室裡熱氣蒸騰，她被他吻得意亂情迷。那感覺和過去的每一次都不一樣，很新鮮也很刺激……如果不是後來不小心撞到他的手臂，弄痛了他，可能那天真的會發生點什麼。

不過，雖然因為那個小插曲兩人就沒再繼續下去，但如果真要繼續，她想她也是願意的——不僅願意，還有點小小的期待……

周彥兮突然不想再在這個房間裡待下去了。

「銘哥，我好像該去訓練了。」

鐘銘不予理會：「不急，先陪我看場直播。」

周彥兮沒辦法只好努力控制自己，不去瞎想。

後來的比賽正如鐘銘料想的那樣，WAWA挺過了第一輪淘汰賽，但卻在第二輪中遭遇80 Gaming，結果被一比二淘汰，止步八強。

輸掉比賽的當天晚上，WAWA就買好了第二天返回B市的機票。在他們離開西雅圖之前，李煜城一直把自己關在房間裡。聽小傑說是在打電話，一會兒笑罵對方，一會兒又唉聲嘆氣……周彥兮很理解，其實對WAWA，李煜城還是有感情的。

就是不知道在未來面對VBN時，鐘銘會是怎麼樣的心態。想到那些他曾以誠相待，最後卻在他身上捅刀子的人，周彥兮就恨得牙癢癢。

她突然抱住鐘銘：「銘哥能不能答應我一件事？」

鐘銘挑眉：「我怎麼有種不好的預感？」

周彥兮不理會他語氣中的揶揄，兀自沉浸在自己營造出來的情緒中：「以後可不可以，不要那麼輕易地對別人付出真心。」

靜了半晌，鐘銘笑：「難得啊，我家輔助長大了，也懂得吃醋了。」

她一本正經，他卻還有心思開玩笑！

周彥兮從他胸前抬起頭來怒視他：「我說正經的呢！」

鐘銘將那顆小腦袋又按回懷裡：「我也說正經的，所以怕我再犯錯誤，這顆真心先存在妳這吧。」

周彥兮被鐘銘摟在懷裡，甕聲甕氣地說：「我會好好保管的。」

GD接下來的一場比賽是打一支來自俄羅斯的戰隊，這支隊伍每年都能進入十六強，但是每年都是成績平平。

這天比賽鐘銘依舊沒有到現場，有了之前那場勝仗，GD的其他人也就心裡有底了。鐘銘不在，也都信心十足。

相反的，那場比賽卻讓對方失了分寸。開局B/P時，對方首先就禁用掉了阿傑擅長的幽鬼，其次才是李煜城擅長的敵法師。

李煜城對此非常不滿，覺得自己受到了莫大的侮辱，但GD眾人都假裝不知道，只認真討論著選什麼英雄。很明顯對方對阿傑並不瞭解，所以讓阿傑選到了他一樣擅長的梅杜莎。

正常發揮的情況下，對方的實力和WAWA差不多，但是對方還不如WAWA瞭解GD，所以這一場比賽也沒什麼懸念，還沒等到阿傑發揮，就在某大神的怨念下結束了。

因為第一場比賽阿傑的梅杜莎沒給眾人留下印象，是以第二場阿傑又選了這個英雄。歷史總是驚人的相似，被李煜城打怕的眾人開始重點針對中路，梅杜莎伺機崛起，最後橫掃戰場。

兩戰兩捷，繼幽鬼之後，阿傑有了新的代表英雄。

而同一天中，VBN也以二比一的成績順利將NONO送入敗者組。

這個結果無疑讓VBN奪冠的呼聲更高了，畢竟NONO可是上一屆的世界冠軍。

而GD內部氣氛也越來越緊張，因為他們將在兩天後面對的正是擁有著強大實力的VBN。

隨著越來越多的隊伍被淘汰，這一屆國際賽也進入了倒數計時。如今的GD已經進入四強，勝者組的冠軍也即將在GD和VBN之間產生，最終勝者組冠軍再和敗者組冠軍進行最後的總冠軍角逐。

其實GD作為一支新的戰隊，無論接下來的幾場比賽結果如何，第一次參加國際賽拿到這樣的成績已經很不錯了，只不過，這支隊伍裡有兩位曾拿過世界冠軍的頂級Carry，所以眾人對他們的期待就有所不同。在阿傑名聲大噪後，大家看更是覺得，連一個替補都能有這樣的水準，這次冠軍怕是非GD莫屬了。

這些天裡，各大遊戲論壇全是諸如此類的猜測。別的戰隊看他們也是羨慕又忌憚，但只有GD的自己人知道，在鐘銘受傷的情況下，能走到今天這一步實屬不易，奪冠的希望不是沒有但是非常渺茫。所以眼下大家越是期待，GD的壓力就越大。阿傑就更不用說了，恨不得不眠不休，生怕輸掉比賽自己成了GD的罪人。

和ＶＢＮ的這場比賽還是來了，原本大家以為，鐘銘還會像之前幾場一樣留在別墅裡看直播，但今天出門前眾人卻發現他也打算一起去賽場。

李煜城第一個不同意他去：「這都半決賽了，肯定很多媒體，你還是在家裡待著吧，免得你這樣子又被人借題發揮，搞不好會有腦子不好的說你是怕了ＶＢＮ才裝受傷的。」

周彥兮也很擔心：「是啊銘哥，你跟著去我們還會緊張。」

鐘銘：「別人說什麼我管不著。不過這一場，我就在休息室，離你們近一點，中場休息時也方便商量對策。再說，我受傷的事陳宇肯定知道了，那媒體很快也就知道了。」

李煜城一聽陳宇的名字就氣不打一處來：「別跟我提那臭小子，今天老子就替你打爆他的狗頭。」

鐘銘微微一笑：「好啊，正好我近距離觀賞一下。」

眾人知道鐘銘做的決定，別人勸也沒用，只好由著他去了。

路上，大家都不怎麼說話，氣氛難得的凝重。

周彥兮靠在鐘銘的肩膀上，小聲問：「銘哥，我們今天會輸嗎？」

鐘銘微微挑眉：「為什麼這麼說？」

「如果不是會輸，你也就不會跟著來了。」

她倒是很瞭解他。

鐘銘無奈地笑了笑，不置可否。

其實正如周彥兮說的那樣，對於今天的比賽，他並不樂觀。其他人或許看不出阿傑的問題，但陳宇是個很聰明的人，對鐘銘也足夠瞭解，他之前把阿傑藏得那麼好，真的是把阿傑當祕密武器來藏著嗎？或許早在今天之前，陳宇就猜到了，他不讓阿傑出現在眾人面前，主要是阿傑的弱點太過明顯。至於是什麼弱點，陳宇隨便看幾場阿傑的比賽就會發現。

很快，車子抵達體育館。和李煜城預料的差不多，不少電競媒體早就守株待兔地封鎖了入場的各個通道。

鐘銘手臂上帶著石膏和繃帶，知道這事應該是瞞不住了，他也就沒想遮掩，大大方方的跟著眾人入場。

雖然這些媒體還不知道TK長什麼樣，而GD幾個人又都帽子口罩戴著看不清臉，但鐘銘的身材最出挑，不用多想也猜得到他就是TK。然而，當大家看到他右手小臂上的石膏時，明顯都很震驚。只是震驚之後，有人了然、與人惋惜，也有人懷疑。

不出意料的，有動作快的媒體在看到GD隊員入場後就把「TK受傷是以無法參賽」的消息傳到了網路上，還配上了鐘銘打著石膏的照片，不過這一次主辦方幫各支隊伍準備了獨立的休息室，所以在入場時那陣風波過後，倒也沒再被媒體騷擾。

很快，比賽開始。VBN並沒有按「常理」出牌。在B／P環節時，對於阿傑擅長的幽鬼和梅杜莎都沒有優先禁用，而是先把李煜城擅長的敵法師選走，又禁掉了李煜城擅長的死靈法師和周彥兮擅長的神牛，是以讓阿傑順利選到幽鬼。

阿傑明顯鬆了一口氣，可周彥兮總覺得ＶＢＮ這套路有點反常：「他們這陣容有點奇怪。」

李煜城臉色不好，他也看得出來，對方明顯是沒有把阿傑放在眼裡，而是想通過限制周彥兮來制約阿傑發育，然後再重點針對李煜城，這樣兩個可能成為後期的人都發育不起來，ＧＤ也就再沒什麼勝算了。

果然和李煜城預料的差不多，開局兩分鐘時，他就被河道裡埋伏的兩個ＶＢＮ醬油擊殺，丟掉一血。六分鐘時又被對方中單聯合輔助擊殺。雖然此時周俊已經在敢去支援的路上，但終究是晚了一步。

看出ＶＢＮ的意圖是要壓制李煜城，在接下來的比賽中，周俊的主要活動範圍也鎖定在了中路附近。但是這時候對方卻不再進攻中路。沒多久，中路英雄消失，李煜城剛發出一個中路Miss的信號，就見多方兩名輔助出現在了下路，而與此同時周彥兮被秒殺，對方中路英雄又將正在回城逃跑的阿傑擊殺，完成了一個漂亮的雙殺。

周彥兮安慰阿傑：「沒事，我們慢慢發育可以打後期。」

阿傑雖然點頭應下，可是心裡也知道，打後期，陳宇的敵法師怕是更厲害，原本李煜城還是「二核」之一，如果他發育不起來還可以指望李煜城，可現在李煜城明顯也被壓制了。上路倒是被放任狀態，奈何小強選的英雄不是後期，沒辦法靠一己之力拯救世界。

ＧＤ漸漸顯得有點力不從心，而讓人感到絕望的是，很快對方三人成團，仗著裝備和等級的優勢橫掃他們野區，而周彥兮這種一直在野區出沒的人無疑是最慘的一個，差點就「超鬼」了。

這一局幾乎是從開局就沒有了懸念，最終以VBN勝出結束了比賽。

中間休息時，眾人回到休息室，神色都很凝重，誰也沒有力氣說安慰彼此的話，因為大家心知肚明，這一局輸得很澈底。

李煜城拍了拍鐘銘的肩膀，自嘲地笑著說：「沒打爆人家的狗頭，剛才差點被人打爆，看來真的是年紀大了。」

鐘銘笑了笑，什麼也沒說。

周俊尤不甘心：「銘哥，下一局我重點關照下中下路，保一下城哥和阿傑，阿傑和城哥好好發育，我們還是有機會的吧？」

鐘銘依舊沒說話，因為他有預感，陳宇不會同一個套路用兩遍。但是他此時也沒有更好的對策，畢竟LOTK主要還是拚實力拚操作，他們這邊因為有李煜城在，中路是有優勢無疑，而且李煜城的操作在陳宇之上，團戰時也能打一波輸出。可是GD的其他人比起VBN就差一些了。尤其是阿傑和小強，阿傑在周彥兮被限制以後沒辦法獨當一面，小強更是，雖然在對方放任不管的情況下發育不錯，可惜打不了後期。所以他清楚的很，這個輪迴，無解。

TK受傷的消息在短短一小時內已經傳遍了，粉絲們結合第一局的場上的情況，此時再看第二局兩隊選手入場，好像都已經看到了結局。

主持人甲：「聽說TK受傷了，難怪這麼重要的比賽他竟然沒有上場。」

主持人乙：「是啊，令人遺憾，畢竟是TK對戰老東家VBN的曠世大賽，偏偏他沒辦法參加。」

主持人甲：「但是我看大家對這傳聞的態度也很微妙，怎麼說呢……」

主持人乙笑：「還是不要說了，免得惹怒了TK粉。」

主持人甲無奈：「其實我也很喜歡TK啊……話說回來，你覺得沒有TK的GD還能走多遠？」

主持人乙：「雖然Lee也很強，尤其是他的敵法師，但是單憑一個Lee，GD恐怕還不是VBN的對手。」

主持人甲：「還有阿傑，他也很厲害。」

支持人乙聳了聳肩：「拭目以待吧。」

接下來的比賽中，GD率先替李煜城選到了敵法師，VBN明顯也很忌憚他的敵法師，所以並沒有像上一局那樣打得很激進，而是更穩健，好像在等什麼機會。

在遊戲進行到四分鐘時，阿傑按照習慣推兵線到河道附近，因為他一直在模仿鐘銘，而鐘銘前幾分鐘內都是不允許自己有漏刀的，所以這最後一個小兵，阿傑也沒打算放過。然而就在這個時候，VBN輔助不知何時出現在了下路，還沒等他反應過來，兩個技能已經將他帶走，緊接著又將跑路不及的周彥兮順利收掉。

周俊看到這一幕無比鬱悶：「他怎麼就知道阿傑會收這最後一個兵？」

眾人沒說話，但至少李煜城和周彥兮都明白，因為陳宇對鐘銘的習慣很瞭解，間接地也就對阿傑的習慣很瞭解。可是阿傑畢竟不是鐘銘，鐘銘那麼要求完美是因為他有完美的資本，而阿傑還是欠點火候。

在接下來的比賽中，對方像是知道阿傑的想法一樣，總是會在他出現的地方蹲到他。這樣被抓了幾次，阿傑的心態率先崩了，後半場比賽漏洞百出，下路資源完全被ＶＢＮ支配著。

中路在李煜城的控制下，雖然還有優勢，但畢竟李煜城打得不是一號位，前期讓出了不少資源，最後想靠他翻盤，幾乎不可能。

遊戲進行到五十分鐘，ＧＤ的上路高地被破，小強、周俊戰死。這邊兩人還沒有復活，下路高地又破……ＧＤ連破兩路高地，回天無力。最後竟然以零比二的輸給了ＶＢＮ，掉入敗者組。而ＶＢＮ則拿到了勝者組冠軍，保住了世界第二的位子，至於能不能拿到本次大賽總冠軍，還需等最後一戰。

第三十七章　回歸

因為TK的雙重身分，GD被VBN「剃了光頭」的消息就成為了各大遊戲論壇最熱門的話題，結合電競媒體爆出的TK受傷照片，一時間有替他惋惜的，也有覺得他是假受傷真懦弱的，甚至還有人認為以他現在的水準即便不受傷也打不過陳宇……

GD因為輸了比賽，整隊氣氛都很低靡。

李煜城安慰鐘銘：「沒想到艾倫那傢伙還有兩把刷子，VBN這兩年進步不小，不過雖然我們打不過他們，但是打NONO你不用擔心，不然我李煜城真該退役了。」

鐘銘一邊往樓上走，一邊半開玩笑地說：「Flag還是少立為妙。」

「嘿我說你這人，我安慰你，你還嗆我？」

鐘銘背對著他擺擺手，意思是不想再多說了。

今天他有點累，所以一回到房間就睡了，不過沒多久又被電話鈴聲吵醒。

他瞇著眼睛看了眼手錶上的時間，竟然都快十二點了。這時候會是誰？此時的他不想聽到任何人的聲音，但看到那來電人名字時，又愣住了。

不是「爸爸」，也不是其他什麼，只有名字，鐘啟山。

這時候他打來電話有什麼事嗎？怕是已經也知道比賽結果了吧？會說些什麼呢？告訴他薑還是老的辣？告訴他這條路走不通？還是以為他已經走到絕路，所以他隨便招招手，他就能全盤否定自己的過去，回去過他為自己規劃好的人生？

手機鈴聲依舊不依不饒地響著，鐘銘最終還是接通了電話。

鐘啟山中氣十足的聲音從聽筒裡傳出來：『你是不是想氣死我？』

伴隨著鐘父的聲音，似乎還有鐘母在旁邊勸丈夫的聲音。

鐘銘沉默，這是他們一家三口最「正常」的狀態。

似乎是鐘母的勸說起了作用，鐘啟山再開口時，語氣確實緩和了一些：『手傷的嚴重嗎？』

鐘銘緩緩勾了勾嘴角：「想不到您還會看電競新聞啊。」

這一句話無疑把鐘啟山剛剛壓下的火氣又鼓動了起來：『什麼新聞？老子問你話，你給我好好回答！』

「輕微骨裂。」鐘銘說。

電話那邊的兩個人似乎都鬆了口氣。

過了一會兒鐘啟山似乎有些責怪地說：『既然那比賽那麼重要，怎麼還這麼不小心傷到了手？』

鐘銘無所謂地笑了笑：「運氣不好沒辦法，可能，老天爺也覺得您是對的吧。」

明明只是句玩世不恭的玩笑，比這更過分的話以前鐘銘也沒少說，那時候只會遭到父親更嚴厲的責罵，可是這一次，電話的另一頭卻沉默了。沉默到鐘銘以為是國際電話訊號不好。

他不確定地叫了聲「爸」，那邊傳來中年男人略顯嘶啞的聲音：『臭小子還知道叫爸？你以為你爸就那麼想跟你過不去？我們兩個再怎麼意見分歧，那也是內部矛盾；你以為看到你現在這樣我就高興了？』

這還是這麼多年來鐘啟山第一次和他說這樣的話，在鐘銘的印象裡，父親強悍霸道好面子不講道理，可是他也會說這樣的話……鐘銘的心裡越發矛盾。

幾年過去了，他荒廢了學業，消磨了時光，在所有人認為「錯」的道路上越走越遠。可是只要想到萬人歡呼的體育館裡，想到他帶著VBN奪冠的時候，美國國旗在那幾個美國隊友手上傳遞的情形，那時候他就想到，自己或許還有個願望沒有實現，那就是讓自己國家的國旗像那時候的美國國旗一樣綻放在體育館的每一個角落。

所以無論有沒有後來的事情，他都會回國，只是因為後面的那些事他不得不拋開了TK的身分，在實現那個夢想的同時也再次為自己正名。

可是時至今日，在經歷了這些事情之後，他也開始懷疑了，自己是不是從一開始就錯了。或許對他而言打職業並不是最好的選擇，至於那個夢想沒有他來實現也會有其他人去實現，也或許多年之後再回看現在時，一向不信邪不信命的他也會後悔吧……

站在臥室的落地窗前，光可鑑人的玻璃窗上正是自己此時的樣子，與平時沒什麼不同，只是那掛在胸前的繃帶顯得有點可笑。

鐘銘：「或許您說的對，有些東西真不能強求，我之前努力過了，就該釋然了。」跟父親鬥爭了這麼多年，終於在這一刻，他覺得自己被說服了。雖然這樣離開還有遺憾，還有失落，但是想到還有一些真心為自己好的人會開心，那也就值得了。

沒想到鐘啟山不但沒有開心，反而無奈地嘆了口氣：『年輕人怎麼這麼容易就放棄？你不是骨頭最硬、主意最正，最是不會輕易放棄的那個嗎？』

鐘銘怔了怔，這話是什麼意思？

鐘銘不確定地叫了聲「爸」。

鐘啟山一副恨鐵不成鋼的口吻說：『今年拿不到冠軍就算了，既然手沒事，明年再拿也是一樣！』

鐘銘看到玻璃窗中的自己怔忪之後，緩緩露出笑意，笑得苦澀、無奈、釋然、欣慰……他不知道如何形容自己此刻的心情，畢竟三年多了，他以為他在這條路上越走越孤獨，沒人支持、沒人理解，深夜醒來都會自我懷疑。然而就當他以為自己走到人生絕境時，一回頭卻發現他並非一個人，身後還有父母朋友。

鐘啟山只說了這麼一句，電話就被鐘母搶了過去，一陣窸窸窣窣的聲音後，母親溫柔的聲音緩緩傳來：『你這孩子，從小到大遇到什麼事情都不和家裡說。』

鐘銘：「你們不是一向神通廣大嗎？」

鐘母：『這次不一樣了。以前你爸總找人查你不是為了監視你，是擔心你一個人過得不好。之前他也只關心你生活上的事，沒關心過你的比賽。上次你們在醫院大吵一架後，他是真的不想再干涉你了。這次是有人告訴你爸你受傷了。』

這倒是讓鐘銘有點意外：「有人？」

鐘母笑了：『也是個好事，其實你爸一直都以你為榮的，就是他年紀大了接受新事物比較慢，這次這個事也讓他對你打職業的事情澈底改觀了。』

原來是前不久鐘啟山和一個生意上的朋友一起吃飯時，對方正好帶著他上高中的兒子。席間隨便聊了幾句那孩子的興趣愛好，就說到了電競上。其實當時鐘啟山的態度還挺不屑的，就覺得那男孩跟自家兒子一樣玩心太重。沒想到對方父親非但不管，還跟兒子討論起來他的偶像，說著說著就說到一個英文名字。

鐘啟山的英文詞彙量非常貧乏，但是因為「Tomb keeper」是鐘銘的遊戲ＩＤ，所以他一直記得。

突然從別人口中聽到這麼名字，他不確定的問了幾句，沒想到還真的是自己的兒子，竟然還成了別人口中被很多人敬仰的電競大神。

其實當時鐘啟山並沒有當回事，但是那之後不久，他有個大神兒子的事情就在朋友圈裡傳了開來。家裡有兒子的各個老總們紛紛來為自己的兒子牽線搭橋想認識鐘銘，這才讓鐘啟山真正想去瞭解一下鐘銘所謂的「打職業」到底是怎麼回事。

他開始讓祕書搜集關於ＴＫ的資料，祕書只當他是考慮投資電競圈，還贊他與時代接軌。另外也說，如果是ＴＫ的戰隊，那確實可以投點錢進去。

當時鐘啟山很意外地問祕書：「妳也知道這個ＴＫ？」

祕書大學剛畢業不久，有點不好意思地說：「是我男朋友的偶像，平時耳濡目染，知道一點。」

鐘啟山作為一個父親，第一次感覺到了前所未有的挫敗——他一直以為自己最瞭解的兒子，其實是自己最不瞭解的人。他一直以為他不學無術不務正業，可是這樣「不務正業」的他卻是那麼多人眼中的成功典範。

他這一生中犯過不少大大小小的錯誤，但是這一次，讓他感受到了前所未有有的恐慌——怕他真的「錯」了，誤會了兒子這麼多年，更怕他確實是「對」的，兒子真的蹉跎了這麼多年。

好在，事實是他相對能接受的那一個。

鐘母笑著說：『你爸那老頑固開竅不容易，現在好了，他說起你來可得意了。』

鐘銘也無奈地笑了。

鐘母輕輕嘆了口氣：『你這孩子就是太要強，要是一般人大概會覺得第二、第三也不錯了，不過我懂你，只要是你認真去做的事就要做到最好。不過有些事情急不來，就像你爸說的，今年不行還有明年。』

半晌，鐘銘說：「謝謝爸，也謝謝您。」

掛上電話，鐘銘抬起頭來。他發現此時的玻璃窗上，除了他的影子還有一個人的。女孩身影修長，正穿著一件粉藍色睡裙，端著手臂靠在門上看著他。

兩人目光對上，她朝他明豔一笑。

有那麼一瞬間，鐘銘突然覺得自己或許是這世界上最幸福的人，有家人支持，有喜歡的人陪伴，還有他們共同的夢想可以堅持。

在GD輸給VBN的同一時間，80 Gaming以零比二輸給韓國NONO，只拿到第四。所以接下來就是GD與NONO爭奪敗者組冠軍了。

雖然GD少了主力鐘銘，但還有一個頂級Carry李煜城坐鎮，NONO雖然整體實力也不差，但是少了一位能夠主宰比賽的選手。

兩支隊伍各有各的優勢，實力相當，所以每場比賽的時長都在五十分鐘以上，而且足足打夠了三場。

在最後一場比賽中，李煜城帶領隊友逆風翻盤，最終拿下敗者組冠軍，晉級冠軍總決賽。

這三場比賽打得酣暢淋漓，最後觀眾和主持人都沸騰了。而GD也太需要打一場勝仗了，不然在接下來很長的一段時間裡，GD恐怕都無法重拾信心了。

總決賽就在第二天，大家卻好像提前放假了一樣，這一晚過得尤為輕鬆。因為明知道會是亞軍，所以也就沒什麼好緊張的了吧。尤其是沒參加過國際賽的幾個人，都覺得這已經是個超乎他們預料的好成績了。

眾人的嘻嘻哈哈中，李煜城問鐘銘：「你這手怎麼樣？有二十天了吧？什麼時候能拆石膏？」

「醫生說還要再等一週。」

「哦，那看來只能等回國拆了。」李煜城嘆氣，「本來想著我們『雙劍合璧』總能一雪前恥拿個世界冠軍回去了，誰知道又出這種事，這就說明啊，我李煜城沒抱大腿的命！萬丈高樓平地起，靠誰不如靠自己！」

鐘銘笑：「能讓你意識到這一點，晚一年拿冠軍，不虧。」

李煜城挑眉：「你這心態不錯啊，我還以為打完這一屆你就打算退役回你爸公司了，怎麼回事？彥兮妹妹說服你了？捨不得我？還是和家裡和解了？」

鐘銘笑了笑，不置可否。

不過不管是什麼原因，這對GD來說都是個好消息。

李煜城說：「那明天的比賽我也就沒什麼壓力了，今年我們運氣不好，明年再戰，TK你放心，只要你一天不退役，我老李就陪你熬下去！」

鐘銘拍了拍李煜城的肩膀起身：「謝了。」

對兄弟他從來不會說太多煽情的話，但是既然是兄弟彼此自然心知肚明。

李煜城也站起身來伸了個懶腰，臨走前又想到什麼，問他：「明天你要不要跟我們一起去？後面有個頒獎，你怎麼打算的？」

以前幾次頒獎，鐘銘因為不想露臉，所以一次都沒參加過。不過這一次，李煜城也不清楚他的想法，多以特地問了一下。

鐘銘卻看向周彥兮，發現周彥兮正一臉期待地看著他。

他笑了笑說：「當然要去。」

可是第二天，眾人集合準備出發時，卻遲遲不見鐘銘的人影。

伍老闆打電話給他也始終沒人接，眼看著比賽時間快到了，伍老闆只好招呼其他人先坐車離開，再留言給鐘銘讓他自己單獨趕去賽場。

沒見到鐘銘周彥兮有點不安，前一天他明明說要一起去的，這時候出門能有什麼事呢？

後來直到上場，鐘銘都沒有出現。

李煜城怕這事影響大家發揮，安撫眾人說：「銘哥那麼大一個人了，不會出什麼事的，所以大家不要操心。至於今天的比賽，雖然我們現在整體實力比VBN稍遜色一點，但是……誰還沒有個失誤是不是？所以今天這場比賽，誰勝誰負還不得而知，不到最後一刻，還是不能放鬆。」

周俊笑了：「城哥，還是你心態好。」

伍老闆也說：「搞不好還就被城哥說對了，他們還真的有失誤，或者我們超常發揮呢哈哈。」

眾人紛紛應聲，這才士氣滿滿地上了場。

然而，接下來這第一場比賽，並沒有出現ＶＢＮ失誤或者ＧＤ超常發揮的情況。相反，ＶＢＮ來勢洶洶，而阿傑發的揮卻並不算理想。比賽剛過三十分鐘就結束了。

眾人回到休息室，沒有鐘銘，李煜城就充當隊長兼教練的角色，立刻抓緊時間跟眾人分析剛才那局他們每個人的失誤，還有對方的破綻。

周彥兮卻聽得心不在焉，說一點都不擔心鐘銘，那是不可能的。

再上場前，李煜城像是看穿了她的擔心，安慰她說：「別擔心，他一向有分寸。」

周彥兮點點頭，跟著眾人上了場。

鐘銘趕到體育館時，第二場比賽已經過半，場上形勢依舊不樂觀。雙方拿到的人頭數雖然相差不多，但是ＶＢＮ在總體經濟上遠遠領先於ＧＤ，雖然沒看前半場，鐘銘也猜得出來，怕是阿傑被針對得很嚴重。

遊戲持續到五十分鐘，李煜城還沒有放棄，奈何對方雙核陣容已經開始發揮優勢，ＧＤ三路告急，最終還是難改敗局。

總決賽採取的採制是ＢＯ５，也就是五局三勝制，如今ＧＤ已經連輸兩場，如果第三場依舊如此，那麼比賽就可以提前結束了。

眾人的士氣隨著第二場比賽結束也跌倒了谷底。大家垂頭喪氣地回到休息室，卻意外發現鐘銘正坐在椅子上，專注地看著電視螢幕中主持人解說剛才的比賽。

周彥兮驚喜地叫了聲「銘哥」，但想到剛才那局不怎麼經常的表現，她又高興不起來了。

她安安靜靜地坐在了他旁邊，鐘銘從電視上收回視線看向她：「很累？」

周彥兮怕自己的情緒影響他的心情，故作輕鬆地笑了笑說：「還行吧，就是這局打太久了。」

「這就累了，後面幾場怎麼打？」

周彥兮剛想說怕是還有一場就可以結束了，但又怕影響到大家的士氣，所以只笑了笑，什麼也沒說。

周彥兮那欲言又止強顏歡笑的表情早被李煜看在了眼裡，他臉色瞬間不怎麼好看：「我說你們是不是以為下一場是最後一場？雖然這零比三也是輸、一比四也是輸，但GD以零比三被VBN橫掃的說法可不怎麼好聽啊，剛才那局你們看到了，他們打得也不輕鬆，所以打起精神，怎麼也得贏一局吧！」

眾人都緘默不語，鐘銘則好整以暇地看著李煜城。

正在這時，工作人員來通知選手上場了。阿傑正要起身，卻被鐘銘按回沙發上：「這場你休息。」

已經走到門口的眾人不明所以回頭看，周彥兮這才注意到，鐘銘手臂上的石膏竟然不見了！

她很快意識到什麼：「銘哥，你怎麼能這樣！」

鐘銘笑著拍了拍她的腦袋：「沒什麼大事，休息了太久，該活動活動筋骨了。」

就算周彥兮沒受過傷，也知道此時的鐘銘根本就不是他說的那樣「沒什麼大事」。以前周俊踢球傷到腿，也是打了一個月的石膏，後來按時拆掉時候還又疼了好久，更何況鐘銘才二十天就拆掉石膏，而且馬上還要開始高強度的比賽，到時候他要忍受什麼樣的痛苦可想而知。

周彥兮眼眶瞬間就熱了：「銘哥你怎麼能對自己這麼不負責任呢？怎麼能提前拆石膏呢？打比賽也不是鬧著玩，幾個小時你受得了嗎？」

其他人也說：「是啊銘哥，一次比賽是小，可別落下什麼毛病。」

鐘銘安撫性地朝眾人笑笑，又去哄周彥兮：「妳還不信我嗎？我說沒事，就不會有事，剛才你們沒回來的時候我活動好一會兒了，沒有不舒服。」

周彥兮不買帳：「你少騙人了！」

她難得像個孩子一樣紅了眼睛，他卻彷彿心情很好一樣笑了起來：「別人我不敢說，我什麼時候騙過妳啊？我說真的，我不但要上場，還要贏他們。」

他說這些話時難得帶著笑意，像是在玩笑，但是卻沒有人敢把那些話想成是玩笑，反而像是看到了希望……難道今天他們還有翻盤的機會？

周彥兮知道在有些事情上，鐘銘決定了就不會再改變，也只好讓步道：「那提前說好，你一會兒在場上可要注意一點，如果不行也不要勉強，真的，輸贏不是最重要的，我們已經是第二了。」

眾人聽了周彥兮的話也紛紛附和，鐘銘卻只是催促大家：「走吧，上場吧。」

們就再無退路。

李煜城最後一個出門，看著前面那人的身影，忍不住嘆氣。別人或許還沒那麼瞭解鐘銘，不知道他的想法，但是他卻清楚的知道，鐘銘不上場，GD還有輸的理由，可TK都上場了，那他們就再無退路。

今天這場比賽無疑是一年一度最重要的LOTK比賽，將近兩萬人的體育館幾乎座無虛席。早聽說今年來看比賽的本國留學生特別多，遠遠看去果然有不少GD的應援牌，還有無處不在的國旗。

可以想像，如果鐘銘沒有來，那麼這場比賽必輸無疑，可是這些人依舊來了，是明知道GD今天會輸，他們還是來了。可見對於這一場比賽而言，輸贏早已不那麼重要了，對所有熱愛LOTK的人而言，這或許早已不是一場比賽，這更是一場驚心動魄表演、一場鄭重的儀式，而這些觀眾的出現，也代表著本國電競要呈現給全世界電競迷的態度。

像是為了應證這一想法，當GD入場時，觀眾席上立刻沸騰了……有聽不清具體內容但節奏整齊劃一的口號，還有同時晃動著的各式各樣的應援牌……整個體育館裡的氣氛瞬間達到了高潮。

好久好久，久到鐘銘他們已經進入玻璃隔音房，觀眾席才漸漸安靜下來，兩位主持人似乎也才回過神來。

「是我看錯了嗎？」主持人甲問，「那是TK？」

主持人乙笑：「你看觀眾的反應就知道了。」

主持人甲還不敢相信：「可是我聽說他的手是淘汰賽前才受傷的，不會好的這麼快吧？」

主持人乙半開玩笑地說：「這或許就是LOTK精神？」

主持人甲說：「既然是TK，攝影大哥你們懂的，請多照顧一下。」

而此時觀眾席上又是一陣躁動，原因是鐘銘突然叫了一個工作人員過去，然後那工作人員就跑到了主持人所在的舞臺上，把什麼東西交給了主持人甲。

攝影機立刻給了個特寫，大螢幕上主持人甲打開了一張紙條，剛看了一眼就「哇哦」一聲。

主持人乙好奇：「什麼東西？」

主持人甲難掩激動地朝觀眾席揚了揚手上的字條：「或許，歷史性的一刻會在今晚誕生，不過會發生什麼，我暫時還不能說，只能祝福TK，祝福GD，今晚能取得一個滿意的成績。」

周彥兮雖然聽不清主持人說了什麼，但也看到鐘銘把一個紙條模樣的東西遞給了工作人員。

她有點好奇：「你寫了什麼啊銘哥？」

鐘銘戴上耳機，朝她笑笑：「想知道？那贏了比賽，我告訴妳。」

第三十八章　逆局

ＴＫ的突然出現，明顯讓ＶＢＮ有點措手不及。從禁用英雄這個環節就可以看出，ＶＢＮ用時要比平時長很久，看樣子是隊伍內部意見不夠統一。不過看最後結果，他們還是傾向於重點針對李煜城，針對鐘銘只是禁掉了一個影魔而已。

或許在ＶＢＮ看來，鐘銘的出現也是強弩之末，受了傷的他對比賽結果不會產生太大的影響。不過ＧＤ在選英雄時也出現了意見分歧。鐘銘選到梅杜莎，周彥兮選了神牛，周俊是冰女，小強是飛機，但到了李煜城，就有點為難了，因為他在大賽上用的好的英雄幾乎都被禁掉了。

猶豫了片刻後，李煜城說：「幫我選卡爾。」

眾人：「……」

周俊聲音帶著哭腔提醒他：「城哥，再輸一局我們就回家了。」

李煜城有點不耐煩：「哥說卡爾就卡爾，給哥卡爾，輸了剁手！」

又來……

鐘銘什麼也沒說，直接鎖定卡爾，其他人見老大都這麼做了，也不敢再多說什麼。

而ＶＢＮ這邊第一時間搶到了大魔導師，但因為陳宇曾經大賽用過的物理核心輸出英雄基本都被禁掉，所以也只選了一個火女。不過火女也是陳宇用的不錯的英雄，再加上這個遊戲版本的大魔導師比較強勢，就導致ＧＤ前期被ＶＢＮ全面壓制。

ＧＤ這邊鐘銘打得中規中矩，沒有什麼亮眼操作，對團隊的貢獻也不大，也可能是這個原因，ＶＢＮ也漸漸確信這樣的ＴＫ不足為懼，所以把注意力都放在了中路李煜城身上。

這情況一直持續到ＶＢＮ去打復活盾。ＶＢＮ的行動其實早就被周俊布的眼看到，所以ＧＤ這邊也早就採取了行動。李煜城的卡爾留在中路占線擾亂敵人視線但其他幾人都慢慢向復活盾靠近，就等對方打到盾後立刻上去搶盾。

眼看著陳宇的火女正要去拿盾，蹲守許久的周彥兮一個先手放出一道溝壑將ＶＢＮ的幾名英雄分在兩邊。緊接著鐘銘和周俊跳進人群中瘋狂輸出，輕鬆完成了一次三殺。而另一邊，李煜城早已在開團時包抄敵人後方，一套技能成功留下一個輔助，但卻讓陳宇剩一絲血跑掉了。

這一波，ＶＢＮ差點被團滅，ＧＤ澈底扳回了之前的劣勢，而這之後卡爾漸入佳境。相反ＶＢＮ卻因為沒有核心物理輸出，前期強勢的英雄很快失去了優勢，漸漸露出疲態。ＧＤ又一次抓住對方人不齊的機會，強行打上對方高地，李煜城靠著自己華麗的操作完成一次三殺，同時破掉對方兩路高地，奠定勝局。在接下來的幾次團戰中，ＶＢＮ已是毫無還手之力，最後只得打出ＧＧ。

隨著比賽結束，觀眾席上爆發出了一陣高過一陣的吶喊聲，起初雜亂無章，漸漸節奏統一起來。這一次所有人都聽得清清楚楚，他們喊的是TK。

贏了比賽，周彥兮激動地去擁抱鐘銘，之前對他的擔心，也被這小小的勝利喜悅暫時抵消掉了一半。當然大家都很高興，雖然現在還是一比二的劣勢局面，但是因為有了這場勝利，他們和冠軍就不是絕對無緣了。

「銘哥，你太厲害了！」周彥兮激動地抱著鐘銘說，卻沒有注意到他微微隆起的眉頭。

周俊和小強也跟著拍馬屁道：「果然銘哥一回來就不一樣了。」

李煜城冷笑：「你們這幫不開眼的小子，剛剛那局的功臣明明是我的卡爾好嘛？跟他的梅杜莎有什麼關係？」

周彥兮力挺自家男人：「銘哥往這一坐，對VBN就是威懾懂嗎？」

李煜城無語：「好好好，妳說的都有道理。」

說到李煜城的卡爾，周俊狐疑：「我說城哥，你什麼時候練了卡爾？感覺比小組賽的時候強了好多啊！」

李煜城露出一個高深莫測的笑容：「小組賽那只是個煙霧彈罷了。」

眾人都對他露出膜拜的神情：「城哥你藏得好啊！」

只有鐘銘涼涼一笑：「小心風大閃了舌頭。」

李煜城不滿：「你什麼意思？陰陽怪氣的！」

傻子都能看出來小組賽那場比賽中，李煜城的卡爾確實有不少失誤，但是也能看出，他說之前練習過，並不是瞎說的。然而今天的發揮，卻要歸功於他這些天的勤懇練習。加上天賦本來就高，在剛才那局很適合卡爾發揮的比賽中，有這個結果並不是偶然。

鐘銘說：「沒什麼意思，就是說你這雙手總算是保住了。」

兩人你來我往互相調侃，在一波高過一波的歡呼聲中，回到了休息室。

周遭總算安靜了下來，周俊搔了搔耳朵有點無奈：「粉絲這麼熱情，突然覺得壓力好大。」

鐘銘說：「VBN剛輸了比賽壓力更大。」

周俊：「也是。對了銘哥，我估計他們下一局會重點限制你了，要不然我和我姐開局都去下路吧？」

鐘銘搖頭：「上一局我表現的很一般，但城哥成為他們的眼中釘了，你還是留在中路輔助他吧。」

周俊點頭，鐘銘又對李煜城說：「到時候你還是選個後期有輸出的英雄。」

李煜城：「明白。」

眾人對鐘銘的安排一向不會質疑。只有周彥兮注意到了，如果是以前，有鐘銘在的陣容裡，李煜城一般是選中後期的英雄，鐘銘才是正統的一號位。後來的一些比賽中，因為阿傑發揮不穩定，李煜城才不得不重操舊業，作為雙核之一伺機補位。

可是現在鐘銘回來了，李煜城卻依舊要選擇後期英雄這意味著什麼？是不是說明，他的傷還是挺嚴重的？

想到這裡，她小聲問鐘銘：「下一局我們能不能不打後期？前期強勢一點早點結束可以嗎？」

周彥兮這麼一說，眾人也都明白過來，她是在擔心鐘銘的手撐不了太久，也都紛紛贊成她的提議。

誰知道鐘銘的態度異常堅決：「不，我們必須打後期。」

周彥兮意外：「為什麼？」

鐘銘說：「剛才那一局，可以選的英雄中並不是沒有後期的。」

李煜城回憶了一下說：「能用的也就剩下一個猴子了。」

鐘銘：「對，別人或許以為陳宇是不會用猴子，但是我知道，他用的不錯，可他還是選了火女，說明什麼？」

周彥兮不確定地說：「他們也想速戰速決？」

鐘銘點頭：「我這才打第一場，Lee 也不是每一局都打 Carry，但是陳宇卻一直在打 Carry，這都是他今天的第三場了。」

眾所周知打 Carry 需要很精細的補兵，在一場比賽中一個操作可能要重複無數次，這對選手從心態到身體素質上都是一個極大的挑戰。所以一般隊伍裡打 Carry 的選手手腕多多少少會有些傷病，可以通過定期理療緩解，也會因為突然高強度的比賽或者訓練惡化。很明顯，陳宇的狀態並不好。

想到這裡，眾人先是驚喜，但很快又意識到自己隊的狀況也好不到哪去，也就高興不起來了。

一直端著手臂默不作聲的李煜城不滿地哼了一聲：「你們幾個傢伙把你們城哥放在眼裡了嗎？我打了這麼久的 Carry 了，怎麼今天我就不能 Carry 你們了？誰領著你們打得 NONO 滿地找牙的都忘了是不是？」

周俊聞言立刻一臉堆笑地拍起馬屁：「哪能忘啊，跟著城哥有肉吃嘛！下一場城哥 Carry 我們也是一樣的。所以城哥你放心，一會兒我就住在中路不走了，生是中路的人，死是中路的鬼，而且絕對不碰中路一點資源，只做貢獻！」

李煜城皮笑肉不笑道：「這還差不多，有當做醬油的覺悟。」

第二場比賽很快開始，在影魔、卡爾、敵法師相繼被禁用之後，李煜城選到了適合打後期的英雄死靈法師，而GD也故意放出了陳宇擅長的幾個後期英雄。

這樣一來，雙方的陣容都十分中規中矩，前期打得很是安靜，不過周彥兮卻有些心不在焉，因為她注意到身邊鐘銘的臉色隨著比賽時間的推移越來越差了。

她不敢說什麼，生怕影響其他隊友的比賽狀態，但看鐘銘的樣子，又特別心疼。

而正當她再一次看向他時，他卻有感應般的突然轉過頭對她比了個口型，周彥兮愣了愣，待明白那句話是什麼時，眼眶卻驀然酸澀起來。

他說的是：「別擔心，我沒事。」

她點點頭，努力讓自己把注意力放在比賽中。可是她發現前期鐘銘雖然沒有平時那麼輕鬆，但還是能壓制著和他對線的英雄。只是越到比賽後期，他就越吃力。

遊戲持續到六十三分鐘時，鐘銘握著滑鼠的手突然抖了一下，滑鼠瞬間脫手，掉在桌上發出「啪」的一聲。但是很快他又重新調整好狀態，繼續比賽。

周彥兮假裝沒看見這一切，但眼前的視線卻漸漸模糊了。

而這樣的持久戰對雙方都是一種折磨，VBN的狀態並不比他們好多少。在比賽進入到低七十分鐘時，李煜城終歸不負眾望，在兩邊都有死傷的情況下，一人單槍匹馬殺上對方高地，搶在對方英雄復活前推掉了對方水晶。

比賽分數變成了二比二。這無疑是所有人都沒有料到的結果，本以為註定敗北的GD，在隊長鐘銘回歸後竟然奇跡般的逆轉了局勢，連續扳回兩局。國際賽開賽以來的第一次，在總決賽的賽場上，出現了第五局。

選手離場時，鐘銘早已經調整好了狀態，剛才比賽過程中那短暫的狼狽彷彿根本沒有出現過。

一路上，周俊和小強只顧沒心沒肺地討論著剛才那一局打得多麼驚險暢快，鐘銘也在旁邊含笑聽著。只有李煜城和周彥兮知道，他的身體狀態並非表現出來的那樣樂觀。

她故意放慢腳步，悄悄扯了扯鐘銘的衣服。

鐘銘回過頭，她小聲說：「既然陳宇狀態也不好，要不然我們也換阿傑上吧，未必打不過他們。」

鐘銘垂眸看著她，片刻後說：「我要的不是那個『未必』，如果最後這一場會輸，那前兩場我也不用上場了。」

周彥兮怔了怔，突然感到一絲無力。鐘銘說的沒錯，好不容易扳回了兩局，那接下來的這一局必須要贏才對得起他這兩局付出的辛苦。

「那你的手臂還能撐下去嗎？」

鐘銘笑：「當然。其實活動手腕並不影響，不過說實話剛才一不小心動作有點大，還真的挺疼的。」

何止是「挺疼」！周彥兮沒好氣的瞪他一眼，他總是這樣，再大的事都被他說得輕輕巧巧。

「放心。」他抬起左手摸了摸她耳邊的碎髮，突然柔聲說道，「其實無論結果是什麼，今天的一切都值得，因為我們真的盡力了。」

有人討論著下一局該怎麼打，VBN的下一局又會怎麼打。其實大家心裡都清楚，兩隊交鋒這麼多次，彼此喜歡用的戰術、可能用的戰術都已經用過了，至於這決定性的一戰，其實無論是GD還是VBN，誰都不清楚對方會有什麼打算，這也正是觀眾們最期待的，因為未知就意味著驚喜。

而在這最後一場比賽的開局，觀眾收到了這場比賽帶來的第一個驚喜——不知道出於什麼原因，VBN竟然放出了影魔。

而當GD為鐘銘選到影魔時，整個體育館裡沸騰了。

主持人甲感慨：「好久不見，世界第一影魔。」

主持人乙：「這難道就是你說的歷史性的一刻？」

主持人甲：「那倒不是，不過也差不多了，畢竟世界第一影魔再度現世，有些結局應該已經被寫好了。」

主持人乙：「話別說太滿，上一局大家都看得出TK狀態不佳，看來手傷並沒有完全恢復。」

主持人甲：「所以說這才是LOTK精神。」

而緊接著，第二個驚喜就是VBN的陳宇竟然選了從未在大賽上用過的猴子。

主持人甲：「看來大家都是有備而來啊！」

主持人乙：「生死局嘛，勝敗在此一舉！」

很快，雙方陣容鎖定，鐘銘去了中路，優勢路下路則是留給李煜城和周彥兮。

其實影魔這個英雄打偏路和打中路都可以，他以前在VBN時也沒少打中路，而李煜城就不用說了，下路比中路打得更順手。所以這個換路對他們幾乎沒什麼影響。唯獨周彥兮，她一直以來都在輔助鐘銘，對鐘銘的節奏她很清楚，什麼時候拉野，什麼時候殺人，什麼時候推塔，她都心領神會。可是突然換了李煜城，她就有點措手不及了。不過她相信鐘銘，既然是他的決定，那就一定有他的道理。

李煜城的聲音在耳機裡響起：「彥兮妹妹不用怕，等等聽指揮就行。」

周彥兮比了個「OK」的手勢：「沒問題。」

號角聲吹響，雙方開始出兵。

與鐘銘的影魔對線的是藍貓，其實藍貓本來是很飄逸靈動的英雄，但是在更飄逸靈動的影魔面前卻像是失去了靈魂一樣，顯得有些生硬。影魔的走位、補兵、技能的釋放都精準細緻，打錢速度自然不用說，壓制對方也非常有效。

不過與中路情況截然不同的是，GD的上路就有點慘了。遊戲進行到四分鐘時，VBN的兩個醬油配合陳宇的猴子，輕鬆收掉小強和周俊，完成了一次雙殺，至此陳宇的經濟和等級瞬間成了全場最高的。猴子發育良好，後來竟然在沒有輔助的情況下又單殺了小強兩次。猴子如此強勢，GD漸漸顯出劣勢。

主持人甲：「看來VBN並不打算和TK正面對抗，而是想通過其它路打出些優勢。」

主持人乙：「這個想法倒是不錯，畢竟就算TK再厲害，但現在的影魔版本已經無法靠一己之力拯救世界了。對TK以外的其他人個個擊破，最終TK也會被隊友拖垮。」

主持人甲：「但是最終能不能實現，我們還得拭目以待。」

在接下來近半小時的時間中，又發生了大大小小幾次團戰，結果幾乎都是VBN賺到。有那麼幾次，GD也試圖找回節奏，主動出擊，但是陳宇的猴子發育得實在太好了，害GD節節敗退。

遊戲進行到四十六分鐘，當影魔也在團戰中倒下時，將近兩萬多人的體場裡卻靜得出奇——這不是眾人想看到的，世界第一影魔在告別世界峰後再度現身，難道就是為了證實之前那些對他的質疑嗎？這不是他們想看到的！

四十七分鐘時，GD上路高地終於被破，VBN派出超級兵。超級兵一出，GD更加捉襟見肘。鐘銘的影魔直接埋活，但兵線始終徘徊在自家門前。GD別說進攻，就連守城都十分困難。

然而，這樣的情況還沒持續太久，又一波團戰爆發，周彥兮首先被秒殺，李煜城第二個陣亡，剩下的人寡不敵眾，GD下路高地也沒能守住。好在鐘銘最後打出了一波反擊，完成一次三殺，剩下陳宇和一名VBN的輔助雙雙殘血跑路。

局面雖然是暫時穩定住了，但是連續兩路高地被破，兩路超級兵也不好對付。在其他隊友復活前，鐘銘只能不停地清兵。而此時，遊戲已經進行到了五十三分鐘。

周彥兮的英雄頭像依舊是灰色的，等著英雄復活的空檔，她忍不住偷偷去瞄了眼身邊的男人。看到他臉色越來越差，額角甚至還有細細密密的汗珠滲出，她覺得呼吸都困難起來，可是她卻沒有辦法叫他停下來……

主持人乙：「TK的臉色好像不太好。」

主持人甲：「這一局持續太久了！」

主持人乙：「看來TK還是無法扭轉局面，其實比賽已經可以結束了。」

主持人甲嘆息：「或許你是對的，我也不知道是希望他繼續堅持，還是乾脆打出GG。」

此時的GD只有中路還沒出現被破，而VBN這邊陳宇和他的兩名隊友已經重新整裝，正向中路推進。一切似乎都在朝著眾人猜測的劇情發展——鐘銘一人終將抵擋不住最後這一次的攻擊，哪怕GD還有個周彥兮即將復活，但對方三名英雄外加兩路超級兵，最終會讓GD向他們俯首稱臣。

周彥兮的目光鎖定在自己英雄復活的倒數計時上，三秒、兩秒、一秒！

周彥兮一刻也不敢耽誤地衝出泉水，同時對鐘銘說：「你去吧，我守家。」

她知道這樣拖下去對鐘銘沒有好處，他們需要一次反攻的機會，或許就是現在，哪怕希望渺茫也要再試一次。

GD的其他三人雖然很著急，但是自己的英雄都還沒有復活，就只能看著鐘銘一人單槍匹馬和對方三人短兵相接，難道這一戰真的凶多吉少？

可是LOTK之美就在於沒有什麼事情是一定的，哪怕前一刻你還有滿滿的優勢，下一秒也可能被人逆風翻盤！就像此刻，鐘銘的影魔一個漂亮的走位成功躲過了對方輔助甩來的控制技能，緊接著立刻開啟魔法免疫，放出兩道影壓直接收掉一人，打殘其他兩人，然後幾乎同時，搖出漂亮的魂之挽歌……系統提示音響起「Triple Kill」！VBN被團滅！

而這一切都發生在短短的幾秒鐘之內，一時間觀眾席上爆發出雷鳴般的吶喊聲。

李煜城激動地拍著桌子大叫道：「三打一還被反殺，世界亞軍你們好！」

周彥兮始終緊皺的眉頭在這一刻也不由得舒展，她只想快一點將兵線帶過去，好與鐘銘匯合。

VBN的幾人似乎都沒料到會是這樣的結果，提前復活的兩人一時間還有些怔忪，似乎不知道下一步該怎麼辦。而此時，GD的幾個人已經全部復活，周俊和小強留在基地清理兵線，李煜城和周彥兮已經帶著兵線和鐘銘匯合。

終於在比賽進行到六十八分鐘時，爆發最後一次小規模的團戰，ＶＢＮ再次團滅，ＧＤ順利推上高地！

在體育館裡一波高過一波的歡呼聲中，ＶＢＮ縱使再不情願，最後也不得不打出了ＧＧ。

一場看似充滿變數而實則早已註定了結局的比賽，終於讓眾人意識到，ＴＫ，Tomb keeper，他回來了。

而就在比賽勝利的下一秒，在ＧＤ眾人起立歡呼的時候，周彥兮直接扔掉滑鼠，跳進了身邊男人的懷抱中。

鐘銘被她這一撞疼得悶哼一聲，但還是眼疾手快地用左手托住了她，下一刻，還不等他臉上的笑意綻放，嘴唇就被人輕輕柔柔地含住。

與此同時，場上的十二個大螢幕上，也呈現出了同樣的畫面——年輕男人單手托著一個女孩，而他懷中的女孩此時正雙手捧著他年輕英俊的臉，吻得無比動情。

隔音房裡是口哨聲和笑鬧聲，隔音房外是驚叫聲和歡呼聲。畢竟在場的所有人從未見過ＴＫ的真容，而這第一次竟然就是這樣一幅香豔畫面。

主持人乙莞爾一笑：「這難道就是你說的『歷史性的一刻』？」

主持人甲：「你猜呢？」

主持人乙：「所以那張紙條上寫的是？」

主持人甲：「他說『如果我們贏了比賽，請給我和我的女友一個鏡頭』。」

主持人乙：「哇哦，有生之年，想不到ＴＫ會主動要求給他一個鏡頭！這難道就是ＬＯＴＫ的力量？」

主持人甲：「這或許只是愛情的力量。」

終章　信仰

這一晚註定是個不眠的狂歡夜，而這狂歡從西雅圖的鑰匙球館一直蔓延到了地球的另一邊。

與此同時，天剛亮起的B市裡，有兩對中年夫妻正對著電視轉播激動不已。

周媽媽看著電視上擁吻在一起的年輕男女無比陶醉地說：「欸，年輕真好，我都想回到二十年前了，好好再愛一回。」

周爸爸嫌棄地看了眼妻子：「再愛幾回妳也只能是我老周家的人，不過，我女兒真厲害！一看就是像爸爸！」

周媽媽笑：「周俊也不錯，」

「勉勉強強吧……」說到這裡，周爸爸皺眉道，「同樣是男孩子，他還不如那臭小子！」

周媽媽嘆氣：「你也不看看有幾個能比過那『臭小子』。」

而在城市另一邊的電視機前，鐘母臉上掛著欣慰的笑容：「老鐘，如今看來，之前真的是我們錯了。」

鐘母感慨完卻半天聽不到鐘啟山的回應，不由得回頭看了一眼，這一看，立刻「嗤」地笑出聲來：「不是吧老鐘？這都多少年了，還是第一次見你抹眼淚。」

鐘啟山被妻子說得老臉一紅，很快調整好情緒氣勢洶洶地瞪了妻子一眼：「瞎說什麼？我看妳才是老眼昏花了！」

此時，在西雅圖的鑰匙球館裡，在那個纏綿悱惻的吻過後，在久久不能平息的歡呼聲和雷鳴般的掌聲中，GD幾人被請到了領獎臺上。

這還是自從國際賽開賽以來，周彥兮第一次站在隔音房以外的地方，第一次這麼坦坦蕩蕩的看臺下的人山人海。

但是她發現自己不再懼怕，或許是因為身邊有那個男人。相反的，她能夠清楚地感受到來自心底的悸動，那種因為和千萬人共鳴而產生的悸動。

她終於明白，他為什麼不惜一切代價也要重返這裡——不來到這裡，她怕是此生也無法想像，在這個世界上會有這麼多人與他們擁有著同一份熱愛和同一份執著。

手被人輕輕捏了捏，周彥兮回過頭，正對上男人溫柔的目光。

「謝謝。」她說。

她的聲音淹沒在臺下的歡呼聲中，但是她知道，他會懂。

她要謝謝他的不離不棄，謝謝他的包容信任，謝謝他帶她來看這空前盛況。

在主持人再三的安撫下，台下終於安靜了下來。

主持人問鐘銘：「可以叫你ＴＫ嗎？」

鐘銘：「可以，但我更喜吹 Shadow 這個ＩＤ。」，

主持人：「可是大家更喜吹叫你ＴＫ，畢是是從ＴＫ開始認識你的。」

鐘銘：「無所謂，無論ＴＫ還是 Shadow 都是鐘銘，」

主持人：「所以鐘銘，時隔兩年，再次捧起冠軍神盾，和之前有什麼不同的感受嗎？」

以前雖然也是拿冠軍，但是那是他在實現自己的夢想，可是這一次，他不再是他自己，他代表著ＧＤ，甚至代表著ＷＡＷＡ和 80 Gaming，他是代表著他們這一群ＬＯＴＫ人去實現大家共同的夢想。

要說感受，自然是不同，他看了一眼自己身邊的隊友說：「在我看來，我國的ＬＯＴＫ是最好的ＬＯＴＫ。」

場下又一次爆發出了山呼海嘯般的歡呼聲。有人在聲嘶力竭地喊著ＴＫ的名字，喊著ＧＤ的名字。那個曾經在賽場上叱吒風雲的神祕電競少年又回來了，三年充滿爭議的職業生涯並沒有磨去他的稜角、抹殺他的韌性，相反，在他一次次攀上高峰後，他找到了真正屬於自己的目標——帶領國家電競站在世界之巔。

此刻他做到了，正如他過去的每一次一樣，從未讓他們失望。

他們想說，我們從未離開，正如你也從未離場。

主持人看著觀眾這反應無奈地笑了：「你是冠軍，你說什麼都對。對了，聽說你的手臂之前受傷了，現在好了嗎？」

「差不多了。」

「差不多？所以，你是提前拆掉石膏的？是什麼讓你對自己這麼狠心呢？」

「大概是因為太想贏了吧。」

主持人唏噓：「那現在還會疼嗎？」

「不提拿重物的話，還好。」鐘銘說著，還有意無意地瞥了一眼身邊的周彥兮。

主持人見狀像是想到了什麼，哈哈一笑：「看來剛才傷的不輕。」

周彥兮在聽清這句話後，恨不得找個地縫鑽進去，但鐘銘沒給她這機會，握著她手腕的手片刻不曾鬆開。

主持人繼續問：「眾所周知，你拋棄TK的身分回國重新開始，原因也是想證明自己國家的LOTK更強嗎？」

「是的。」

「那回國後，除了收穫成績，你還收穫了什麼？」

「正如大家所看到的，優秀的隊友，還有……」鐘銘頓了頓說，「女朋友。」

眾人哄笑，周彥兮還沒從剛才的尷尬中回過神來，此時聽鐘銘又把自己推到了眾人面前，乾脆把臉埋在他的手臂上。

「嘶……」

聽到鐘銘抽氣，周彥兮立刻彈了開來，慌張地抬頭看著他，就見他不懷好意地勾了勾嘴角：「假的。」

她不由得愣了一下，男人又說：「傻子。」

這次她是真的要發火了，可是想到現場幾萬他的粉絲看著，還有無數攝影機三百六十度無死角地拍著，周彥兮只好回以一個沒什麼威懾力的眼刀。

主持人早就把兩人的互動看在眼裡，笑著問鐘銘：「回國前有想過會戀愛嗎？」

「沒有，不過人生中總是充滿了意外，就像賽場上一樣。」

主持人又看向周彥兮：「那我可否問這位女孩幾個問題？」

被點到名的周彥兮立刻整理好表情說：「當然。」

主持人：「妳對女孩子打電競有什麼想說的嗎？」

周彥兮想了一下說：「沒什麼特別想說的，因為我覺得，電子競技沒有性別，至少在我們隊中，沒有人會因為我是女孩子而對我有什麼不同。」

主持人意外：「妳確定？包括妳們家隊長？」

周彥兮看了一眼鐘銘，猶豫了一下說：「是吧？」

「好吧。」主持人笑著說，「我只能說妳太不瞭解男人了。」

臺下又是一陣夾雜著口哨聲的笑聲，而鐘銘也在笑。

主持人：「再問最後一個問題——妳也知道，TK身上的標籤太多了，『一流大學畢業』、『網癮少年』、『恃才傲物的怪咖』等等等等，那麼你如何評價妳的這位隊長男友呢？」

如何評價他呢？周遭的笑鬧聲彷彿漸漸遠去，周彥兮沉默下來。

她想到和鐘銘相識後的種種——從最初機緣巧合的組隊，到後來撞破他和家裡的矛盾，知道他背負的壓力，再到後來他們好不容易打出了成績，卻又要面臨主力流失的局面……在這個過程中，她見過他的拚搏，見過他的堅持，見過他的沉默、他的灰心，當然也見過他像今天這樣的爆發……

當所有人認為熱愛LOTK就是不學無術、自甘墮落的時候，剛過二十歲的他帶領的他所在的戰隊拿到了普通人一輩子也賺不到的巨額獎金，而TK這個名字在一夜之間紅遍大江南北。當有人開始質疑他取得成績後的態度，質疑他的能力時，他急流勇退從零開始，更在短短的一年時間裡一手將GD推上了世界冠軍的領獎臺。

這是一個別人不知道的TK，卻是她一直認識的鐘銘。

良久，周彥兮抬起頭來，看著觀眾席上閃動著的閃光燈，以及數不清多少面的國旗，她說：「榮譽不屬於第一個發現新事物的人，而屬於第一個說服全世界接納它的人，在我看來，他就是那個可以說服全世界的人。」

周彥兮相信，在電競的發展史上，鐘銘的出現絕非只是濃墨淡彩的一筆，他的矛盾、他的執著、他的態度都將影響著一代電競迷對電競的認識，而她就是那被他影響的千萬分之一。

周彥兮的聲音最後被淹沒在歡呼聲中，她看著觀眾席上的國旗一面連著一面，隨著眾人的揮動如海一般壯觀，就想到了上臺前，鐘銘曾經說的那句：「無論結果是什麼，今天的一切都值得。」

是的，一切都值得。

主持人頗有感觸地調侃鐘銘：「看來你回國後，不但收穫了隊友和女友，還收穫了頭號迷妹。」

鐘銘笑：「是我的榮幸。」

主持人：「最後，你想對你的對手VBN說點什麼嗎？」

鐘銘看向站在台側候場的VBN幾人，最終將目光落在了陳宇身上。

他淡笑說：「你們很強，但很明顯，還不夠強。」

所有的不甘與不解，憤懣與嫉妒，歸根結底似乎就只是因為一個原因，那就是還不夠強。

陳宇也笑了笑，似有無奈，也似有幾分釋然。

在世界的另一邊，隨著城市蘇醒，關於GD奪冠的消息也迅速傳了開來。各大電競媒體平臺都在爭相報導著這場曠世之戰的結果。

GD——或者說TK，讓人意外卻又不意外地再一起站到了那個位置上，而他那句「我國的LOTK是最好的LOTK」也被無數人提起。

回到住處，李煜城總算拿回自己的社群帳號，第一時間把剛剛拍好的他們手捧神盾身披國旗的照片傳了上去，同時附了四個字——「功城銘就」。

周彥兮被鐘銘拖進房間，繼續著賽場上沒有做完的事情。

吻到正情濃時，她卻突然想到了頒獎臺上主持人的問話，忍不住又問他一遍：「你回國時，真的沒想過要找個女朋友談個戀愛什麼的嗎？」

鐘銘將她拉入懷中：「真的沒有，不過人生總有意外，也挺好的。」

周彥兮斜睨著他：「原來我在你看來只是個意外。」

他啞聲笑了笑，盯著周彥兮殷紅的嘴唇說：「是意外，但卻是最美的那個。」

說著，便又吻了上去。

樓下，周俊抱著被子敲開了李煜城和小強的房門，在那兩人面面相覷下毫不客氣地進了門。

李煜城問：「你走錯門了吧？」

周俊嘻嘻笑著：「擠一擠、擠一擠，今晚的情報絕對沒錯！」

守一份信仰，修一個正果，戰之有因，以你之名，以夢想之名——鐘銘。

——全文完——

高寶書版集團
gobooks.com.tw

YH 068
我的世界級榮耀（下）
作　　者　烏雲冉冉
責任編輯　吳培禎
封面設計　茵萊登曼特
內頁排版　賴姵均
企　　劃　鍾惠鈞

發 行 人　朱凱蕾
出　　版　英屬維京群島商高寶國際有限公司台灣分公司
　　　　　Global Group Holdings, Ltd.
地　　址　台北市內湖區洲子街88號3樓
網　　址　gobooks.com.tw
電　　話　(02) 27992788
電　　郵　readers@gobooks.com.tw（讀者服務部）
傳　　真　出版部(02) 27990909　行銷部 (02) 27993088
郵政劃撥　19394552
戶　　名　英屬維京群島商高寶國際有限公司台灣分公司
發　　行　英屬維京群島商高寶國際有限公司台灣分公司
初　　版　2022年 1 月

國家圖書館出版品預行編目(CIP)資料

我的世界級榮耀 / 烏雲冉冉著. -- 初版. -- 臺北市：英屬維京群島商高寶國際有限公司臺灣分公司, 2022.01
冊；　公分. --

ISBN 978-986-506-336-8　(上冊：平裝)
ISBN 978-986-506-337-5　(下冊：平裝)
ISBN 978-986-506-338-2　(全套：平裝)

857.7　　110022476